UN OBJET

*Né en 1960, Didier van C[...]
et scénariste.*
Il a publié Vingt ans et d[...]
d'amour, *prix Roger Nim[...]
berg du Livre,* L'Orange[...]
Cheyenne *chez Albin Mi[...]*
Au théâtre, il a fait jouer L'Astronome, p[...]
l'Académie française, et Le Nègre, *tous deux publiés aux Éditions Actes-Sud dans la collection « Papiers ».*
Au cinéma, il a écrit notamment le scénario et les dialogues de La Maison assassinée, Triplex, *pour Georges Lautner, et* Les Amies de ma femme, *qu'il a réalisé.*

« Jeudi 16 octobre 1980. Nous avons un donneur. Trente ans, santé moyenne, fume trop, surmenage, assez belle ossature. L'infirmière lui a remis une éprouvette, un paquet de Kkeenex et l'a laissé seul dans la pièce blanche avec les piles de *Playboy.*
On se demande quelles pensées ruminées, quelles coïncidences précises ont amené cet homme qui a tout – argent, pouvoir, maîtresses – à venir échouer dans notre service, au fin fond de la Creuse, devant des magazines pornographiques, pour répondre au désir de paternité d'un inconnu – surtout quand on connaît l'inconnu : un vendeur de jouets, pilier de rugby, dépressif.
Les quelques éléments que nous possédons sur le caractère et la vie du donneur excluent l'hypothèse du bénévolat, de la générosité gratuite, et nous indiquent plutôt une structure en entonnoir, comme diraient nos confrères psychiatres : un enchaînement de circonstances et d'états d'âme dont nous pouvons situer l'origine quarante-huit heures plus tôt, dans une zone industrielle... »

Extrait du journal du Professeur Le Gallieu,
Service de Procréation médicale assistée,
CHR de Bourg-en-Val.

DU MÊME AUTEUR

ROMANS

Vingt ans et des poussières
Le Seuil, 1982, prix Del Duca
Poisson d'Amour
Le Seuil, 1984, prix Roger-Nimier
Les Vacances du fantôme
Le Seuil, 1986, prix Gutenberg du Livre 87
L'Orange amère
Le Seuil, 1988
Chéyenne
Albin Michel, 1993

RÉCIT

Madame et ses flics
Albin Michel, 1985
(en collaboration avec Richard Caron)

THÉÂTRE

L'Astronome
Actes Sud/Papiers, 1983,
prix du Théâtre de l'Académie française
Le Nègre
Actes Sud/Papiers, 1986

DIDIER VAN CAUWELAERT

Un objet en souffrance

ROMAN

ALBIN MICHEL

Cet ouvrage est une œuvre de fiction. Toute ressemblance avec des personnes existantes ou ayant existé serait fortuite et relèverait d'une simple coïncidence.

© Éditions Albin Michel S.A., 1991.

1

JE n'ai jamais tué personne, du moins directement. Mais à la première poignée de main, je sais si mon client me survivra ou pas. C'est un ancien champion de slalom, ce matin, reconverti dans la chute libre. Aux jeux Olympiques de Grenoble, il avait profité de sa médaille d'argent pour s'acheter une marque de skis. L'affaire a marché trois ans sur son nom et, depuis qu'on l'a oublié, elle périclite. Il attend de moi une analyse plus noble, un chapelet d'impondérables, la peinture d'une situation de crise dans laquelle son cas viendrait s'inscrire, docile. Mais il n'y a pas d'autre explication que le temps qui passe, les records qui tombent et les vedettes qui changent.

De sa gloire de sportif, il lui reste le bronzage. Figure empâtée, menton fuyant, pli amer, poches précoces, pellicules. Stratégie au jour le jour, économies sur les investissements, comptabilité floue, collaborateurs prudents qui font des provisions avant le naufrage. Liquidation judiciaire dans six mois.

Il me regarde avec une angoisse teintée de fierté, comme si le fait de m'avoir appelé au secours constituait déjà un espoir, un signe de redressement, le bout du tunnel. Il se tait depuis que je suis entré, quarante secondes, conscient du poids que je donnerai à sa première phrase, suite à la formule d'accueil (« En forme ? » au lieu de « Bonjour »), dont je n'ai rien pu tirer d'important — pense-t-il — sinon qu'il est fichu, neurasthénique, résigné, qu'il a remplacé le sommeil par le whisky et que, souffrant de la dépendance où je l'enfonce, il considère comme un élément positif le fait que, plus petit que moi, il soit deux fois plus large. À part ça, il m'en veut. Il m'envie. S'il savait.

Je me suis assis dans le fauteuil à inclinaison variable en résine de synthèse, il est resté debout. J'ai l'habitude. Je l'invite à s'asseoir ; il est chez lui. Je croise les jambes, pour qu'il m'imite. Il ne bouge pas. Le pli de mon pantalon est froissé, mais ma chaussette ne tombe pas. Lui, c'est le contraire. Ses chaussettes il s'en fout, son pantalon il s'en flatte ; ce n'est pas ma faute si ça le classe. J'aimerais bien me tromper, un jour. Sous-estimer. J'ai peu d'espoir. J'ai trente ans, je suis le meilleur et je ne m'aime pas : ça donne des motifs de fierté, mais ça ne fait pas une raison de vivre.

L'autre envoie la main derrière la tête pour masser ses deltoïdes de jadis, dans une attitude pensive destinée à chasser les pellicules de son col.

— Vous avez une belle Rolls, dit-il pour envoyer un peu de gêne de mon côté.

— C'est une Bentley.

Ses rides bronzées remontent dans une mimique d'intérêt goguenard. Fils de famille, il pense. Vautour de luxe, diplômes à la con, tout ce pognon qu'il va piquer sur ma débâcle, et moi parti de zéro, arrivé au top, je me casse le cul, et où ça mène ? Un grand soupir rageur le jette dans son fauteuil, amène ses poings serrés sur le sous-main vert. Toujours provoquer chez le sujet le minimum de haine qui fait baisser la garde.

— Bon, alors, attaque-t-il, vous en êtes où ? Vous avez épluché les comptes, je vous ai montré les courbes, les statistiques, la progression du marché, vous avez tout, alors quoi ? Qu'est-ce qui cloche ?

Il attend que je lui réponde : « Vous. » Je ne le fais

pas. D'abord parce que c'est inutile, dès lors qu'il en est conscient, et ensuite parce que c'est faux. On peut très bien vendre un ski à la technologie dépassée sous une image qui a cessé d'être porteuse. C'est même ce qu'il y a de moins hasardeux, dans le marketing. Les soldes. Vendre à perte, au lieu de dépenser à vide pour se refaire un look. Ça rassure les banques et donne la seule image vraiment payante sur le court terme, celle du « moins cher ».

Mais, pour lui, c'est son manque de génie patronal qui a mené ses skis sur la pente fatale. Il a tort. Soixante pour cent des entreprises que j'autopsie sont victimes des qualités de leur patron, qui débouchent fatalement sur les trois M : mégalomanie, maladresse, mépris. Dix ans d'expérience, de Mc Donald's à Rhône-Poulenc, m'ont persuadé que le manager idéal est un nul conscient de son ignorance et qui s'en fout, qui a su bien s'entourer sans faire d'ombre à personne, et dynamiser son personnel par la sympathie qu'inspirent ses fantaisies désamorcées.

— Vous avez réuni vos cadres ?
— Ils vous attendent à la cafétéria.

Il aspire ses lèvres, lisses et blêmes, figées dans un souvenir d'écran total. Mon silence l'exaspère mais, quelle que soit mon attitude, il y verrait du reproche. Il se relève, va regarder par la fenêtre. Ma vieille Bentley en cours de restauration fait tache sur son parking, comme un jouet de riche dans une cuisine de pauvre. Gros garçon dégarni qui devait collectionner les billes. Il est sympathique, finalement. Il a dix ans de plus que moi, c'est tout, mais je n'ai jamais connu la grâce le temps d'un slalom ; j'ai eu moins de mal à redescendre sur terre. Moi aussi, dans le temps, j'étais sympathique. Il a voulu réussir, comme les autres, et maintenant ils me paient pour que je leur explique l'étendue de leur ratage. À quel titre ? Mon intervention a coulé autant d'entreprises qu'elle en a renflouées — ceci expliquant cela — et, mon bilan étant nul, dans le fond je ne sers à rien. Quoique. Dans un monde gouverné par l'incompétence, l'imposture est le seul remède qui ne provoque pas de rejet.

Déstabiliser les gens par la peur qu'on leur inspire, au moyen d'une influence réelle mais difficile à cerner, et les mettre à nu par le biais d'une science d'autant plus délicate à réfuter qu'elle ne repose sur rien. Voilà mon rôle, voilà ce qu'ils attendent de moi, et pour mériter leur respect, j'ai dû leur faire sentir combien je les méprise. C'est faux, souvent, mais c'est mon métier, alors je me force, sinon ils ont l'impression que je les vole. Ce pauvre type égaré loin de ses pistes n'est que l'illustration d'un cas d'école. Il rend heureux sa femme, ses gosses et son chien. Il couvera dans la banlieue de Grenoble une cirrhose convenable qui le mènera jusqu'à la soixantaine en Alfa Roméo. Il laissera un vide. Je me suiciderai à quarante ans d'une balle dans le cœur, et ce sera un rond dans l'eau.

Il se retourne d'une pièce :

— Écoutez, je vous raconte pas d'histoires : les skis, moi j'y connais rien, je glisse dessus, je sais quand c'est bon ou pas, mais la structure, les matériaux, tout ça... J'étais le meilleur sur les pistes ; j'ai pris les meilleurs sur le marché. Vous avez vu leurs dossiers. C'est tous des bons. Alors pourquoi ça cloche ?

— Parce qu'ils sont ensemble.

Mon avis définitif est assorti d'un sourire rassurant, pour entretenir l'angoisse.

— Et alors ? Je vais pas les virer !

J'ouvre mon attaché-case et lui tends le dossier vert espérance qui porte le nom de sa firme. Mon pyjama est plié sous mon agenda. Je m'arrange toujours pour qu'une manche dépasse. C'est le côté humain.

— Vous trouverez en annexe de mon rapport un plan de sauvetage en trois points. Diversification, mécénat, refonte des cadres. Je vous donnerai mes directives à l'issue du séminaire. Je vous dirai qui virer, qui promouvoir, qui changer de poste, et vous ferez exactement ce que je vous dis. Si en six mois votre entreprise n'est pas sortie du rouge, je vous rembourse mes honoraires et j'éponge vos pertes. C'est dans notre contrat.

Une bulle de ricanement éclate au coin de sa bouche.

— Vous êtes tellement sûr de vous ?

— J'ai les moyens de me tromper. Et vous avez le droit de vous adresser à quelqu'un d'autre. Il y a d'excellents consultants, dans l'Isère.

Il enfonce les poings dans les poches de son costume rayé CNPF, qui n'aura pas réussi à remplacer l'anorak. Il réplique :

— Vous savez très bien que ma banque a voulu que je vous prenne vous.

J'allume une Boyard maïs avec son briquet de bureau, une mini-raquette de squash dorée sur chrome, frappée de ses initiales, cadeau de Noël.

— Si je vous renfloue, il faudra d'ailleurs changer de banque. Taux de base plus trois pour un crédit d'équipement : ils se sont foutus de vous.

Il hausse les épaules, sans illusions, bonhomme de neige qui attend le printemps.

— Qu'est-ce que je peux faire, tout seul ?

— Je suis là. Allez faire un squash et revenez à cinq heures : vous aurez mon plan cadres.

Je referme la porte de son bureau et pars dans les couloirs vanille-citron qui sentent le Proprex, ce nettoyant industriel que j'ai fait racheter mardi dernier par SMG, sans raisons, comme ça, pour qu'on me cherche des arrière-pensées stratégiques qui feront monter la Bourse ou paniquer les actionnaires. Je déteste ce monde, ce capitalisme abstrait dont j'ai dû faire mon terrain de jeux. D'une nature un peu plus optimiste, et sans revanches à prendre, j'aurais mis des bombes. Je me contente de faire la loi.

Mes dernières réussites dans la liquidation de l'aciérie

lorraine m'ont donné un crédit qui me permet toutes les lubies. C'est si simple et si vite ennuyeux, de comprendre de l'intérieur pourquoi une entreprise coule et comment limiter les dégâts. La grande erreur de mes concurrents est de prendre la suppression d'emplois pour un facteur de relance, alors qu'elle n'est qu'une source de conflits, et donc une perte de temps, d'argent, d'énergie. Le seul moyen de résoudre les problèmes d'une boîte, c'est de pratiquer l'électrochoc, selon le principe jamais démenti qu'un incompétent promu est toujours préférable à un compétent qui stagne. Mettre un responsable de fabrication aux relations publiques et un chef des ventes à la direction des achats, avec un salaire doublé, provoque l'angoisse de ne pas être à la hauteur, décuple les capacités, multiplie le rendement et arrête la chute des entreprises qui méritent d'être sauvées, tout en accélérant l'effondrement des autres, si c'est mon intérêt — quand je suis envoyé par la direction du groupe pour sacrifier sans tapage une branche malade.

Personne ne me connaît, dans l'opinion publique. Je n'ai pas ma photo dans le journal, je ne sors pas, je ne subventionne rien, je ne suis pas un de ces allumés du brushing qui s'offrent un voilier de compétition pour faire connaître leur nom en guise de réussite. Ils ne sont pas tous mauvais, mes confrères, mais ils ne songent qu'à plaire, convaincre et faire carrière sur le dos des entreprises qu'ils saignent. L'ambition seule les fait marcher. Ils confondent pouvoir et célébrité, rayent le parquet sans haine, sans rage et sans vengeance. Au pire, ils tuent le père. Chaque fois que je sauve une entreprise, moi, je ressuscite le mien.

Je m'arrête devant la cafétéria. Un murmure de ragots se faufile sous la porte. On est en train de médire de moi, de railler mon allure de Viking éteint, rasé de la veille, tweed usé, Boyard aux lèvres et science infuse, de parler des quarante ou cinquante sociétés que je possède en sous-main, des holdings que j'infiltre avec des prête-noms, des usines en faillite que je rachète un franc, que je redresse artificiellement par des magouilles boursières, afin d'inquiéter la concurrence à qui je les revends ensuite au prix fort. Les calomnies habituelles, si inférieures à la réalité que c'en est lassant. Le manque d'imagination des planqués, sur lequel j'ai bâti ma carrière, réussirait presque à me donner des scrupules. Ils ne méritent vraiment pas le mal que je leur fais.

J'ouvre la porte. Les directeurs de service se tournent vers moi, l'air à la fois hostiles, sûrs d'eux, méfiants et dérangés en plein travail. Je connais. D'habitude, j'organise mes séminaires dans des Novotel excentrés, au bord d'une autoroute ou près d'un aéroport. Rien d'autre à faire que manger, boire, dormir et prouver ses limites. Mais le problème de cette boîte va se régler en un quart d'heure, et Corinne m'attend cette nuit à Paris. Bien sûr, je l'ai appelée. Bien sûr, cette nuit. À six heures, à Évreux, je signe l'acte de rachat de la Ronceraie. Quinze ans que j'attends ce moment. Une fête est prévue au château, que je vais sécher comme toutes les fêtes, pour aller retrouver dans un deux-pièces du XXe une étudiante en droit qui me fera une blanquette. Je n'ai rien à lui dire, elle n'essaie pas de me faire parler, j'adore son cul et je ne la vois que les soirs de victoire. De victoire... De vengeance. On m'a cassé mon enfance et je passe mon temps à recoller les morceaux. Après le suicide de mon père, on a dispersé aux enchères sa collection de voitures et ses maisons. J'ai déjà récupéré la De-Dion-Bouton, la Celtaquatre et la Bentley grise, et ce soir mon frère sera propriétaire de la Ronceraie.

Tout ce qui m'intéresse, c'est de reprendre. La possession, je m'en fous. Les femmes, les affaires, les maisons, les voitures : je les aime au pluriel, dans les souvenirs qu'on retrouve, les choix qui s'offrent, les nouveautés qu'on alterne, les fidélités croisées. Tout ce que je demande à mon frère, c'est d'apparaître à ma place dans les organigrammes et les conseils d'administration, de régler les loyers de mes femmes, d'entretenir mes voitures et de faire revivre le château. Il est heureux. Il est fait pour. Et c'est justice : c'était mon demi-frère, mon demi-dieu, mon héros. Pendant cinq ans, c'était devenu un fantôme d'orphelinat, déteint, cassé. Je l'ai réparé. Je ne supporte pas qu'on me vole les choses.

Autour de la table centrale, les directeurs se sont levés lentement, l'un après l'autre, pour marquer leur désapprobation, dans l'odeur de lessive au chou qui imprègne la cafétéria. Chacun se présente, définit sa place dans l'entreprise et développe ses objectifs. Une des constantes les plus navrantes, dans mon métier, est d'entendre les cadres dire « je fais ci » au lieu de « je sers à ça ». Incapables de se situer dans un effort global. Ceux-ci attaquent très fort : si leur entreprise a des problèmes depuis deux ans, c'est à cause du manque de neige. Et allons-y : la pollution, la couche d'ozone et l'effet de serre. C'est au gouvernement d'aider l'industrie du ski. De créer un impôt.

Je les laisse raconter leurs salades, composer un ronron chiffré, monocorde. Je bande. J'ai très envie d'asseoir Corinne sur moi, de la fourrer lentement, les mains derrière ma nuque sur son oreiller de mousse qui sent le thym, de la regarder se caresser dans son body dégrafé, de voir ses seins bouger sur fond de Père-Lachaise, derrière les rideaux bleus. Leur conclusion est qu'ils travaillent tous en parfaite harmonie ; les différents services se concertent en permanence, dans une ambiance de franche camaraderie et d'intérêt commun. Corinne jouit avant moi pour atterrir sur mon plaisir : elle préfère et je la rejoins. Toutes ces données prouvent qu'il n'existe aucun problème relationnel interne, de nature à justifier l'intervention d'un consultant. J'acquiesce. Maintenant je vais la prendre de dos, en multivision dans sa glace de salle de bains qui se reflète dans le miroir de la bibliothèque. Les directeurs se sont rassis, dossiers ouverts, inattaquables, prêts à répondre à mes questions vicieuses.

Je les remercie, et je leur propose de jouer aux cubes. Mon frère est entré, avec la mallette de jeu qu'il ouvre par-dessus les dossiers, dans un silence profond. Il a les mains tachées de cambouis. La Bentley a un problème d'allumage, et on va encore rentrer derrière une dépanneuse. Jacques me rassure d'une moue de spécialiste, en distribuant un cube à chacun. Je m'assieds d'une fesse sur la table, bras croisés, dévisageant les cadres.

— Voilà, messieurs. Vous êtes une entreprise de cubes et vous devez construire des tours. O.-K. ? Alors chacun examine son produit de base, et inscrit sur un bout de papier le nombre de cubes qu'il pense pouvoir empiler, sans que la tour s'effondre.

Silence tendu. Puis ils commencent à discuter, poser des questions. Ça prend cinq minutes, en moyenne. Cinq minutes pour rien, puisque le programme de leur entreprise est clairement défini. Il y a ceux qui veulent d'autres cubes avant de fixer leur objectif, ceux qui réclament une surface absolument plane, ceux qui se mettent à calculer le polygone de sustentation, ceux qui disent que le jeu est idiot. Autant d'indications sur leur caractère, leur potentiel de réaction, que Jacques note scrupuleusement dans sa tête.

Je ramasse les copies et j'inscris sur un tableau noir l'objectif choisi par chacun. On obtient une fourchette qui va de onze à trente-six cubes. Moi je sais qu'à vingt-trois, la pile s'effondre. Je leur demande si, au vu des programmes de leurs collègues, certains désirent modifier le leur. Ça ne manque pas. Deux ou trois, en général, enlèvent des cubes à leur projet. Ceux qui font passer, d'après la moyenne des choix et le calcul des probabilités, la sûreté avant le rendement. Ils sont repérés : ce sont les plus fiables. C'est-à-dire les plus précieux ou les moins utiles, selon qu'ils travaillent pour un centre de recherche nucléaire ou une fabrique d'espadrilles.

Puis on passe à la deuxième phase : le jeu proprement dit. Jacques donne à chacun le nombre de cubes qu'il a réclamé, top chrono et vous avez trente secondes. Ils se mettent à empiler, fébriles. Il y a ceux dont la tour s'écroule, et qui attendent la fin du jeu, bras croisés, avec un air fataliste. Ceux qui se remettent aussitôt à empiler, rageurs. Ceux qui préfèrent s'arrêter en route parce que leur pile chancelle. Ceux qui ont atteint leur objectif, et dont les mains évoluent autour de l'édifice branlant, pour lui communiquer leurs vœux de stabilité.

Les premiers ont calculé qu'ils n'auraient pas le temps de recommencer leur tour. Les deuxièmes, pris par le jeu, font la course contre la montre en oubliant le reste, et leur pile s'abat sur celles des autres. Les troisièmes ont sacrifié leur objectif initial à une réalisation partielle, qui les satisfait. Les quatrièmes, ceux qui ont réussi, tremblent pour leur tour et jettent des regards critiques aux voisines, espérant qu'elles vont se casser la gueule.

Généralement, quatre ou cinq ont tenu leur programme. Mais il y en a toujours un qui est plus haut que les autres. Alors ses collègues rajoutent des cubes à leur projet, pour le rattraper, et s'effondrent.

Top ! les trente secondes sont écoulées.

— J'ai gagné ! s'exclame le directeur des relations internes, un balai-brosse à carreaux.

Trois fayoteurs et un fair-play l'applaudissent. Je félicite le vainqueur, et puis je lui fais remarquer que personne n'a dit qu'il s'agissait d'un concours. Le but de leur entreprise de cubes était de construire des tours, c'est tout. Stupeur. Spontanément, vous avez opté pour la compétition individuelle, le conflit interne, alors qu'au début du séminaire, permettez-moi de m'étonner, chacun s'était prononcé en faveur de la concertation. Voilà pourquoi votre entreprise plonge.

— Mais, objecte le directeur des relations internes, ce n'est qu'un jeu.

Je lui réponds : heureusement. Là-dessus on va déjeuner. Le plus souvent, les cadres ne mangent rien, se tiennent sur la défensive et se regardent avec méfiance, tout en se passant les plats. C'est signe que le séminaire commence à porter ses fruits. Après le café, je les réunis autour d'un problème concret de leur entreprise. Ils me jouent à fond la carte de la concertation, là où seul l'esprit de compétition pourrait les sortir du gouffre. Je le leur dis. Sans leur laisser le temps de se justifier, j'enchaîne avec le jeu de la Nasa. Vous êtes cosmonaute, et votre module se pose sur la Lune, à cinquante kilomètres de la station. Il vous reste huit heures d'oxygène, qu'emportez-vous ? Suit une liste de quinze objets à classer par ordre d'importance.

J'observe du coin de l'œil le directeur du département fixations, qui est en train de craquer. La concentration scrupuleuse avec laquelle ses collègues se penchent sur leurs problèmes lunaires l'ulcère. Je lui donne trois minutes pour quitter la salle en claquant la porte.

— Et le canot pneumatique, on l'emporte ? s'interroge un inutile pointilleux, directeur des prévisions, que je vais muter aux archives.

— Oui ! bondit le relations-internes, frétillant. En le gonflant à l'azote, comme il n'y a pas de pesanteur, on peut s'en servir pour franchir les crevasses.

— Et on rame ?

Le département-fixations s'est dressé, hargneux ; la tablée s'est gelée sous sa question brutale.

— On a une entreprise à sauver, merde ! enchaîne-t-il en tapant du poing. Et on est là comme des cons à jouer à la fusée, pour se faire mettre des notes par un « extérieur » qui est venu pour nous virer ! Vous êtes complètement infantiles !

Il sort en claquant la porte, dans un silence pudique. Personne d'autre ? Non ? C'est curieux comme, à chaque séminaire, je n'ai jamais plus d'une personne qui craque. Je fais signe à Jacques de continuer le jeu, et je vais rejoindre mon craqueur dans son bureau du troisième, où il s'est retranché furieux. Je me compose une colère solidaire, en ouvrant d'un coup sa porte.

— J'ai vingt ans d'ancienneté ! attaque-t-il.

— C'est bien ce que je vous reproche. Vous êtes complètement dépassé, vous êtes un corps mort, vous ne tenez que par le poids des indemnités qu'on vous doit si jamais on vous vire. Eh bien moi, je vous vire ! Et avec ce que j'économiserai sur les conneries que vous faites, en trois mois vos indemnités seront couvertes, et tout le monde aura oublié que votre cul un jour s'est posé dans ce fauteuil !

— On m'offre un pont d'or chez Rossignol !

— On vous offre un pont d'or parce que vous êtes ici ! Si je vous flanque à l'eau, personne n'ira vous repêcher !

La vérité lui coupe les mots. Radouci aussitôt, je me perche sur le coin de son bureau, et lui prends le cigare qui dépasse de sa poche. Je l'allume avec son briquet jetable, en souriant :

— Je vous augmente de quarante pour cent à l'essai sur six mois, comme directeur général du sponsoring. Je veux que vous alliez vous balader dans le monde entier, aux frais de l'entreprise, pour trouver des compétitions, des manifestations, des prototypes, des œuvres d'art à parrainer. Vous serez le maître de votre budget, et à la fin de l'exercice on vous jugera sur les retombées du mécénat.

Il me dévisage, sidéré, glauque.

— Mais comment pourra-t-on me juger ? En si peu de temps...

— Je vous donne les moyens, je vous laisse l'angoisse. C'est votre dernière chance, et c'est la dernière chance de votre marque. Dépensez pour qu'on vous croie riche, faites-vous de la pub, afin de persuader vos concurrents que vous préparez le lancement d'un ski révolutionnaire.

Il hoche la tête sans me quitter des yeux, rit deux fois par le nez, lève la main dans un geste de miracle absurde, cherche ses mots :

— C'est...

— Inespéré, mais ne le dites pas. Si j'ai l'impression que vous doutez de vous, je me ravise.

Baissant le regard, il me dit merci.

— Non. Je suis un salaud d' « extérieur ». Alors qu'est-ce qu'on me dit ?

— Dehors ! lance-t-il en redressant la tête, les yeux brillants.

— Voilà.

Je laisse un message confiant sur la table du PDG, avant d'aller faire signe à mon frère de libérer ses cosmonautes.

— Et ton « craqueur » ? me demande-t-il, au volant de la Bentley.

— Dans six mois, il a coulé sa boîte en notes de frais ; je la rachète un franc et je la fusionne avec Euroski.

— En profitant des retombées média du sponsoring.

— Euroski a une image inexistante et des produits parfaits : mariage idéal.

La Bentley a démarré au premier tour de manivelle. Le visage radieux de Jacques me regarde dans le rétroviseur.

— Dis donc, François, j'ai déclenché ton OPA sur Euroski, ce matin, comme tu me l'as demandé. Mais... tu as oublié quelque chose.

— Étonne-moi.

— L'actionnaire majoritaire d'Euroski, c'est les chaussures Zoom. Et Zoom, c'est une filiale de Paradis-France, que tu contrôles par la Générale de Biscuits.

Je pose le menton sur le dossier de son fauteuil, amusé.

— Mais alors, je fais une OPA sur moi-même ?

— Oui.
— Champagne !

J'ai ouvert le petit bar en noyer, j'ai arrêté mon geste. Il sait pourquoi. À la mort de papa, la Bentley a été rachetée par le musée de Mulhouse, et personne n'a plus ouvert le bar. Le quart-champagne Moët et Chandon, avec lequel il menaçait de nous soigner quand nous avions mal au cœur, est toujours là, sanglé de cuir contre la porte en marqueterie.

— Tu n'as pas peur ? me demande Jacques.
— Peur de quoi ?
— De revenir en arrière. De réveiller ce qui n'existe plus.
— C'est ton boulot, pas le mien.

Il hoche la tête, se concentre sur la route, joue, pour détourner son émotion, avec la petite manette qui permet de régler, sur le volant, le velouté de la suspension.

— Elle ne sent plus rien, cette voiture.
— Si, Jacques. Ferme les yeux.

Il préfère conduire. Il n'a jamais discuté mes envies, mes révoltes, mes souvenirs. C'est un placide, un de ces distraits qu'on prend pour des rêveurs, alors qu'ils ne font que se satisfaire de la réalité, du moment qu'elle ne les contrarie pas. C'est lui, l'esprit de papa, et pourtant c'est le fils d'un premier lit de notre mère. Moi j'ai tout pris de son côté à elle : la dureté, le silence et la fuite. La fuite en avant, seule différence.

— Tu dors chez qui, ce soir ?
— Corinne.
— Et... Élisabeth ?
— Elle va bien.

Il ne m'a même pas proposé de coucher au château, en famille, pour fêter le rachat. C'est pour ce genre de pudeur que je l'aime. Il n'a jamais essayé de me convaincre que sa femme, ses trois filles et son chat étaient le secret de son équilibre, et que l'équilibre c'est le bonheur. La Ronceraie sera leur maison, ses enfants réinventeront nos jeux, sa femme y fera creuser une piscine et, où que je sois, je saurai que le décor de mon enfance n'est pas mort, confisqué ni figé. Ça me suffit.

— Tu viens chez le notaire ? demande-t-il, porte d'Orléans.

— Non. Voilà le chèque. Dépose-toi à un taxi, j'ai envie de garder la voiture.

Il acquiesce. Il sent que je n'ai plus envie de parler et met la radio, doucement, pour que je puisse me taire sans gêne. Il a toujours eu tendance à exagérer mes scrupules. Il est persuadé que je vis un enfer intérieur, entre mes femmes, mes mensonges, mes illégalités. Je sais qu'il pense un peu tristement à moi, le matin, quand il se rase, bien dans sa peau, propre sur lui, conscience nette. Je ne me rase qu'un jour sur deux, c'est vrai, mais pas pour éviter mon reflet ; simplement parce que le négligé complète mon personnage.

Je ferme les yeux, allongé sur la banquette, le dos collé à la portière, respire à pleins poumons l'odeur de cuir passé, d'où j'essaie de remonter des souvenirs, des vacances, des trajets vers l'école. C'est vrai que la Bentley ne sent plus rien. Mais je ne l'ai rachetée que depuis trois semaines.

La nuit est tombée dans la brume. Je suis garé sur un bateau, les bras endoloris par la manœuvre : deux tonnes cinq d'aluminium et tôle, sans direction assistée, mais avec des pare-chocs assassins qui me coûtent six cartes de visite par jour, sous l'essuie-glace de mes voisins de rue.

Des emballages de primeurs et des cageots écrasés occupent le trottoir. Montants en fer des marchés démontés. Les poubelles passent. La porte est bleue, couverte d'une laque neuve et déjà écaillée. Le code brille. Je tape 6325. Pas de déclic. Non, 6325 c'est Nathalie. C'était mardi. Je chasse le souvenir de Nathalie pour me concentrer sur les chiffres de Corinne. Des fesses moelleuses, Nathalie. Renflement d'édredon, douceur de plume... Stop. Corinne, j'ai dit. Corinne, c'est un body noir avec deux boutons-pression entre les cuisses, qui nécessitent des ongles ras. Une odeur de thym sucré. Des cheveux teints auburn. Une salle de bains mauve avec un porte-serviettes très solide où elle s'agrippe en me tendant son cul. Mais son code...

J'essaie 9329, qui ne correspond à rien, même pas à un autre visage. Cette concentration à vide sur les chiffres m'épuise. Ce n'est plus l'heure. Les poubelles ont tourné le coin de la rue qui est maintenant complètement déserte, avec une rumeur de chocs lointains, et le gyrophare qui clignote dans le reflet d'une vitrine.

Je remonte dans la Bentley, allume une cigarette. Fin de mon deuxième paquet. Arrêter, pour quoi faire? Je fume sans plaisir : où serait le mérite? Je vais attendre qu'un locataire entre ou sorte. Corinne a dû baisser le feu sous la blanquette. Je déteste ce plat, mais la première fois que je l'ai baisée c'était jour de blanquette, et je respecte trop les rituels amoureux pour faire de l'ombre à ce qui l'excite. Corinne. De quelle couleur sont ses yeux? Je m'en fous. Je m'agace, en ce moment, je tourne en rond. C'est ce que je recherche chez toutes ces filles, non? Le besoin de me retrouver seul, dans les émotions que je donne. Il paraît que je suis un bon coup. On réussit du moins à me le faire croire et c'est justice, puisque seul leur plaisir m'intéresse. Il me nettoie, me débarrasse de toutes les scories d'indifférence et de lassitude que mon métier m'accroche à l'âme. Je ne me plais que lorsque je les fais jouir. Je ne m'aime que dans leurs lettres. Je ne souffre que lorsque je les quitte.

Je ne suis pas très bien, ce soir. J'ai envie du corps de thym sucré de Corinne, mais je n'ai pas le courage de me retrouver tel que je suis pour elle, de renouer avec ce personnage que je lui ai inventé. Quel est-il, déjà? Il ne reviendra que dans ses yeux. N'être jamais le même pour aucune de mes femmes, c'est ma seule forme de fidélité. Et je crois qu'elle est plus profonde que le plaisir de l'imposture. Toutes ces liaisons pour me donner des rallonges... Mes rallonges m'écœurent, ce soir, tombent à mes pieds comme des amarres qu'on largue.

Je ne me suis jamais imaginé vieux. Peut-être l'hérédité du suicide. Plus sûrement le refus du déclin de mon père, la revanche que les minables prenaient sur lui à cause de l'âge. Vieux, je ne me suis jamais vu, mais jeune, je ne l'ai pas vraiment été. Gamin, oui, et puis sauvage, blessé, chasseur et puis joueur. Et puis seul. C'est la source de mon charme, depuis que j'ai de l'argent. Je ne me suis jamais fait d'illusions. J'en vends. Il est quand même surprenant qu'aucune fille n'ait encore essayé de me rendre père de son enfant. Il doit émaner de moi un tel refus du foyer, de la descendance, qu'elles sentent qu'elles ont tout à perdre en tentant de m'attacher. Qu'est-ce que j'ai, cette nuit ? Même pas de la dépression, de la tristesse ou du vide : un goût d'après. D'après-moi. J'abaisse mon dossier, les pieds sur le volant.

Il pleut, à présent. Les gouttes sur le pare-brise font pleurer les réverbères. Poète. J'aimerais dire des choses bêtes à Corinne, des choses douces, qui deviendraient nos secrets, nos rendez-vous, nos rites. Au lieu de la blanquette. Mais je parle si peu. Je mens tellement que le silence chez moi est une franchise. Je n'ai envie de rien d'autre. Cette vie me convient tout à fait, correspond à un appel, une nécessité dont je n'ai jamais douté. Je crois que je rends heureuses deux femmes sur six, actuellement. L'une est amoureuse, l'autre était vierge. Je les quitterai en plein bonheur, comme d'habitude, pour leur laisser de beaux souvenirs. J'ai besoin, non pas d'être aimé, mais d'exister pour elles, de leur faire du bien. Ça ne rachète rien, c'est gratuit. Mais ça me retient sur terre.

Je vide le cendrier, redescends m'enfouir dans mon

dossier couché. Je ne cherche plus ton code, Corinne. Je vais passer la nuit devant ta porte, et j'irai manger ta blanquette froide au petit déjeuner. Le sommeil est en train de me gagner quand la porte de l'immeuble s'ouvre. J'ai la mémoire des objets, à défaut de celle des chiffres. Je reconnais le parapluie vert qui passe sans s'arrêter. Merci, Corinne. Merci de n'avoir pas cogné à la vitre de cette Bentley que tu connais, où tu m'as demandé de te faire l'amour, jeudi dernier. J'ai dit non : pas de surimpression. Une femme est une femme, et la voiture c'est mon père.

Tu as les yeux noirs, Corinne, je me rappelle à présent. Ta moue de petite fille punie, lèvres en avant, me manquera, et tes seins dans l'échancrure du body quand tu m'enjambes. Tu me renvoies face à moi, dans mon système absurde, et c'est ce que je veux. Le moment des ruptures réserve toujours plus de surprises que celui des rencontres. On voit vraiment l'être, et non plus la nouveauté embellie par le désir. Tu m'as plu, Corinne, adieu. Demain j'aurai des courbatures, et une tendresse émue qui te survivra bien après que tu m'auras oublié.

Une ambulance est venue chercher quelqu'un dans l'immeuble, à deux heures : j'ai dû céder la place. Où finir la nuit, maintenant ? Les femmes dont j'ai la clé dorment. Je n'aime pas draguer dans les bars, je n'aime pas dormir et je n'aime pas réveiller. Reste le bureau.

J'arrête la Bentley au milieu des Champs-Élysées, sur la bande centrale réservée aux taxis. Ma plaque d'immatriculation à deux chiffres m'évitera la fourrière. Je traverse l'avenue où traînent des fêtards mornes, des flics en civil et des emballages Mc Do. L'une des tanières où je me cache pour infiltrer les industries est dans un vieil immeuble à galerie marchande, qui sent la réglisse et l'imprimerie. Hauts plafonds, rideaux des magasins baissés, veilleuses, grands dallages tristes, ascenseur du fond à droite, quatrième gauche.

Élisabeth me prête un bureau, un téléphone et les fichiers, dans son agence de chasseurs de têtes où défilent les plus grands « décideurs » en partance. Les mouvements de personnel, la demande du marché et le caractère des postulants me renseignent sur la santé des entreprises. Au passage, grâce à la rancune des virés, je glane quelques informations précieuses sur les faiblesses d'un patron ou sa stratégie secrète, dont ses concurrents grâce à moi bénéficient ensuite. Un jour, si je suis vieux, j'épouserai Élisabeth. Nous sommes complémentaires dans les affaires, assortis au lit, nous nous ressemblons beaucoup et nous nous dégoûtons un peu, moyen commode parfois de purger notre conscience.

Les parquets craquent sous la moquette dans les bureaux déserts. J'appuie mon front contre une fenêtre. La lourde silhouette onctueuse de la Bentley aux ailes grises ondule les reflets qui passent. Vue d'en haut, elle a l'air assoupi d'un éléphant de cirque. Des loubards aux allures de flics et des flics déguisés en loubards tournent autour d'elle, sans vraie curiosité, sensibles uniquement à sa présence incongrue.

Je m'assieds derrière ma table en marbre, entouré de piles de dossiers et de bandes magnétiques : rapports, CV, séries de tests, interrogatoires, psychanalyses des candidats aux postes clés passés à la torture. J'aime bien cette ambiance. La circulation des Champs-Élysées transforme la pièce en aquarium de phares. Je sors le dossier Air Inter, bien moelleux, sur lequel je passe la nuit parfois.

La tête posée de côté sur le coussin de projets concernant des efforts-clientèle qui ne verront jamais le jour, j'écoute mon répondeur. Un directeur de l'Aérospatiale souhaite me commander un audit sur l'abandon d'un projet de missile. Béatrice m'embrasse. Je ne sais plus qui c'est. Le bras droit d'un agent de change en cours d'inculpation a des renseignements à me vendre. Maurice Guérand-Darcy m'appelle au secours.

Tiens. Pas vu depuis dix ans. Comment a-t-il eu ce numéro ? Mes clients de la politique ignorent cette ligne, réservée à l'industrie. Pour eux, je suis François Foncinet, conseil en financement électoral chez mon frère, qui a ses lignes sur écoute mais ne porte pas le même nom que moi. Je rembobine le message. Maurice Guérand-Darcy. Ancien secrétaire d'État oublié, député-maire d'un coin paumé dans la Creuse depuis quarante ans, il a voulu doter d'un centre hospitalier ultramoderne sa municipalité de vingt mille âmes. Tout le monde s'est jeté sur le fromage et, le résultat dépassant les prédictions les plus alarmistes de ses adversaires, il m'invite à prendre le thé dans son bureau-chambrette de l'Assemblée nationale.

Il est trois heures du matin quand je le réveille. Ce n'est pas grave, il est ravi ; il sort d'une séance de nuit où il a fait ses huit heures. Discussion sur le budget, vous pensez. Il noue sa robe de chambre, et prépare le petit déjeuner en poursuivant la litanie entamée sur mon répondeur. Il se désole, fait les cent pas, se cogne à la chaise, tourne en rond, théière en main. Vision curieuse, ce vieillard jouant à la dînette sur huit mètres carrés, entre son canapé-lit, son bureau d'écolier, son petit réchaud et sa boîte à biscuits. Son débit lent m'endort. Je serais quand même mieux dans le lit d'Élisabeth, de Corinne ou d'Armelle. Mon petit François, comme le temps passe, j'ai entendu parler de vos talents professionnels, maintenant vous êtes un homme. Il m'a fait sauter sur ses genoux quand j'avais six mois. Voisin de mon père sur les bancs de l'Assemblée. A été très bien avec lui, le jour de ses obsèques. Beau discours. Regrets, indignation, salissures, nous sommes tous responsables, etc. Un peu tard, mais très bien. Je m'en fous. J'accepte d'aller faire le check-up de son hôpital, par curiosité, pour découvrir les incompétences dans un domaine que j'ignore. J'en repartirai avec les poumons charbon, la vésicule boueuse et un rein qui débraye. Mais mon rapport fera mal. Et puis cette nuit, je ne savais vraiment pas chez qui la terminer.

Je passe les vingt-quatre heures suivantes à Bourg-en-Val, Creuse, couché au 123, planté d'électrodes, relié à des écrans, entouré de graphiques et de flacons pour colorer mes analyses, les bras gonflés de piqûres mal faites, mes dossiers sur les draps. Mon frère est venu me rejoindre, avec nos affaires en cours.
J'ai réuni les douze patrons de service autour de mon lit. Ils ont commencé par évoquer gravement mon bilan. Cigarettes, alcool et baise : on diminue ou on claque. Je les ai interrompus pour leur parler de mon rapport : insalubrité, magouilles, décès ; on réduit ou on ferme. Rivalités internes, détournement de subventions, trafics sur la « durée moyenne de séjour », abaissée artificiellement en hospitalisant très peu de temps des gens qui n'en ont pas besoin, infiltrations d'eau, mauvais classements informatiques, guerre des lits entre les services, manipulations sur les morts, qu'on transfère en douce pour faire baisser le pourcentage d'échecs, un décès en neuro-traumato étant statistiquement beaucoup moins ennuyeux qu'en gynécologie...
Au chapitre des mandarins qu'on engraisse pour rien, le moins nuisible est encore le professeur Le Gallieu, chef du service de Procréation médicale assistée, un chauve soucieux qui n'a effectué en trois ans qu'une seule insémination artificielle — par manque de donneurs, dit-il — ce qui l'oblige à dépenser l'intégralité de sa subvention en travaux de peinture, pour éviter qu'on ne la lui diminue l'année suivante. L'entrepreneur est son beau-frère. Mais au moins, il ne fait pas de victimes. Quoi qu'il en soit, j'aurais mieux fait de noter dans mon agenda le code de Corinne ; j'aurais mangé sa blan-

quette, baisé dans ses draps roses, oublié d'écouter mon répondeur et continué d'ignorer mon taux d'urée.

J'arrache les tuyaux, repousse les couvertures et renvoie les praticiens à leurs exploits. Rideau sur cet entracte. Je devrais être content : s'ils m'ont fait peur avec leurs analyses, c'est que je tiens encore à la vie. J'ai peut-être eu tort de ne jamais être malade. Ai-je encore le temps ?

Je me rhabille devant la fenêtre. Dans la cour pétarade une espèce de voiture carrée qui cherche une place. Lada, Zastava ou Moskvitch : le genre Fiat qui vient du froid. Elle finit par se coincer entre une DS et la Bentley que mon frère est en train d'ausculter, perplexe. En ouvrant violemment sa portière, le conducteur tape dans mon aile. Je me détourne et vais m'asseoir sur le lit, une chaussure à demi lacée, l'autre pied nu. J'ai peur de mourir. Et si je m'étais trompé de vie ?

2

J'AI fait trois fois le tour du parking. Adrienne est nerveuse, et je n'ai rien mangé depuis hier, par superstition. Toutes les places libres ont un nom de médecin écrit par terre à la peinture. Je me gare sur le Dr BL, dont le reste est effacé. En ouvrant ma portière, je cogne une grosse voiture encore plus vieille que la mienne. Le chauffeur, plongé dans le moteur, me fait signe que ce n'est pas grave. Affolé, je m'agenouille devant les dégâts. Le marchepied m'a fait sauter vingt centimètres de peinture, et la rouille s'effrite comme une crêpe dentelle. Ma pauvre Lada. Je viens d'apprendre en huit jours que mon père est mort, qu'il m'avait reconnu depuis un mois, et que j'ai jusqu'au 15 février pour payer son premier tiers. À part ses impôts, tout ce qui me reste de lui, c'est cette Lada. Et comme je gagne cinq mille francs par mois, ce n'est pas demain que je pourrai lui refaire sa peinture.

Je vais prendre la main d'Adrienne, qui est sortie en tirant sur sa jupe, je la serre contre moi, je l'embrasse. J'ai peur. J'ai terriblement peur.

— Calme-toi, Simon.

Elle sourit, comme pour me rassurer, mais elle a quarante ans dans trois mois. Plus je lui dis que je sens qu'elle y pense, pour ne pas la laisser seule avec son problème, plus le malaise s'aggrave. Alors je ne dis plus rien. Je ne sais pas quoi faire, à part trouver qu'elle est toujours plus belle, vérifier son calendrier, ses courbes de température, et lui faire l'amour tout le temps pour qu'elle oublie son âge.

On presse le pas vers l'entrée de l'hôpital. On est en avance, mais on ne sait jamais. Ça fait six mois qu'on attend le résultat de notre examen prénuptial. Quand j'écris pour avoir une réponse, je reçois un questionnaire. A la fin, je suis allé me plaindre au secrétariat, et j'ai obtenu un rendez-vous avec le grand patron des PMA. Je ne sais pas ce que c'est, mais on m'a dit que les autres grands patrons étaient en séminaire, et que notre dossier serait transmis du service compétent au service où on a rendez-vous.

Je regarde Adrienne en contournant l'ambulance garée devant le hall. Elle se maquille trop. Elle n'arrête pas de se maquiller, depuis qu'on est mariés : elle passe des heures à s'occuper d'elle, et soupire quand j'entre dans la salle de bains. Je crois qu'elle se sent inutile. Alors j'ai arrêté le rugby, les haltères et l'aviron, pour lui prouver que j'ai besoin d'elle, et que le reste ne compte pas. Du coup j'ai perdu mes copains, mais elle se maquille toujours. Et j'ai pris trois kilos. Parfois, je me dis que je l'ai déçue. Qu'elle attendait autre chose de la vie, qu'elle m'a épousé pour me faire plaisir, ou pour être tranquille, et que maintenant elle s'ennuie. Pire : elle s'en veut. Elle est très croyante, et je ne sais pas ce que les curés lui racontent. Cet enfant, elle le désire encore plus fort que moi, mais il y a cette histoire d'avortement, à dix-sept ans, qui l'a tellement marquée... Je sais qu'elle va se confesser, le samedi, en cachette, avec son filet à provisions.

C'était si beau, pourtant, notre rencontre. Si incroyable. C'est elle qui m'a regardé. Je ne trouvais pas d'explications, à part le voisinage : elle est à la parfumerie, je suis aux jouets, et nos rayons se touchent. Mais sans mon badge, on ne me voit pas. Le soir, je rentrais chez moi pour sculpter Sylvie, ma fiancée, qui était astrologue et qui était morte d'une appendicite dix ans plus tôt. J'étais fidèle. Je vivais dans la glaise, entouré de cent bustes. Ma grand-mère dit toujours que je suis un grand artiste. Elle le disait déjà de ma mère, qui nous a quittés quand j'étais petit, pour suivre sa troupe de théâtre dans une tournée mondiale. Elle tient une station Total sur la route de Liège.

Alors je préférais sculpter dans mon coin, la nuit, sans montrer à personne, pour garder l'enthousiasme, et vendre des jouets le jour. Ma fidélité, c'était d'être invisible pour les autres, et de sortir de temps en temps avec une fille du club nautique, pour me redonner le courage de me retrouver seul après. Adrienne a tout chamboulé. Je sentais qu'avec elle, ce serait sérieux, et j'avais trop souffert pour vouloir recommencer une grande histoire d'amour. Toute la journée, j'évitais de regarder dans sa direction, et je ne vendais plus un seul tricycle, parce qu'ils étaient frontaliers. Chaque fois qu'elle montait prendre un carton Roger & Gallet au sommet de notre gondole de séparation, avec son sourire tendre, je me sentais rougir jusqu'aux orteils. Tout le magasin croyait qu'on était ensemble, et moi qui avais tellement besoin de m'intégrer dans une équipe, maintenant j'étais jalousé pour rien.

À la fin, je l'ai invitée au Relais des Thermes, le restaurant le plus sinistre de la ville, pour lui dire : je n'ai aucun intérêt, je ne fais rire que les enfants, je n'ai pas fait l'amour comme il faut depuis dix ans, je suis très bien comme ça et je porte malheur : vos ventes ont chuté de vingt pour cent depuis que vous me tournez autour. Elle m'a répondu que ce n'était pas drôle d'être une jolie fille : tous les hommes se croient obligés de vous draguer, et c'est cruel de toujours les vexer en leur disant non. Alors elle avait fait semblant d'être amoureuse, perdue pour les autres. Elle avait choisi parmi ses collègues le plus minable, le plus timide, moi ; elle s'était dit : il n'osera jamais. Et voilà. Cet aveu a cassé d'un coup tous mes scrupules. Je l'ai amenée chez moi, je l'ai sculptée ; le lendemain on était amants et je descendais les bustes de Sylvie à la cave. Ce n'était pas pour effacer le passé ; c'était juste pour faire de la place. Dans mes planètes, Sylvie avait vu un enfant. On n'avait pas eu le temps de le faire ensemble, alors elle avait envoyé une autre femme dans ma vie, pour me le donner. J'avais vraiment envie d'y croire. J'avais essayé de communiquer plusieurs fois avec Sylvie, sur le guéridon du salon : il n'avait pas bougé d'un pouce et j'avais fini par casser le pied, tellement j'appuyais fort. Mais je sentais bien qu'elle me parlait, dans mes rêves. Elle me décrivait cet enfant, je l'imaginais parfaitement : j'aurais pu le sculpter.

Au bout d'un mois, Adrienne m'a dit que, si je voulais, elle pouvait arrêter la pilule. Je suis allé commander les alliances.

Et nous voilà aujourd'hui dans ce grand hôpital glacé, en train de patienter dans une salle d'attente où on n'a rien à se dire. Le bébé ne veut pas venir et les Galeries Bonomat, qui sont ma deuxième famille, vont bientôt faire faillite. Mlle Bonomat, une vieille dame merveilleuse, a été remplacée par son neveu, qui est une catastrophe. Il nous a fâchés avec les syndicats, les fournisseurs, la clientèle, et maintenant il ne vient même plus. Il doit être en train de discuter avec des promoteurs, pour qu'on remplace nos arcades 1900 par une tour en béton. C'est la vie. C'est ma vie.

Adrienne soupire, les jambes croisées, tourne les pages d'un magazine de mode. Souris-moi. N'aie pas peur. Tout va aller mieux, entre nous, tu verras. Je suis sûr que tes examens sont bons. Et sinon, c'est l'ordinateur qui s'est trompé : ça arrive tout le temps. On l'aura, notre enfant, je te le jure. Ça sera un garçon et on l'appellera Adrien.

Elle relève les yeux, me demande l'heure. Je la

rassure : on est toujours en avance. Elle soupire encore et se remet à lire. J'aimerais tellement trouver les mots. J'aimerais tellement garder l'espoir. J'aurais quand même dû manger quelque chose. Mais brûler un cierge, ça m'a paru triste. Je me suis senti plus proche d'Adrienne, en jeûnant. Comme elle fait pénitence, le samedi, sans rien me dire, quand elle revient de la confession. J'ai pensé que ça nous porterait bonheur.

On patiente encore vingt minutes, avant d'être découverts par une secrétaire qui nous dit qu'on s'est trompés d'étage. On va attendre plus haut.

Partis avec une heure d'avance, on se retrouve devant le professeur Le Galliëu avec une heure de retard. Il commence par nous le faire remarquer. C'est un chauve, élégant, le crâne en pointe, des lunettes dorées au-dessus des sourcils. Un nœud papillon. L'air d'avoir autre chose à faire.

— Vous savez que votre dossier ne relève pas de mon service.

Je réponds que le service dont ça relève est en vacances.

— Séminaire, corrige-t-il en se crispant. Bien. Votre nom.

Je suis en train de m'épeler quand le téléphone sonne. Il décroche sans s'excuser, puis s'étrangle dans son fauteuil qui grince.

— L'étanchéité, encore ? Ah ! non, vraiment, ce n'est pas le moment ! On a un consultant sur le dos, figurez-vous ! Et c'est le maire qui l'envoie, il est complètement malade ! Comme si ça ne suffisait pas, avec l'enquête d'hygiène ! Quand voulez-vous qu'on ait le temps de s'occuper des patients ? J'arrive.

Il raccroche brutalement et s'arrache à son fauteuil avec un regard accablé vers moi, comme si c'était ma faute.

— Une réunion de chantier, je reviens.

Je serre mes poings sur les accoudoirs et me penche en avant :

— Oui. Mais on est mariés depuis six mois et on n'a toujours pas reçu le résultat de notre examen prénuptial.

Il soupire en se massant la nuque, et ses lunettes retombent au bout de son nez.

— Écoutez, l'administration est débordée. Adressez-vous au... à... Il doit bien y avoir un service, non, à l'administration ?

— Notre dossier est chez vous, docteur.

— Professeur, me souffle Adrienne.

— Oui, oh, lui répond le médecin avec une moue désabusée.

Relevant ses lunettes sur son front, il remue des chemises cartonnées sur son bureau.

— Chavro, vous m'avez dit.

— Chavroux. J'avais pas fini. O-u-x.

Son front se ride sous la surprise, ses lunettes retombent.

— Ben, il est là. Dossier Chavroux. Qu'est-ce qu'il fait dans les M ?

Je lui dis que je n'en sais rien. Il ouvre la chemise, tourne des pages. J'attrape la main d'Adrienne et la serre, entre nos accoudoirs. Après vingt secondes, il referme le dossier et enlève ses lunettes aux branches articulées, qu'il plie en quatre pour les ranger dans sa poche de blouse qui en contiendrait six paires.

— De toute façon vous êtes mariés, maintenant, hein ? Tout va bien.

Je me suis raidi d'un coup.

— Qu'est-ce qui se passe ?

— Vous savez, un examen prénuptial...

Il fait un petit clapotis avec sa bouche, un geste imprécis, redresse son nœud papillon et sort en nous disant qu'il revient. Je serre plus fort la main d'Adrienne.

— Écoute, Simon, ne te mets pas dans cet état. Tu veux qu'on regarde le dossier ?
— Laisse. On n'y comprendra rien.

Elle sort une cigarette de son sac. Elle ne fumait pas, avant de me connaître. Elle demande dans un nuage :

— Qu'est-ce qu'il a voulu dire ?
— Mais rien ! C'est pas nous, c'est son travail : il a un problème, il se fait sonner les cloches. Tu as soif ?

Elle fait signe que non. Il y a une sorte de bar réfrigéré, au fond de la pièce. Je me lève en m'appuyant sur mes accoudoirs, le sol bouge et je retombe.

— Tu devrais manger quelque chose, Simon.
— J'attends.

Elle se lève en soupirant pour venir appuyer ma tête contre son ventre, me caresse les cheveux.

— Je referai le test, demain matin. On aura peut-être une bonne surprise...
— On va changer de marque. Ça marche jamais, ces trucs.

Les meubles tournent devant mes yeux. Un grand coup de noir m'est tombé dessus. Autant préparer Adrienne en déboulonnant ce professeur abruti qui n'y connaît rien : on va aller refaire l'examen à Limoges, ou à Paris, tiens, et tout ira bien, ne t'en fais pas.

Le professeur revient dix minutes plus tard, avec le nœud papillon de travers, les lèvres pâles et le regard froid. Un coup d'œil à sa montre, il se rassied, attrape notre dossier et le plaque sur son sous-main.

— Bon. Il n'y a pas lieu de tergiverser : votre épouse est parfaitement apte à la maternité.

Une coulée de bonheur me fait désigner aussitôt le grand patron avec une main vibrante, pour souligner sa compétence :

— Tu vois, Adrienne !
— Vous, en revanche...

Je me retourne, d'une pièce. Quoi, moi ? J'ai fait faire

l'analyse de mon sperme en option, pour tenir compagnie à Adrienne, c'est tout. Je lui dis :

— Je vous rassure, professeur.

— Moi pas, monsieur. Hélas.

D'un revers, il cogne de l'ongle sur une colonne de chiffres :

— Vous avez un problème de vitesse linéaire.

Il m'a fait peur.

— Vous savez, docteur, on est jeunes mariés. Alors... on prend notre temps, quoi.

J'ai un sourire vers Adrienne, qui se tient ramassée contre son accoudoir gauche.

— Je ne mets nullement en cause votre virilité, monsieur. Simplement, lorsque votre semence arrive à l'ovule, elle a perdu toute fertilité. Votre vitesse de progression linéaire n'est que de zéro virgule neuf.

J'encaisse le chiffre, sans regarder Adrienne.

— Mais... je peux aller plus vite, si je veux. Non ?

Il recommence ce geste vague, horripilant, qui monte vers le plafond pour retomber sur le sous-main.

— Vous souffrez d'oligo-, asthéno- et tératospermie. En d'autres termes, vos spermatozoïdes sont pauvres, fatigués et généralement anormaux dans leur forme, ce qui nuit encore à leur vitesse de progression.

— Vous êtes sûr que vous ne vous trompez pas de dossier ? intervient Adrienne en écrasant sa cigarette. Déjà, il était classé dans les M.

Il nous regarde, inexpressif, au-dessus de ses lunettes qu'il remonte trop brusquement et qui tombent par-derrière. Je lui demande de répéter son diagnostic, avec des preuves. Et j'écoute son charabia en m'énervant petit à petit, à cause de ses doigts qui jouent sans arrêt avec son nœud papillon. Je l'interromps :

— Vos machins d'analyse, ça se goure tout le temps. Moi je sais une chose : j'attends un enfant. On l'a vu, dans mes planètes. C'est clair, ça, non ? Tout le reste est arrivé !

Adrienne a posé la main sur mon poignet pour me calmer, je me dégage et tape sur le bureau :

— Un garçon, elle a vu, Sylvie ! Et ça sera un garçon ! C'était une astrologue extraordinaire ! Le déraillement du Paris-Clermont, elle l'a su un mois avant tout le monde ! Et le type de la SNCF, quand on est allés le voir, il a réagi exactement comme vous ! Alors vos trucs et vos tests, hein...

Le professeur lève la main pour se dégager de mon cas.

— Moi, vous savez, vous allez consulter où vous voulez, voyante ou médium ; je vous dis simplement que je suis navré, vous êtes stérile. Et à ce point, je ne vois pas comment, médicalement... Bon. Maintenant, si vous avez d'autres moyens...

Je me calme en ouvrant mon col pour desserrer ma cravate.

— Excusez-moi, professeur, mais ça fait dix ans que je l'attends, mon gosse. Je suis un bâtard, moi, vous comprenez. Je veux donner mon nom. C'est tout. Et j'ai mis dix ans à trouver la fille qui soit... la fille avec qui...

Ma phrase se casse, je la termine d'un geste par-dessus l'épaule.

— Je suis désolé. On peut recommencer l'examen, mais... Nous avons des problèmes d'ordinateurs, en ce moment : nous refaisons toutes les analyses à la main. Il n'y a aucun risque d'erreur. Je ne veux pas vous donner de faux espoirs.

— C'est gentil.

Adrienne me serre le bras, me fait passer un courant de douceur, de confiance. Je l'interroge du regard. Elle a compris. Elle pousse un long soupir, et accepte en se détournant. Je tape dans mes mains :

— Bon, allez, ça fait rien : stérile, c'est pas mortel. Le petit, on va l'adopter.

Un silence me répond. Lunettes ramassées, posées sur le sous-main, visage fermé.

— Vous avez trente ans.

— Vingt-neuf et demi. Enfin, dans un mois, oui, trente.
— Madame a neuf ans de plus. Vous connaissez les problèmes liés à l'adoption. Le temps de faire les enquêtes, d'obtenir l'agrément de la DASS; les listes d'attente, le peu d'enfants... Je ne veux pas vous mentir : trois ans de délai minimum, et vous aurez dépassé la limite d'âge.

Un vertige m'appuie contre mon dossier. Je touche le genou d'Adrienne.

— Bon, ben c'est pas grave, on va faire le truc, là, l'insémination artificielle, avec un donneur. Si tu es d'accord.

Je ne vois pas son visage. Un brouillard me presse le crâne.

— Bien sûr que je suis d'accord, dit-elle, comme on parle à un condamné.

Sa voix ramène le visage aux lunettes dorées, parmi des taches de lumière. Il dit :

— Alors là, je peux vous parler en spécialiste : je dirige le laboratoire de PMA. Procréation médicale assistée.

Je hoche la tête, et me fabrique un sourire reconnaissant. C'est un signe, finalement. Le destin a voulu ça.

— Très bien. Ça serait possible... un blond aux yeux noisette ? Qu'il ait quelque chose de moi...

Les lunettes me jettent un éclair en retombant sur le sous-main.

— Un donneur pour quatre cents demandes. Je ne veux pas vous laisser d'illusions.

— Merci.

Je me suis levé en me cramponnant à son bureau. Mon corps part en avant, je l'arrête à dix centimètres du nœud papillon. Il y a des pierrots, dessus, tout petits, assis sur des croissants de lune, qui jouent de la mandoline. C'est ça, l'hérédité. Mon père, on lui a trouvé une tumeur inopérable : il a dit bon. Il est allé me déclarer à la mairie, vingt-neuf ans après ma naissance, et puis il s'est jeté dans la Blêche. J'ai compris. Je peux dire « papa », maintenant. J'arrive.

— Écoutez, monsieur Chavroux, soyez raisonnable. Vous pouvez être très heureux tous les deux, sans enfant. Croyez-moi : j'ai deux filles, et si c'était à refaire...

Il sourit, hausse les sourcils en hochant la tête. Non mais c'est ça : il va peut-être me dire qu'il m'envie ? Une rage immense me tord l'estomac, devant l'incompréhension de ce type, son indifférence, son calme. Je ne supporte pas qu'il dise du mal de ses filles. Je ne supporte pas le pouvoir qu'il a de casser ma vie. Je ne supporte pas d'avoir vécu trente ans pour rien. Je ne supporte pas d'avoir entraîné Adrienne dans ce néant. J'agrippe sa blouse et le secoue par-dessus son bureau.

— J'ai pas le droit de la priver d'un enfant ! Vous comprenez, ça ?

Je repousse Adrienne qui essaie de me tirer en arrière avec des « mais ».

— Elle en a besoin, de cet enfant ! Elle va pas bien du tout ! Elle passe des heures à se maquiller sans raison, et puis à tout enlever parce que je l'aime sans rien ! Et moi c'est foutu, je suis anormal, trop lent, trop pauvre, trop fatigué, j'ai rien compris, sauf qu'y a deux solutions, pour Adrienne : divorcer ou être veuve. Et elle est catholique, voilà ! Elle a pas le droit de divorcer ! Vous comprenez ?

Il répond que ce n'est plus de son ressort. Un coup de boule et je l'envoie cogner la cloison dans son fauteuil à roulettes. Adrienne crie. Excusez-le, docteur, il n'a rien mangé depuis hier. Je vois double, je vois triple, je trébuche, me raccroche à je ne sais quoi. Ça bouge, c'est blanc, ça hurle, c'est une infirmière, je l'envoie dinguer, fonce dans le mur, cherche la porte, reprenant des forces dans l'affolement qui m'entoure.

— Simon ! Arrête !

Je la repousse dans les jambes de quelqu'un.

— Vous savez pourquoi elle est bizarre ? Elle a eu pitié de moi ! Fallait pas, je me connais : la fatalité ! Je porte malheur, elle a pas voulu me croire ! Ça va être quoi, sa vie ? Zéro virgule neuf !

— Arrête ! hurle Adrienne par terre. J'en veux pas, d'enfant, moi ! C'était pour te faire plaisir, c'est tout !

— Alors pourquoi tu te maquilles ?

— C'est toi que j'aime !

— Y a rien à aimer ! Je veux donner la vie, c'est tout ! Je peux pas ? Eh ben tant pis !

J'enfonce du bois qui doit être la porte et pars en avant, tournant dans les débris, cognant quelqu'un que j'entraîne dans ma chute en lui criant de m'emmener à la Blêche, dépêchez-vous, c'est une rivière.

3

JE me dégage du forcené qui s'abat en tournoyant à mes pieds. Vraiment bien, cet hôpital. Ils mettent les fous en maternité, maintenant. Des infirmiers ont jailli, pas trop vite, me bousculent pour donner l'illusion de leur efficacité, et ma bouche se referme d'un coup sur l'arrêt de mort de cette pétaudière. Une blonde a enjambé les planches de la porte fracassée par le malade. Porte-jarretelles blanc, des cuisses comme j'aime, musclées mais remuantes; à peine un frisson de chair et un éclair de culotte en soie. Si c'est un médecin, je me condamne déjà à une indulgence coupable.

Elle court s'agenouiller au chevet de l'évanoui. Fesses pleines, rondes, élastique à peine visible. Rédhibitoire, pour moi, l'élastique. Je m'approche en m'informant du décolleté. Seins généreux, bonne tenue, mais danger ! balconnet : jugement renvoyé à huitaine.

— Simon !... Réponds-moi, chéri, mon amour, Simon !

La femme. Intéressant, comme couple. Un maître nageur à visage d'archange et un mannequin en chair pour fromages glamour. J'espère, pour la moralité de l'histoire, que le maître nageur a de la fortune. Si c'est purement physique, entre eux, je passe la main, pour éviter à ma misogynie déjà rampante le spectacle affligeant d'une lady Chatterley version Creuse. J'aimerais pouvoir toujours admirer les femmes. Mais il faut bien aussi que je les aime.

— Je ne suis pas d'ici.

La blonde lève ses yeux verts, m'accorde un regard noyé dans sa panique. Elle fronce les sourcils, dans un effort machinal pour comprendre ce que j'ai dit.

— Hein ?

— Non, ce monsieur m'a demandé l'adresse d'une rivière, mais je suis désolé : je ne suis pas d'ici.

Elle grimace pour retenir un sanglot. Adorable. Je sens que dans la désinvolture, mes chances sont infimes. Trouvons autre chose.

— La Blêche ! hurle soudain l'époux dans son cirage.

— Voilà ! glissé-je à l'épouse, avec une fébrilité anxieuse. Le nom de la rivière. Vous savez où c'est ?

Elle m'ignore, essaie de le calmer, souffle court, en lui caressant la joue, trop fort, trop vite, elle le laboure avec son alliance ; c'est un mariage boiteux, mal parti, déjà fichu. Pourvu que je garde toute ma vie cette allégresse immédiate, quand une femme me plaît et que tout le reste s'efface.

— Il n'a rien mangé depuis hier, m'explique-t-elle. À cause des analyses, pour ne pas influencer le résultat.

— C'est bien naturel.

Je me tourne vers mon frère, lui commande chocolat chaud et biscuits au distributeur que j'ai repéré dans le hall. Jacques s'abstient de toute réaction, comme un chien pacifique qui accompagne son maître à la chasse, et rabat et ramasse à contrecœur pour lui faire plaisir. Il part dans le couloir. Cette fille a une bouche fabuleuse.

Sans se presser, consterné de naissance, le chauve du service de PMA ouvre ce qui lui reste de porte, et vient aux nouvelles en saignant du nez. J'aide la sublime créature à redresser son maître nageur en lui prenant la taille pour caler le bras droit conjugal sur ses épaules, ce qui me permet de confirmer mon impression première. Taille fine, hanches un peu rondes avec un bon départ charnu, doux au tranchant de la paume. À bientôt, donc. Je hèle un infirmier qui, avant de me remplacer au bras gauche, interroge du regard le patron du service. L'autre lui signifie d'un geste que la consultation est terminée, et que le malade est libre. Ce n'était pas une bonne tactique de prolonger la rencontre avec des biscuits : laissons reposer. Tandis que le cortège s'ébranle, je glisse avec délicatesse :

— Le Gallieu, indiquez à votre infirmier le chemin de la Blêche.

Le professeur éponge son nez en me regardant, avec la prudence habituelle et normale que j'inspire aux gens que je viens mettre sur fiches.

— Il est spécial, celui-là, diagnostique-t-il.

— Merci de vos lumières.

— Zéro virgule neuf ! répète le patient, dans une longue litanie que sa femme s'efforce d'interrompre, par des lamentations touchantes à l'effet nul.

— C'est rien, mon chéri, c'est pas grave... Allez, viens... je t'aime...

Apparemment non. Elle se sent responsable, c'est tout, et elle a peur de ses réactions : elle a dû l'épouser sur un pari perdu ou sous le coup d'une déception. Il était là, au bon moment, avec son épaule solide qui a fait illusion, et maintenant c'est trop tard. Un enfant est en route ou la grossesse s'annonce mal ou la maternité reste exclue.

— Zéro virgule neuf !

— Mais non...

Je les laisse tourner au coin du couloir, où un autre infirmier ouvre en force la porte électronique en panne, puis je demande à Le Gallieu quel est le problème du couple.

— Secret médical, réplique-t-il comme une huître qui se ferme.

— Vous allez m'expliquer ça, rassuré-je en le dirigeant par l'épaule vers son bureau.

Tandis qu'il trébuche dans les débris de sa porte, je lui ramasse sa plaque.

Pr Le Gallieu
Procréation médicale assistée

Je m'assieds dans le fauteuil où ma prochaine maîtresse a posé ses fesses : traces de talons aiguilles sur la moquette en dessous. Jambes croisées, j'époussette la plaque.

— Asseyez-vous. « Assistée », je veux bien : je connais vos subventions. « Médicale », j'ai des doutes, et « procréation », j'attends de voir.

Je sors de mon attaché-case le dossier rassemblé par mon frère sur l'éminent spécialiste, dont le nom s'étale en capitales assez grasses pour être lues d'en face. Le Gallieu met les mains sur ses hanches, debout, tendu, glacial, attendant la suite. Dans ses yeux défile son glorieux passé à la Salpêtrière qui devrait lui donner tout loisir de me virer de son bureau, mais non ; la vie est ainsi faite et il ne pèse plus que le poids de mon regard.

— En trois ans, vous n'avez effectué qu'une seule insémination.

— J'ai un seul donneur !

Il ouvre à la volée un congélateur de la taille d'un minibar, coincé entre ses classeurs métalliques, et me désigne d'un geste brutal la quarantaine de tubes conservés dans de l'azote.

— Voilà ! Sur quatre cents demandes, j'ai un seul donneur ! C'est lui, tout ça ! En plus c'est un obsédé sexuel, il vient tous les jours, il passe son temps à se branler dans mon bloc et je dois lui dire merci !

— Et vous n'avez inséminé qu'une seule femme, avec lui ?

— Oui, monsieur ! Depuis un an, tous les mois, et ça ne marche pas !

Il est tout violet, ses doigts crochetés au bord de sa table. Je lui suggère :

— Vous pourriez peut-être en essayer une autre… ?

— Ma patiente a une ovulation difficile, glapit-il, ce n'est pas une raison pour l'abandonner ! Et je ne vais pas inséminer tout le département avec ce type ! Je ne peux pas faire face à sa production, moi !

J'observe sa juste colère avec une sympathie naissante.

— En fait, vous êtes un genre de dealer : votre patiente achète sa dose mensuelle, qui ne vous coûte rien ; elle espère toujours, vous n'y croyez plus, mais votre commerce tourne.

— Rendez-moi cette fiche !

Je parcours le carton beige. Ils sont chefs de rayon, elle aux parfums, lui aux jouets ; il est stérile, et elle pas. Je note leur adresse dans un coin de ma tête, avant que l'autre excité ne m'arrache la fiche.

— C'est confidentiel ! Mais qui vous croyez-vous ? Vous êtes dans un hôpital, ici !

Je m'abstiens de faire « Ah ? ». La baie vitrée donne sur le parking, et je viens de voir Chavroux Adrienne Jeanne, domiciliée 20, rue des Alliés à Bourg, installer Chavroux Simon Pierre dans la voiture style Fiat qui a heurté l'aile de ma Bentley, tout à l'heure. Amusant. Chavroux Adrienne contourne l'auto, va s'asseoir au volant. Bref genou qui se découvre, portière qui claque. Envie d'elle. Je me retourne vers le chauve :

— Et vous comptez faire quelque chose pour ce couple ? À part attendre l'ovulation de votre abonnée.

Le procréateur médical assisté sort ses lunettes pliées en quatre et entreprend de les déplier, pour se contenir.

— Monsieur Foncinet. Je fais passer deux annonces par semaine dans la presse régionale pour recruter des donneurs bénévoles. Mais nous sommes dans la Creuse. Alors qu'est-ce que je dois faire ? Offrir une prime ? Comme en Italie, comme en Amérique ? L'éthique, monsieur Foncinet, vous savez ce que c'est ?

— Dépenser ses subventions en travaux de peinture ?
Il se dresse d'un bond.
— Oui ! Et jusqu'au dernier centime ! Et j'en suis fier ! C'est ça, l'absurdité de notre système ! Alors quand on envoie des technocrates comme vous pour rendre l'être humain responsable des conneries administratives qui lui bouffent la vie, moi je disjoncte, monsieur Foncinet, je disjoncte ! Oui, je suis obligé de faire repeindre les murs et changer la moquette tous les deux mois, parce que si je ne dépense pas tous mes crédits, l'an prochain le ministère me les diminue, et si demain le premier con de chanteur venu qui cherche une cause humanitaire fait un disque sur l'insémination, et que tout à coup ça devient la mode, je veux avoir les moyens de faire face à un afflux de donneurs, moi ! Voilà ! Et je suis allergique, figurez-vous ! L'odeur de peinture me donne de l'asthme, et les moquettes neuves de l'urticaire ! Alors racontez tout ça dans votre rapport, rentrez à Paris, et foutez-moi la paix ! Je suis malade !

Sa main lance sur le bureau ses lunettes cassées. Je hoche la tête, après un silence, et me lève :
— Merci.

Il reprend haleine, les yeux rouges, bat des paupières. Je ramasse mon attaché-case, lui désigne la porte de son congélateur qu'il a laissée entrouverte :
— Attention au père.

Il hausse les épaules avec un sourire, dérisoire, fatigué, rabat la porte. Je sors en lui affirmant que je suis navré pour son asthme, mais que je vais lui faire augmenter sa subvention.

Les Galeries Bonomat, c'est un morceau de France attendrissant ; du Zola décoré de tulle rose. Escaliers gigantesques, rampes en fer ouvragé, coupole à vitraux et rayons misérables. Du moche, du cher et du néon. Des présentoirs dégarnis dans une odeur de gare. Une place perdue insensée, meublée par des sbires de surveillance en tenue stalinienne, immobiles, bras croisés, fixant d'un œil lourd l'éventuel acheteur qui déjà rase les murs, s'excusant d'être là, sa présence ne pouvant s'expliquer autrement que par l'intention de commettre un vol. C'est six heures du soir, probablement l'heure de pointe. L'Escalator est en panne, éventré, sans personne qui le répare. Les vendeuses, doigts joints devant leur blouse rayée à plis, cheveux tirés, impeccables, font face aux vendeurs en blazer marine décoré d'un B, mains dans le dos. Ils doivent être deux fois plus nombreux que les clients. Je suis atterré.

Au troisième, surprise. Le rayon jouets est une merveille, une combinaison rêvée de zoo et d'armurerie, de salon de coiffure, de combat galactique et de vingt-quatre heures du Mans. Simon Chavroux, dans son blazer marine, est assis sur un rhinocéros en peluche, les bras ballants, l'œil au sol. Il n'a pas l'air mouillé. Mais on sent la rivière couler dans ses yeux. Je connais les suicidaires : on ne peut rien pour eux, sinon gagner du temps en leur rendant la vie encore plus lourde, avec les remords dont on les charge pour libérer notre conscience. Un enfant lui demande, pour la quatrième fois, le prix de la mitraillette qu'il pointe sur lui, exaspéré par son silence. Je passe sans ralentir.

La parfumerie commence derrière le présentoir des vélos. C'est le rayon le plus fréquenté : nous sommes trois. Je prends ma place dans la queue. Le temps d'un savon au gingembre et d'une crème solaire indice 12, je contemple avec sérénité le but de ma visite. Rebonjour, Adrienne. Elle est assise devant son livre de comptes, à l'écart, de trois quarts, ne me voit pas. C'est rare qu'une fille soit jolie sans raison, sans mystère, sans le vouloir. Elle a dû en souffrir. Fatigant d'être constamment draguée. Cause fréquente de mariage. Elle a cet air calme, un peu vague, soumettant les jours qui passent à des gestes répétés qui laissent en paix l'esprit. Tout dans le rêve, les pays chauds, les livres de poche, sous une couette à fleurs dans un grenier aménagé. Ou alors c'est une gymnaste, une championne de volley, une butée de la barre fixe. Allez savoir, avec un mari pareil ; les mille et une façons de compenser... Penchée sur son cahier, elle refait des additions, avec un désarroi caché sous la concentration. Une voix enregistrée horriblement fort, pardessus la sonnerie, informe le magasin désert de la fermeture imminente. Les vendeuses s'en vont en déboutonnant leur blouse. Adrienne tire un trait sous les opérations du jour, relève les yeux de son cahier, s'approche de moi.

— Veuillez gagner la sortie ! insiste la sono en se répercutant dans les rayons vides.

— Monsieur ?

Elle est toute pâle. Elle doit se dire qu'elle m'a déjà vu, ne fait aucun effort pour essayer de se souvenir. Bon. Qu'est-ce que je fais là, au juste ? Mon envie de la consoler, de baigner sa tristesse dans une fête improvisée, de lui faire l'amour cette nuit pour alléger son couple, est intacte. Mais je n'ai aucune idée de la marche à suivre. Je n'ai rien préparé.

— Veuillez gagner la sortie ! s'énerve la voix.

— Ne vous inquiétez pas, dit Adrienne. L'annonce va passer encore dix fois. C'est pour les handicapés. Qu'ils aient le temps de sortir.

J'acquiesce. Elle ne me voit pas. Elle parle à côté de ses mots. Elle noue un dernier contact avec la clientèle, passé l'heure, pour retarder d'une minute le moment de retrouver ce mari effondré sur son rhinocéros en peluche.

— Vous désirez un parfum ?

Je réponds oui s'il vous plaît, très bas, pour qu'elle me fasse répéter. C'est toujours une phrase de gagné. Malheureusement elle l'a entendue, et s'efface pour offrir à mes yeux sa gamme de flacons, d'atomiseurs, de recharges.

— Lequel voulez-vous ?
— Le vôtre.

Elle ne sursaute pas. Je m'ennuie. Je ne suis pas un dragueur, en fait. Je ramasse ce qui tombe, mais je n'aime pas secouer l'arbre. Allons-y quand même. Plaignons-nous, parodions-nous, devenons un autre. Je me penche pour lui renifler l'épaule, et laisse tomber avec détachement :

— Miss Dior.

Là, elle sourit, malgré elle, malgré moi.

— Vous êtes connaisseur.
— Oui.

Nul, mon numéro. L'œil de braise, la langue en avant-poste, hidalgo VRP. Elle se déplace vers le secteur des produits Dior.

— Quel format désirez-vous ?
— Quinze litres.

Elle se retourne : haussement de sourcils, lèvres entrouvertes. Avantage. J'explique :

— Nous sommes le 15, non ?

Elle confirme, prudemment. Je sors mon portefeuille.

— Ça devrait faire ça.

Elle casse mon effet en répondant non : il y a une promotion jusqu'à samedi, et elle refait le compte d'un air appliqué, sérieux, repousse vers moi quelques billets. Égalité.

— Vous désirez peut-être qu'on fasse livrer ?
— Pourquoi pas ? Donnez-moi votre adresse.

Avantage. Et je me frappe la tempe, suis-je bête ; c'est 20, rue des Alliés, Mme Adrienne Chavroux. Vous joindrez la petite carte. Je sens son regard tandis que je trace mes quatre mots sur le bristol. Je dois lui faire de la peine. Ce garçon si jeune, héritier qui s'ennuie, pas très soigné, séducteur à la chaîne, faut-il le rembarrer, se moquer de lui, ou s'indigner pour lui donner ce qu'il cherche ? Le visage de mon frère se glisse un instant entre le bristol et moi. J'aime bien l'idée que je lui fais honte, parfois. Ça me rachète. J'ai écrit : « Minuit, bar du Sofitel ? » Je lui tends l'invitation, qu'elle ne prend pas. Je souris, m'apitoie, dérisoire :

— Ce que c'est, hein, d'être timide... Ça donne tous les culots.

Elle pousse un soupir. Juste un soupir. Dans ses yeux je vois que je n'existe pas, mais elle est si fatiguée, si désarmée, si triste. Seule la vanité d'un charmeur insipide avait une chance de l'attirer, ce soir. J'ai de l'instinct, quand même.

— Veuillez gagner la so..., fait la voix qui se mue en crachotements divers, relayés par la sonnerie.

— Je suis mariée, monsieur, dit Adrienne avec douceur, non parce qu'elle est mariée, mais parce que je suis client.

— Bien sûr. Sinon je ne me permettrais pas.

Elle me défie, les dents serrées, les doigts blanchis sur son rebord de comptoir. Je pousse vers elle mon invitation d'un coup d'ongle, avec une moue d'encouragement.

— Vous ne m'avez pas comprise, monsieur. J'aime mon mari. Vraiment.

— Mais non, la rassuré-je.

Elle pose son stylo sur mon bristol et elle se met à pleurer, sans bruit, sans bouger, sans me cacher ses yeux. Comme si elle voulait me voir dans ses larmes. J'ai l'impression qu'elle me reconnaît. Elle mesure la distance entre son époux inconscient emmêlé dans mes pieds, tout à l'heure, et notre face-à-face présent, à mille lieues de l'hôpital et des réalités. Je prends un air navré pour me contredire :

— Bien sûr, vous l'aimez. Mais vous ne le supportez plus. Parce que vous lui avez sacrifié la liberté, la beauté, les plaisirs. Laissez-moi vous rendre libre, ce soir, vous trouver belle et vous donner du plaisir. Vous serez beaucoup plus agréable pour votre mari, quand vous ne lui reprocherez plus les bêtises que vous n'avez pas osé faire. Je peux vous sucer pendant des heures.

— On dit ça, sourit-elle dans ses larmes, inattendue.

— Ou vous écouter jusqu'à l'aube : je ne suis pas sectaire.

Je rempoche mon argent pour interrompre le jeu. Elle pousse un long soupir, ne résiste pas quand je lui baise la main.

— Vous ne viendrez pas, Adrienne. Mais je vous attendrai quand même, tant pis. Adieu.

Elle me fixe, immobile, avec déjà la nostalgie de m'avoir laissé disparaître. Je pivote et gagne l'escalier ; je n'ai plus qu'à manger un sandwich pour attendre minuit. Je glisse un œil en passant au mari, qui tient à présent une boîte de télécommande avec des antennes. Apathique, il fait tourner un hélicoptère au-dessus de son rayon, sous le regard circonspect d'une gamine. Adrienne et lui vont rentrer à la maison en silence, un vide entre eux, cet enfant qu'il ne pourra jamais lui faire ; il va recommencer son chantage au suicide, à table, s'épancher pendant des heures, elle va finir par craquer, dire « je vais prendre l'air », enfiler un imper et courir au bar du Sofitel, pour oublier quelques heures qu'on ne peut rien contre le malheur d'un homme, et faire comme si, devant le regard étranger d'un dragueur qui n'en aura rien su.

Fracas de verre brisé. L'hélicoptère de Simon s'est écrasé dans les parfums.

Il continue de manœuvrer les boutons de sa télécommande, inutilement, les yeux vides.

Jacques proteste, au volant de la Bentley. Nous devions rentrer ce soir. Il a laissé sa femme et ses filles au milieu des caisses du déménagement, et comme il les entretient avec émerveillement dans une dépendance totale, de peur qu'elles ne se blessent, se salissent ou se fatiguent, il me brosse le tableau émouvant de cette pauvre famille à l'abandon, errant parmi les cartons dans le château glacial.

— Téléphone. Elles iront à l'hôtel.
— Demain matin, tu as l'audit chez B-N.
— Demain matin, oui.

Il soupire. Il n'a jamais rien su me refuser. Il adore que j'aie besoin de lui. Je lui donne un coup de coude, lui désigne Simon Chavroux qui jaillit de la sortie du personnel, sous la pluie, talonné par Adrienne, bousculant d'autres vendeurs. Je baisse ma glace pour mettre le son.

— Simon! Attends-moi!
— Je te dis que je veux être seul! Là! C'est pas difficile! Tu rentres à la maison, je reviens tout à l'heure, j'ai besoin de marcher. Et dis à ces connards d'arrêter de me regarder comme si j'avais un cancer!

Ses collègues qui ne le regardaient pas se tournent vers lui, surpris.

— Non, je n'ai pas de cancer! Je ne suis absolument pas condamné! Je peux vivre jusqu'à cent ans, pour rien, en emmerdant tout le monde! Vous êtes contents?

Certains croient à de l'humour, lui tapent sur l'épaule, d'autres se détournent avec un mépris bien élevé en ouvrant leur parapluie; tous gagnent leur voiture, leur Solex ou leur abribus. Simon traverse soudain l'avenue à grands pas, au milieu des klaxons. Adrienne serre son imper, désemparée. Il me semble que l'heure de mon rendez-vous est avancée.

J'attrape un tournevis dans le tiroir à outils, sous le tableau de bord, descends de la Bentley et m'approche de la guimbarde orange des Chavroux, sur le parking. Divers enjoliveurs proclament que c'est une Lada série spéciale : j'en suis navré. Pschh, fait le pneu quand je retire mon tournevis, et je regagne la Bentley. Jacques est plongé dans le dossier de demain, avec réprobation. Je lui demande pour l'occuper :

— Si je revends la Générale de Biscuits à l'Alsacienne, que feront les Nantais, par rapport à Belin ?

— Ils s'aligneront sur la gamme en se lançant dans le cracker, mais leur secteur apéritif manque d'image, et en lâchant la Générale tu perds la filiale chaussures et tu te grilles l'OPA sur les skis.

Je sais tout cela, mais j'aime bien lui donner l'impression que je me disperse, et qu'il est le gardien du trésor.

— Ton avis ?

— Oriente la Nantaise sur les apéritifs, mais ne lâche pas les skis.

J'acquiesce, certain que je ferai le contraire. Je lui ai appris le métier, mais je n'ai pas encore réussi à lui apprendre le jeu. La finance c'est du poker : celui qui ne sait pas faire semblant de s'affaiblir perd sa force. Je manque d'échecs, en ce moment.

Tête basse, mains dans les poches, Adrienne est restée tournée dans la direction où a disparu Simon. Elle hésite au bord du trottoir, puis tourne les talons et se précipite vers la Lada, s'engouffre à l'intérieur, appuie son front contre le volant.

Le grincement des essieux ou le changement d'équilibre lui font redresser la tête, au bout d'un moment. Elle rouvre sa portière. Le sol est à soixante centimètres.

— Vous étiez à plat, lui dis-je en continuant de tourner la manivelle du cric.

Elle se cramponne au montant de portière, angoissée.

— Mais je n'ai pas de roue de secours !

— Ah, dis-je en inversant la rotation de la manivelle.

La voiture redescend dans les sanglots d'Adrienne. Je retire mon cric, m'approche pour jouer la carte sensible :

— Qu'est-ce qui ne va pas ? C'est votre mari ?

Elle attrape les revers de ma veste, crie qu'il est allé se jeter dans la Blêche, elle en est sûre, comme son père !

— Son père. Son père s'est jeté dans la Blêche ?
— Pas ici, en amont, à Saint-Gilles. Y a un mois. Il venait de le reconnaître.

Je la soutiens jusqu'à la Bentley, dont Jacques lui ouvre la porte arrière, avec une consternation où ma stratégie biscuits/skis se mêle à la vision entêtante de son foyer sans lui, tout ça pour une vendeuse.

— Direction la Blêche. Longe le quai. Mais je suis sûr que madame dramatise.

Elle s'assied sans remarquer la qualité de la voiture. Je m'installe à côté d'elle, fais signe à Jacques de démarrer. Adrienne ne s'arrête plus. Le flot des confidences a remplacé les larmes : elle s'est trompée, elle s'est menti, elle a tout faux. Ça n'a jamais été de l'amour, avec Simon, c'était du stratagème, et puis de l'attendrissement, quand il s'est mis à la sculpter, et puis de la pitié, et puis un jeu. Mais il y a cru si fort qu'elle ne pouvait plus reculer ; il est tellement fragile, et tellement fort quand il se croit heureux... Maintenant il veut la quitter par amour, pour qu'elle ait un enfant ailleurs, alors que l'enfant, elle s'en fout. Elle lui a dit qu'elle en voulait un parce qu'il en voulait un lui, et qu'elle l'aime, quand même, par pitié, mais c'est tout. Alors, depuis qu'il a découvert qu'il était stérile, elle essaie de lui dire qu'elle lui a menti, que non, justement, elle ne voulait pas d'enfant, mais lui, il croit que c'est maintenant qu'elle lui ment, parce qu'elle a pitié de lui. Mon Dieu. Et après on se demande pourquoi je vis seul.

— Là ! s'écrie-t-elle en pointant le doigt.

Jacques bloque les roues, m'envoyant cogner dans le bar en noyer dont la porte éclate, fracassant verres et champagne. Au milieu de la buée, Chavroux est debout sur le parapet, entre deux arbres, immobile. Je découvre le panneau « La Blêche » au moment où il saute. Je bondis hors de la Bentley, sous les klaxons des voitures que j'évite en slalom. Je traverse, à demi aveuglé par la pluie battante, me penche au parapet. La tête de

Chavroux disparaît sous l'eau, ressurgit en toussant. Il se pince le nez pour replonger. Adrienne court derrière moi en criant « Simon ! » plus fort que les klaxons. Bon. De toute façon, je suis déjà trempé.

— Lâchez-moi ! Lâchez-moi, je veux mourir !

L'eau est glacée, le type est d'une force incroyable, il m'a déjà fait boire deux fois la tasse, d'une ruade. Il se débat, il m'échappe, le courant le ramène, je l'agrippe par les épaules du blouson. J'ai l'air malin. Parti pour passer la nuit avec une fille jolie, mais bon, parce que j'ai dix heures à tuer, je me retrouve en train de sauver le mari. Je m'en souviendrai, de Bourg-en-Val.

Une douleur au foie me coupe quasiment le souffle. Mais qu'il arrête de ruer, ce con ! Je finis par l'assommer d'une pression entre les cervicales, point névralgique, souvenir d'Algérie, la guerre de mon frère. Je m'en veux aussitôt, parce qu'il pèse une tonne et que je fume trop. Je n'arrive pas à le maintenir à la surface. On va m'accuser de meurtre, en plus. Je plonge sous l'eau pour essayer de le faire remonter en poussant sur son dos. Je le pince, le cogne pour le réveiller, peine perdue, j'avale l'eau à plein nez et le courant m'emporte accroché à ce ballot flottant, en plus je n'y vois rien avec cette pluie.

Mon coude heurte quelque chose, violemment : de la pierre. Les fourmis qui gagnent aussitôt mon bras me paralysent, juste au moment où le poids s'estompe. Jacques et un marin sont debout au-dessus de moi, en train de hisser le corps. Le courant nous a envoyés contre la berge, où moussent trois marches entre les barques. On me tire de l'eau, à mon tour. Cassé en deux sur la dalle, je crache dix ans de Boyard maïs.

Quand j'ai repris mon souffle, je vois mon frère à cheval sur Chavroux, tandis que le marin lui mouline les bras pour lui faire rendre l'eau. Adrienne, en sanglots, est aux mains d'une foule absorbée qui se raconte le drame.

— François ! Le bouche-à-bouche !

Je me traîne jusqu'au noyé, me penche sur ses lèvres violettes. À défaut d'embrasser l'épouse... J'éclate de rire dans sa bouche, me cogne les dents aux siennes. L'autre éructe, bouge les pieds, roule sur le côté en vomissant.

Plié par le fou rire, je vais arrêter un taxi sur le quai. On y enfourne le couple, je donne au chauffeur l'adresse de l'hôpital, et calme à coups de billets mouillés l'ardeur de la foule qui veut appeler la police, parce que tout de même : il a sauté, c'est un suicide, on est témoins. Jacques m'aide à les disperser, avec cette soudaine autorité de para prêt à tout, qu'il a ramenée d'Algérie et qu'il retrouve tous les quatre ans, pendant la Coupe du Monde. Ensuite il se marre, à son tour :

— Bon, tu es content de ta soirée, on rentre à Paris ?

— Mets le chauffage, dis-je en remontant à l'arrière de la Bentley.

La vision du quart-champagne fracassé sur la moquette noie d'un coup ma gaieté. Jacques a mis le cap vers l'hôtel, pour que je me change. Il me laisse me taire, respectueux de mes silences et prudent. Parce qu'il sent revenir l'espoir de sa nuit en famille. Il se dit même qu'en évitant les bouchons de l'autoroute, il a peut-être une chance d'arriver à la Ronceraie avant le coucher des petites.

— Jacques. J'ai trente ans.

Il me lance un coup d'œil narquois dans le rétroviseur.

— Oui, il y a des jours, comme ça. Tu verras : c'est un cap à franchir. Dans dix ans, ça ira mieux.

Son air de jeune quadra tout fier ne fait qu'aggraver le problème. Il respire l'équilibre, l'amour attentif, la joie nourrie sans cesse de voir grandir en serre ses merveilleuses fillettes. Un bonheur dupe et généreux dont je me suis fermé la porte. Un bonheur dont je n'ai pas besoin. Un bonheur que je m'en voudrais trop de gâcher. Un bonheur que je pourrais donner, demain, sans qu'il m'en coûte. Un bonheur qui soudain me démange, parce qu'un garçon de mon âge a failli me noyer dans son suicide.

— Qu'est-ce que tu penses de moi, Jacques? Franchement.

Il n'a pas besoin de réfléchir, ce qui est déjà une réponse.

— Tu iras loin, fait-il. Très loin.

— Et ça mène où?

Indulgence amusée dans son œil. Lui qui a su triompher de deux dépressions authentiques, trois ans à la mort de papa, six mois au retour d'Algérie, il a raison de se moquer de mes états d'âme en plaqué or. Je réussis. Je suis gentil avec ses filles, quand je les vois, deux fois par an. Je plais aux femmes. Ça lui suffit pour croire en moi. Je revois Simon Chavroux, non pas dans le guignol de sa noyade, mais assis tout seul sur son rhinocéros en peluche, dans son rayon déserté, entouré de ses jouets morts, là où il m'a ému. Je répète, un ton plus bas :

— Et ça mène où?

— Sofitel, chambre 120, minibar, Mogadon, un bain chaud et tu dors jusqu'à Paris. Chez qui je te dépose? Corinne? Élisabeth?

En s'engageant dans l'allée de l'hôtel, il feuillette mentalement le catalogue de mes amoureuses, cherchant celle qui pourrait me remettre en forme, pour notre audit du lendemain à Nantes.

— Jacques. Il m'arrive un truc bizarre.

— Ou tu préfères Béatrice?

— J'ai envie de faire un enfant à cet homme.

Il se retourne, coup de frein, coude sur le dossier. Ma gravité lui casse son début de sourire. Je lui dis de me réveiller demain à sept heures : on repartira directement de l'hôpital, il arrivera chez lui pour le déjeuner, sa femme sera ravie de me mettre un couvert et ça me permettra de voir mes nièces, argument final qui dissipe son inquiétude et les regrets de la soirée que je lui gâche

— d'autant plus qu'il oublie que demain c'est jeudi, et que le jeudi ses filles pique-niquent à leur cours de danse. Vivre en marge n'a jamais empêché que je me tienne au courant des affaires de la famille.

Et je me retrouve au lever du soleil dans une petite pièce blanche, avec un vasistas coincé, deux fauteuils de jardin et des piles de *Playboy* dans leur plastique d'abonnement. L'infirmière antillaise m'a donné un tube, un paquet de Kleenex, et a refermé la porte avec un sourire que je ne qualifierai pas d'encourageant, parce qu'elle est polie, mais une vapeur dans les yeux et deux boutons défaits à sa blouse me prêtent son corps, si je le désire, pour faciliter mon acte héroïque de donneur bénévole. C'est gentil, merci. J'ai tout de même des plaisirs bizarres.

Le professeur Le Gallieu a mieux réagi que je ne l'avais prévu. Bien sûr il s'est insurgé : secret médical, nécessité de l'anonymat chez le donneur, mais je lui ai garanti les deux, et comme il est aussi désabusé que moi, quant aux conséquences pratiques de la déontologie... Il sait qu'un mot dans mon rapport sur ses détournements de crédits peut lui retirer la direction de son service. Je sais que, résigné à ne pouvoir être autre chose qu'une plaque sur une porte, il s'en moque. Au-delà du chantage que j'ai les moyens d'exercer sur lui, et au-delà des désillusions qui l'autoriseraient à m'envoyer sur les roses, nous nous sommes compris. J'aime bien cette fraternité qui jaillit, imprévue, au détour du mépris. Surprise mutuelle, reconnaissance. Mon caprice ne lui coûtera qu'un scrupule, là où le système hospitalier lui a volé sa conscience. Que pèse une indélicatesse, dans le naufrage d'une vocation ?

— Donc vous oubliez notre conversation, vous me congelez et vous m'attribuez à Mme Chavroux par le plus grand des hasards.

— Et si les tests effectués révélaient une incompatibilité ?

— Alors je finirais dans l'évier, mais sans le savoir. Vous aussi, j'espère, vous respecterez le secret médical.

— Pourquoi faites-vous ça ?

— Disons que je ressemble au père.

— Vous trouvez ?

Son étonnement a marqué la fin de l'entretien. J'aurais préféré une autre chute.

Je cale ma tête contre le dossier, pose mes pieds sur les *Playboy* et contemple le tube qui va contenir dans quelques instants le début d'un petit Chavroux. Le dérisoire du jeu me convient. C'est un pari plus qu'un présent : je ne donnerai qu'une dose et, si ça doit marcher, ça marchera du premier coup. Je ne vais pas faire la navette pour alimenter chaque mois l'ovulation d'Adrienne. Ma décision m'amuse et m'engage ce matin ; demain je serai ailleurs, et j'aurai laissé au fond d'une éprouvette mon pari en gage d'un moment incongru, d'un désir de passage, d'une envie d'être un autre, de la sympathie blessée que m'inspira soudain un vendeur de jouets qui aurait pu être moi, dans une autre vie, une autre enfance, un autre échec. Voilà ton fils, Simon. Élève-le à ta ressemblance. Raté pour raté, il vaut mieux être un gentil. Je sais de quoi je parle.

On tape deux coups à la porte. Je m'abstiens, par décence, de répondre que je n'ai pas fini. Je ne détesterais pas en temps normal que l'infirmière vienne mettre la main à la pâte, mais c'est une affaire entre mon sperme et moi, et j'ai besoin de me concentrer, le problème n'étant pas de décharger mais, justement, de « charger », comme disent les gourous en préparant un talisman. La petite Antillaise ouvre et, en se mordant la lèvre d'un air navré, introduit un type, muni d'un tube.

— Salut, collègue !

Il vient me serrer la main. C'est un gros bébé, les yeux globuleux, le teint rouge, des épis de cheveux rares et un uniforme en drap bleu marqué « Transports urbains ». Il reprend sa main, soulève sa casquette, tourne la visière côté mur et s'assied en face de moi.

— Bon, ben, je vous laisse, dit l'infirmière avec tact, en refermant la porte pour se marrer sans compromettre notre excitation éventuelle.

J'ai retiré courtoisement mes pieds de la pile des *Playboy*, pour laisser mon vis-à-vis faire son choix, mais il décline mon invitation d'un mouvement d'essuie-glace :

— Non, non, restez : moi je fais mes images intérieures.

Le tube coincé sous le bras, il sort un carnet à souche, un vieux stylo qu'il dévisse, les pose sur ses genoux, ferme les yeux.

— Excusez-moi, mais je suis en double file.

Je détourne le regard vers le vasistas où la pluie dessine des rigoles irrégulières, me lève pour faire deux pas en attendant mon tour. La respiration rauque du donneur s'interrompt toutes les vingt secondes, remplacée par le crissement de sa plume sur le papier. Il écrit ses mémoires ? Ou il laisse un testament. Je consulte mon agenda, pour m'occuper. Déjà deux rendez-vous qui vont sauter, avec cette histoire. C'est trop tard pour Nantes : j'irai directement à Bruxelles. Délicate manœuvre pour faire tomber la Compagnie des wagons-lits sous le contrôle de la Caisse des dépôts, sans modifier la géographie du capital.

— Soleil de ta caverne, espoir de ma fontaine ! s'écrie le donneur. Jusqu'à la nuit je bois mon amour et ta haine.

Il émet une sorte de soupir sifflant, qui finit en haut-le-corps.

— Pas mal, conclut-il en rouvrant les yeux.

Je le félicite, tandis qu'il rebouche son tube avec déférence. Il me demande si j'aime Baudelaire. J'ai une moue incertaine. Il sourit, l'air gamin, en rangeant son carnet.

— Évidemment, je ne suis que le continuateur. Et vous, c'est pour quoi ?

Il ne me laisse pas le temps d'éluder sa question, enchaîne :

— Allez, bonne chance, collègue. Peut-être à la prochaine.

— Vous venez souvent ?

Son geste exprime une servitude déjà ancienne, acceptée de bon gré.

— L'inspiration. Finir dans un Kleenex, c'est comme vous diriez : l'angoisse de la page blanche. Heureusement, j'ai vu l'annonce dans le journal. Ici, on peut donner doublement : à la poésie et au docteur, pour les malheureux qui n'ont pas d'enfant. Je me dis que mes vers, ils font des petits.

La consternation qu'il lit sur mon visage lui déclenche une frayeur soudaine :

— Attention, j'ai fait les analyses et tout : je suis excellent !

Je m'applique à dissiper dans un sourire bienveillant le malaise qu'il m'inspire. Moitié chien savant, moitié simplet, il dégage une humanité si gentille qu'on se sent vaguement coupable.

— Tout est normal : j'ai mon certificat. Néanmoins — ne le répétez pas : secret médical — la muse pour qui je donne, elle ne veut pas ovuler. Mais j'y arriverai. En somme, dans la vie, ça me fait un but.

Des klaxons montent de la rue. Il tend l'oreille, perturbé.

— Oh là ! fait-il soudain en agitant ses doigts sous l'ampleur de la catastrophe. Y a mon bus qui bloque.

Un dernier coup de casquette, et il se sauve avec son tube. Je me rassieds. Le maire peut être aussi fier de ses transports urbains que de son hôpital. Cela dit, l'intermède m'a plutôt coupé l'inspiration. Il est difficile de se concentrer, en même temps, sur des souvenirs excitants pour se mettre en condition et sur le spermatozoïde idéal pour en favoriser le destin. Je me suis rarement senti aussi vide, inutile, détaché. Cette petite pièce vouée à donner la vie par procuration me fait l'effet d'une salle d'attente, où l'on attend d'avoir fini de faire le tour de soi.

J'aurais voulu donner un petit-fils à mon père, c'est vrai. Je le fais vingt ans après sa mort, quand ça ne signifie rien, mais en acceptant de livrer mon descendant à l'affection d'un autre, je tire un trait d'union vers papa, liant ma renonciation à son souvenir, ma clandestinité à son omniprésence, lançant, pour répondre à la mort, une éprouvette à la mer. Au nom de quoi aurais-je dû vivre autrement, me protéger, faire durer le plaisir que je n'éprouve plus ? Au nom de quoi aurais-je dû me forcer à transmettre ce qu'on m'a volé ? J'ai trop aimé mon père pour vouloir élever un fils. Je n'aurais jamais été à la hauteur. Et puis un orphelin demeure toujours un orphelin, quelles que soient les rallonges qu'il s'invente pour se rembourser sur le dos de son descendant. J'ai décidé d'épargner mon descendant. Pour de bon. Je fais la passe. Deux doigts de foutre au fond d'un tube, et puis bonsoir.

— Cadeau, dis-je en déposant le butin sur le bureau du professeur Le Gallieu.

L'échantillon est confié à une équipe de préparateurs qui liquéfie la semence, y ajoute du glycérol et un jaune d'œuf, grâce auquel mes spermatozoïdes, m'assure-t-on, survivront à la congélation. Il n'y a plus qu'à verser le mélange obtenu dans un tube spécial appelé « paillette », qui est plongé dans de l'azote liquide à $-196°$, et on referme la porte. Une joie sauvage, une certitude confiante et neuve s'est emparée de moi, remplaçant le fouillis moral de la pièce voisine. Bon voyage, petit moi surgelé, déshérité, replanté dans un sol meilleur.

— Vous voulez un reçu ? demande le médecin.

4

J'AGRIPPE le rebord du lavabo pour que le froid me réveille. Je ne veux plus de faux espoir, c'est trop grave. Pour la troisième fois, je relis la notice. Entre ceux qui changent de couleur et ceux qui font des ronds, des croix ou des rayures, les uns quand c'est oui, les autres quand c'est non, je me suis emballé dix fois pour rien.

Pourtant non, ce matin c'est un rond, et le mode d'emploi dit que c'est oui. Avant de crier de joie, je vérifie que le test employé correspond à l'emballage, parce que bon, c'est arrivé. Et je m'assois sur le bidet, les mains sur les genoux, la tête basse. Adrienne s'est rendormie, j'entends sa respiration : c'est dimanche. J'ai envie de pleurer. J'ai tellement envie d'y croire. Et je suis à deux doigts de trouver ça naturel. C'est fou, quand même.

Depuis que j'ai sauté dans la Blêche et que cet inconnu m'a repêché, ma vie est devenue une série de miracles. D'abord je téléphone au professeur Le Gallieu, pour m'excuser d'avoir démoli son bureau, et il me répond : « J'ai un donneur. » Tests effectués, contrôles et tout : on est compatibles. Adrienne prend son calendrier, on choisit le jour. Et ce matin, ce rond dans son test. C'est trop beau pour ne pas être vrai. Qu'est-ce que je fais ? Je la réveille ? Elle a mis ses boules Quies à cause de la perceuse du troisième, et l'image de ses oreilles que je débouche pour lui annoncer qu'elle est enceinte ne me fait pas sauter au plafond. Un peu court, comme cérémonial. C'est un souvenir qui va rester gravé entre nous pour toujours, alors autant le soigner. Je sors acheter des croissants.

Le vent me fait marcher vite dans le jour qui se lève. J'ai un problème, avec Adrienne. Ce n'est pas sa faute, mais j'ai honte. Pas un mot de reproche sur mon suicide, même pas le genre « promets-moi de ne jamais recommencer » ou « la prochaine fois, tu feras mieux », pour rire. Non, rien. On dirait qu'elle a oublié. Elle me pardonne tout, et dans le fond je ne sais pas ce qu'elle pense. Est-ce qu'elle va l'aimer, cet enfant ? À force de ne plus y croire, est-ce qu'elle va l'accepter ? Comment le lui annoncer, d'abord ? Je vais peut-être me payer la délicatesse de lui demander : « Tu veux qu'on le garde ? »

Je rigole tout seul sur le trottoir de la boulangerie, parce que d'habitude c'est la femme qui se demande comment annoncer à l'homme qu'il va être papa. Que c'est beau, la vie. *Comme* c'est beau, pardon. À partir de maintenant, il faut que je m'exerce à parler bien. Parce qu'il entend tout, le petit. Il paraît que si on parle anglais à côté de leur mère, ils sortent en disant « good morning ». — non, j'exagère, mais le docteur Karenski a dit dans *Présence du fœtus* que la disposition aux langues étrangères se prépare dans l'œuf. Pareil pour la musique. Je vais en faire un fan de Joe Dassin et je lui lirai *Tintin* au-dessus de son ventre. Une chose que je regrette, c'est de n'avoir jamais commencé à fumer : j'aurais arrêté pour lui.

— Six croissants beurre, s'il vous plaît.

La boulangère me sert sans s'étonner, sans se douter que, dorénavant, j'achète pour trois. Quel bonheur, mais quel bonheur ! J'étouffe un peu sous les bouffées d'envies qui me viennent. Je dévore un croissant sur place, avant même qu'on me rende la monnaie. J'ai envie d'une glace, maintenant. Citron-fraise. Au mois de décembre, par moins sept. Je me prépare une jolie série de frustrations, pendant la grossesse : toutes mes envies sont des envies d'été ; l'hiver j'hiberne. La seule chose qui me console, c'est que mon enfant naîtra en août. Pas besoin de mendier un congé de paternité : je serai en vacances.

Je continue tout droit, en sortant de la boulangerie, au lieu de tourner dans ma rue. Je n'ai pas vu mes grands-parents depuis deux semaines. J'avais tellement honte de mon suicide que je n'aurais pas su feindre le bonheur habituel, devant eux. C'est mon rôle : leur donner des petits rêves, prendre soin des petites choses qui les raccrochent à la vie, reprendre six fois de chaque plat pour leur faire oublier les vrais drames, la vieillesse et le jour qui tombe. Restez. Restez encore. Je vous fais un arrière-petit-fils. Je veux qu'il connaisse ta cuisine, Mine, et ta douceur de pâte à pizza quand je t'embrasse dans le cou, et puis qu'il rie des maniaqueries de Pap', des dizaines de cartons qu'il empile dans sa chambre, étiquetés, « chemises été », « caleçons neufs », « cadeaux de Simon », comme pour faciliter les choses le jour de sa succession. Je ne veux pas penser qu'il range avant de mourir. Je veux réveiller le sourire de Mine qui est devenu si rare, depuis qu'elle n'y voit plus assez pour faire bien son ménage. J'ai commis une bourde affreuse en leur payant une aide espagnole, trois heures par semaine. Avant son arrivée, Mine briquait tout à fond, pour « qu'elle n'aille pas dire ». Et puis ça la gênait qu'on voie Pap' dans son désordre étiqueté, sa robe de chambre à coudes et sa façon de nourrir son dentier comme un poisson, dans un verre, à coups de pastilles effervescentes. L'Espagnole ne vient plus.

Bruit des verrous qui roulent, les uns après les autres, dans le grésillement de la minuterie. J'entends la respiration de Mine, derrière la porte. La carte de visite au-dessus de la sonnette, « M. et Mme Lucien Chavroux », me fait mal, et peur. J'y vois l'annonce de la pierre tombale qu'ils auront un jour. Et ce bout de papier qui sera devenu inutile au-dessus d'une sonnette muette, c'est la seule image de la mort qui vraiment me fasse pleurer.

— Qui est-ce ?

La tête de Mine est penchée, de travers, au-dessus de l'entrebâilleur, le petit visage inquiet dans l'embrasure de la porte. Elle pose toujours sa question avec une angoisse méchante, comme si elle reprochait à celui qui sonne de devenir aveugle. J'ai renoncé à carillonner six fois, mon signal ; elle s'imaginait qu'un voleur était au courant de notre secret, et elle avait encore plus peur. À chaque fête des mères, je lui pose un verrou. Et, comme tout ce que je fais, c'est ridicule : ça ne réussit qu'à prolonger sa frayeur, le temps qu'elle ait tout déverrouillé, car elle est incapable de demander « qui est-ce » avant d'ouvrir.

— Bonjour, Mine.

Elle referme pour enlever l'entrebâilleur, rouvre. Je l'embrasse très vite, pour ne pas laisser le temps à ses yeux de me chercher sur le palier. Et j'allume le lustre du vestibule où j'ai placé trois ampoules de cent watts.

— Mon chéri, mais tu es fou, tu es sorti en pyjama !

— Mine, c'est un jogging. Ça ressemble à un pyjama, tu as raison, mais tout le monde en met, aujourd'hui : personne ne peut croire que c'est un pyjama.

— Ton grand-père dort encore. On se prend le café, tous les deux ?

Je lui entoure les épaules, jusqu'à la cuisine.

— Le café des idiots, ajoute-t-elle doucement, pour me faire plaisir.

Ces moments où elle réveille nos secrets d'enfant me réconcilient avec tout. Pap' a toujours dormi treize heures par nuit et ma mère, quand elle était là, ne rentrait jamais avant deux heures du matin, pour ressortir de sa chambre à midi. Les matins étaient à nous. Mine et moi. Café clandestin à la cuisine, sans lait, malgré ce que décrétait ma mère, entre deux tirades de Ionesco : « Le café sans lait, ça rend les enfants idiots », et Mine et moi, on s'amusait à devenir idiots. On gâtifiait au-dessus de nos tasses. Et puis, bras dessus bras dessous, elle voûtée moi sur la pointe des pieds, on refermait la porte sur le sommeil des deux autres : à nous la vie. Elle m'accompagnait jusqu'à l'école avec des clés en main, comme si on avait eu une voiture, disait parfois tout haut pour me faire plaisir, devant les copains : « Je prends la Cadillac, à midi ? » Et puis elle courait ouvrir son rayon, aux Galeries.

À midi, je lui récitais mes leçons, pendant que Pap' faisait répéter maman. Les tables de multiplication se mélangeaient avec *Hamlet*. C'était bien. Deux mômes, élevés par des grands-parents cadeaux, qui se mettaient à leur taille. Pap' se prenait pour Louis Jouvet ; Mine, complice, m'aidait à cacher les mauvaises notes et les gnons que je ramenais de l'école. Elle me donnait des échantillons de parfum pour amadouer l'institutrice. Et puis maman est partie. Comme j'aurais envie de réveiller mon enfance, pour mon fils...

— Mine.

Elle relève les yeux de son café amer, mal dosé, mais qu'importe. La cafetière électrique que je lui ai offerte à Noël dernier a été emballée par Pap', directement, dans le carton « Cadeaux de Simon ».

— Mine. Je vais avoir un enfant.

Elle ne réagit pas tout de suite. Son regard bleu est tout vide. Elle hoche la tête, deux fois. Ses doigts se referment devant sa tasse.

— On ne sera plus là.

Je lui attrape le poignet, agacé, révolté, impuissant.

— Mais si, pourquoi tu dis ça, enfin ? Vous êtes en pleine forme. Et puis Adrienne vous adore. Et puis on a besoin de vous.

Elle chasse de sa tête ces belles images, en faisant non, têtue.

— C'est fini, tout ça, mon chéri. On t'aura vu marié, c'est déjà beau.

Les ronflements de Pap' s'arrêtent dans une quinte de toux, derrière la cloison. Je leur ai tout caché de ma stérilité, de mon suicide, évidemment. Est-ce que je vais en parler, maintenant, pour faire mousser par contraste le bonheur qui vient de me tomber dessus ? Et si j'avais mal lu la notice du test ? Et si le rond avait disparu, tout à l'heure ? Et si Adrienne perdait l'enfant ? Les mots, tout prêts, redégringolent dans ma gorge. Je finis mon café froid.

Mon grand-père passe sans me voir pour aller au cabinet, où il se met à râler tout haut. Il ressort au bout d'un moment, pyjama en bataille, pousse un « Ho ! Simon » joyeux en me découvrant, et enchaîne :

— Tu as vu, il est mort.

Il ne se rappelle pas qui. L'habitude de balancer les décès en guise de bonjour, mais sa mémoire ne suit plus.

— Mais si, tu sais bien ! insiste-t-il comme si c'était ma faute. Machin, là. Ton chanteur.

Joe Dassin. Joe Dassin est mort ?

— Qui ça ? demande Pap' à Mine, qui lui répète le nom que j'ai dit, et il triomphe en se tournant vers moi : Voilà !

Joe Dassin. Mon idole. Lui qui avait si bien accompagné mes chagrins d'amour. Mon grand-père cherche dans le journal sur quelle chaîne est passé l'hommage, hier soir, et je ne savais rien.

J'embrasse Mine sur le front, je repars sous la neige qui tombe en fondant, bouillasse grise sous mes baskets. J'ai envie de me recoucher, l'édredon sur la tête, avec mes boules Quies, et d'oublier tout, de ne plus croire en rien pour arrêter de retomber sur terre. Qu'il n'y ait plus qu'à lutter contre le bruit de la perceuse, et dormir jusqu'au déjeuner pour se prouver que c'est dimanche.

J'ai oublié le sachet de croissants chez mes grands-parents. J'ai oublié mes clés. Adrienne m'ouvre, ébouriffée, toute pâle.
— Simon ! Je suis enceinte.
Je dis « ah bon », à plat. Elle me regarde avec stupeur. Je la serre brusquement contre moi en lui disant que je suis le plus heureux des hommes, que je l'aime pour deux, que le petit on en fera un dieu, et je ressors acheter des croissants.

La grossesse a été merveilleuse. C'est si beau, une femme enceinte. J'ai l'impression de faire l'amour à l'enfant qu'elle porte. Je l'imagine, je lui parle, je lui tends l'oreille. Il me répond dans mes rêves, parfois, il me dit qu'il est heureux d'être là, de se préparer à venir ; il sait qu'Adrienne l'aimera comme mon fils, et que pour moi ça ne fera aucune différence : du moment que je lui donne mon nom, c'est comme si je lui avais donné la vie. Et tout le monde croira qu'on est une famille normale.
Les mois passent, la vie qui pousse entre nous ne laisse place à rien d'autre. Je sais que c'est un garçon : j'ai déjà acheté le trousseau. Et j'ai coupé en deux le salon, avec une cloison en carreaux de plâtre, pour lui construire sa tanière. J'ai travaillé au plan, des soirées entières, sur une petite maquette en carton. Ici le berceau, ici le parc, ici la table à langer, la commode avec le chauffe-biberon... J'ai choisi un papier peint bleu ciel avec des oiseaux-nuages, pour qu'il fasse de beaux rêves. Et j'ai installé un système de vidéo-surveillance, pour qu'on puisse le voir dormir sans le réveiller. Assis au salon, il suffit de presser la touche 8, et on voit sur l'écran le berceau en plongée. Je serre Adrienne contre moi, sur le canapé, et nous regardons la future émission en nous tenant la main.
Elle fond en larmes, souvent, pour un oui pour un non. Je lui ai expliqué que c'était simplement un

dérèglement hormonal, et que ça n'enlevait rien à son bonheur. La moindre nausée, le moindre trouble et je pioche aussitôt la réponse, dans la trentaine de livres sur son état que j'ai étudiés, annotés et remplis de marque-pages. Je lui ai appris la respiration La Maze, avec un disque des Stones, pour l'aider à trouver le rythme. Elle est prête. Elle s'agace un peu de me voir tout le temps coller l'oreille à son ventre, pour entendre le cœur de mon fils. Je fais celui qui ne remarque pas. Frustration de l'ego au cinquième mois, page 40.

Une fois, elle m'a même dit qu'elle se sentait de trop. J'ai rigolé. C'est vrai : s'il y en a un qui est de trop, ici, entre le géniteur, la primipare et le fœtus, c'est moi. Je le lui ai dit, et elle m'a demandé pardon. Ça devait être vrai. Dans aucun bouquin, pourtant, je n'ai lu d'exemple de ce genre de transfert : la mère tombant amoureuse du donneur anonyme. Il faut dire que l'insémination artificielle, jusqu'à présent, n'a inspiré qu'un livre de poche dans la collection « Que sais-je ? », et le type ne savait pas trop.

N'empêche que je le sens parfois, l'« autre », venir se glisser entre nous, quand on joue au rami. Je vois bien qu'Adrienne essaie de l'imaginer. C'est normal : ce morceau d'un inconnu qui se développe en elle doit lui poser des problèmes, même si elle l'a accepté, et peut-être d'ailleurs à cause de ça. Il lui arrive de me regarder avec une espèce de tendresse coupable, comme si elle m'avait trompé. Je ne trouve pas les mots pour lui expliquer, remettre les choses à leur place. Tout ce qu'on sait de ce donneur, c'est qu'il est normal et compatible. C'est un fournisseur, quoi, c'est tout. Il n'y a pas de raisons d'imaginer un prince charmant. Moi je vois plutôt un employé des postes, père de cinq ou six enfants, avec une femme qui ne peut plus être enceinte, alors il en fait bénéficier un inconnu, un démuni. Moi aussi, si je n'avais pas été stérile, j'aurais été donneur. J'ai l'impression qu'il me ressemble.

5

Je sors sur la terrasse pour contempler la ville habituée à trembler, où déjà la vie recommence, tandis que derrière moi crépitent les flashes et circulent les petits fours. À dix mille kilomètres de distance, la grossesse d'Adrienne Chavroux me donne des ailes. J'ai rarement été si léger, si détendu, si agréable. La bande de robots stressés à peine pubères qui président à la destinée d'Apple n'en reviennent pas de ce changement. Ils l'attribuent à l'excellente percée de la marque-à-la-pomme sur le marché français, dont je suis le principal artisan auprès de la concurrence, en ma qualité de fossoyeur. Et à Bourg-en-Val, Creuse, au même moment, si mes calculs sont exacts, Adrienne entame son sixième mois. Parfois, je voudrais observer dans l'ombre la fierté joyeuse de Simon-le-miraculé. Mais on ne peut pas être partout.

Un chapelet de jeunes pommes arc-en-ciel m'a rejoint sur la terrasse, m'entoure avec des claques sur l'épaule ponctuées de gros « Hy ! » et de commentaires euphoriques sur la réussite du « happening ». Ils voulaient un événement. Quelque chose de géant qui reste à jamais dans les mémoires. J'ai fait coïncider le lancement de leur nouvel ordinateur avec un tremblement de terre d'amplitude 6,2 sur l'échelle de Richter. Un badge plus fluo que les autres promet à un obèse rose pâle représentant l'Arkansas que la prochaine fois je ferai encore mieux. Vingt mille morts, ça ira ?

L'air de San Francisco, lourd de poussières et de caoutchouc brûlé, me dérange à peine. Je suis dans une de ces rares périodes où la connerie talentueuse m'amuse, où le marché américain m'excite et m'attendrit, comme au temps de mes débuts. Je rejoins près d'un buffet-paillote une journaliste financière de Philadelphie que j'étais en train de draguer avant le séisme. Elle enclenche son magnéto dès qu'elle me voit revenir, et je poursuis mon interview avec d'autant plus de liberté que sa cassette est finie depuis une bonne demi-heure. Je me retrouve à vingt-trois ans, rescapé d'universités à hauts risques où j'avais dû apprendre tout seul à oublier très vite ce que m'enseignaient des sommités sournoises ayant sur l'économie, l'industrie et l'avenir des certitudes aussi périmées qu'improbables, mais utiles pour limer nos dents longues. Jamais un chef d'entreprise employé comme prof n'est assez insouciant pour transmettre à de futurs loups son expérience, sauf s'il est en faillite.

— Et comment êtes-vous entré chez Mc Donald's ? questionne la journaliste qui pense à ses lecteurs, qu'elle doit nourrir de faits les concernant.

Je souris en me revoyant ballonné, joues creusées, blême, au cours d'un de mes stages professionnels où j'avais été promu critique gastronomique interne. Une ville par jour, et trois Big Mac à l'heure, pour vérifier, lors de l'implantation européenne, si les fast-foods sous licence respectaient bien la charte rapidité-qualité-propreté édictée par la marque. Brûlures d'estomac, cholestérol, mesures de représailles. J'ai retiré de cette période un ulcère chronique et l'intuition que le pouvoir de faire partager à son employeur des convictions qu'on n'éprouve pas est la seule vraie compétence utile à une carrière.

Mc Donald's, en privant de leur licence, à cause de

mes rapports, une centaine d'établissements impeccables n'ayant à se reprocher que mes faiblesses gastriques, m'a exprimé publiquement sa gratitude pour avoir perdu quatre cents millions à court terme, c'est-à-dire remplacé le risque éventuel d'une usure de prestige par la stupeur favorable des consommateurs, peu habitués à ce qu'un restaurant soit fermé parce qu'un de ses emballages est resté sur le trottoir, à moins de cinquante mètres, pendant plus d'un quart d'heure. Ensuite, quand Mc Do a redonné ses licences, au compte-gouttes, les affamés reconnaissants se sont précipités dix fois plus nombreux, dans une indifférence totale pour les papiers gras et les problèmes d'hygiène, sur lesquels son héroïque et volontaire traversée du désert autorisait désormais la marque à se montrer plus distraite. Moi aussi, j'étais lancé.

— Marié, combien d'enfants ? interroge la journaliste pour achever mon portrait.

Son « how many children ? » a sonné comme une évidence péremptoire. Avec un bonheur qui ne transparaît pas, je lui réponds « no more ». Confuse à l'idée d'avoir gaffé, imaginant des drames, mais professionnelle tout de même, elle me demande de préciser. Je lui réponds que c'est intraduisible.

De retour à Paris, j'aménage un studio au vingtième étage d'une tour, avec vue sur la Seine et les cars de l'hôtel Nikko. Je le décore en suédois : acier design, fauteuils chromés, rideaux noirs. C'est pour Yaffa. L'un des plaisirs les plus joyeux que me donnent les femmes, c'est quand je les meuble. Quand je leur invente un lieu qui leur ressemble. Yaffa est une frisée aux yeux jaunes, moitié berbère moitié lilloise, glaçon des sables qui a traversé l'ENA sans s'en rendre compte et sévit maintenant au secrétariat d'État à la Protection de l'enfance, où elle persécute les fabricants de colle, la DASS et les bandes dessinées. Je lui ai fait pendant quinze jours une cour délicate, avec filature, collision, fleurs, coïncidences, silences codés sur son répondeur et baiser d'une demi-heure dans une panne d'ascenseur au siège de l'Unesco, en prévision du jour où l'enfant de Simon aurait des problèmes administratifs. C'est ce que j'appelle mon service-après-don. J'engrange, toujours, je collectionne. Mais dorénavant, j'ai un but.

Yaffa est mariée avec un psychiatre dépressif qui n'aime que les chiens, et nous nous retrouvons une fois par semaine dans ce studio où elle feint alors d'habiter ; nous faisons la dînette, l'amour au dessert et nous jouons au couple d'étudiants qui glande au crépuscule dans les draps chamboulés, insoucieux de ce que lui réserve la vie.

Nous repartons dans la nuit, elle vers son chenil et moi vers mon bureau des Champs-Élysées, où j'accroche mes trophées de safari. Élisabeth m'a officiellement promu chasseur de têtes associé, depuis qu'elle n'a plus envie de moi : un cadeau de rupture qui est d'ailleurs ma seule raison sociale, puisque mes affaires sont toutes au nom de mon frère. Le mardi et le jeudi, je reçois des postulants dont j'étudie, par une série de tests humiliants, le potentiel de carence qui leur permettra de couler à moyen terme les entreprises à la tête desquelles je les place, pour qu'elles tombent sous la coupe de mon cabinet de gestion-assistance. Tout ça tourne rond. Je crois que c'est la période la plus heureuse de ma vie. Maître-noyeur-sauveteur, je découvre enfin le plaisir de faire la planche. Je suis comme soutenu, blanchi, justifié par le fœtus que j'ai donné en gage. J'imagine la joie de Simon Chavroux qui vibrionne, à Bourg-en-Val, autour du ventre qui s'arrondit, et ma vie m'amuse à nouveau, parce que le malaise de n'avoir rien laissé de moi sur terre, à part des sociétés écrans, des jeux de cubes et des draps sales, n'a plus sa raison d'être.

Il m'arrive d'aller soudain au cinéma, l'après-midi, sur les Champs, tandis que je laisse infuser dans mon bureau un directeur général en disponibilité, transpirant sang et eau sur les dessins d'arbres que je l'ai prié d'effectuer, pour savoir dans quelle industrie le reconvertir. Et moi, enfoncé dans un fauteuil avec un Jollycône, je regarde *Bambi, les 101 dalmatiens* ou *l'Odyssée de l'espace,* comme si j'avais un enfant près de moi. Je m'exerce à participer aux futurs bonheurs de Simon Chavroux, que je ne reverrai jamais, pour qu'il puisse continuer de vivre dans un vaste « merci », sans personne sur qui fixer sa gratitude. Je suis bien. La générosité est vraiment le plus grand des plaisirs égoïstes.

Après mes nuits dans les nids que je construis pour les filles qui me plaisent, ou chez qui je m'invite, selon le style dont j'ai envie à six heures du soir, Louis XV ou Habitat, il m'arrive de filer en Normandie d'un coup de Bentley, d'Aston Martin ou de Bugatti, jusqu'à la Ronceraie, pour le petit déjeuner de mon frère. Je tourne autour du château, les pieds trempés de rosée, dans l'odeur du café noir et du pain grillé, les sons de la maisonnée qui se lève. Bonheur d'enfance, bonheur tout cru, joie du matin qui enterre mes nuits blanches. J'entre parfois leur dire bonjour, mais je ne mange pas, je ne veux ni tasse ni place à leur table. Ce n'est plus mon petit déjeuner, c'est celui de mes nièces, celui de Jacques et sa femme, couple idéal pour publicité d'assurance vie. Réplique exacte des petits déjeuners que j'ai connus jusqu'à dix ans. Ce n'est plus ma famille, c'est mon musée.

Je sais que Simon Chavroux sera le père idéal. Celui que j'aurais tant voulu avoir encore. Celui que, désormais, je n'ai plus le remords de ne pas vouloir être.

Tout semble me ramener à cet enfant, depuis des mois. Certes, on ne reçoit jamais que les signes que l'on guette, mais je viens de racheter sans le savoir, par le biais de mon OPA sur un trust immobilier monégasque, le groupe Publimage qui édite *Bob la Grenouille*. J'en suis ravi. À l'hôtel Versailles, dont j'aperçois, au-dessus du vieux chantier naval, les lumières bleutées entre deux mouvements de crawl, mon séminaire de communication sur les enjeux du béton se déroule sans moi. L'eau tiède et lourde, pleine de reflets de clochers, d'étoiles et de bateaux, apaise mon impatience. Quelque part dans la Creuse, Adrienne doit avoir ses premières contractions, et moi j'ai racheté pour son fils la bande dessinée qui a réjoui mon enfance. Pourquoi suis-je certain que ce sera un garçon ? À cause de mes nièces, sans doute. Je veux du neuf.

En nageant autour des yachts qui se balancent à l'ancre, je revois ces neuf mois passés si vite. Mes affaires ont pris une ampleur telle que je bénis mes insomnies, mon frère et sa femme ont ressuscité mon château, j'ai réussi à retrouver sept voitures sur les douze que mon père restaurait dans la grange, et où il m'apprenait à lire : la Bentley pour *Mandrake*, l'Hispano pour Alexandre Dumas et la petite Amilcar pour *Bob la Grenouille*. Tout va bien, vraiment. Je crois que je suis amoureux de Yaffa, à ma manière, faite d'ironie, d'estime et de tendresse épisodique. Je suis fier de la façon dont elle mène ses combats pour l'enfance. Heureux qu'elle apaise dans mes bras ses violences angéliques. Touché qu'elle vienne chercher en moi sa part du diable. J'ai envie d'avoir longtemps le désir de retrouver quatre ou cinq fois par mois notre studio sur la Seine.

Pourtant, dans ces neuf mois, quelque chose me gêne, et je me rends compte cette nuit, dans la rade de Villefranche, de brasse coulée en dos crawlé, qu'Adrienne me manque. La sacrifiée, c'est elle. Je n'ai pensé qu'à Simon et son regard sur le ventre habité par ma graine. Mais comment Adrienne a-t-elle vécu cette prison d'amour ? Étouffée de n'être plus qu'une mère, un apprentissage de mère, une usine à vie, un chantier.

J'aurais dû être là — enfin, m'arranger pour lui faire savoir où me rejoindre, en cas de détresse, d'étouffement, de ras-le-bol. « Me » rejoindre... J'ai toujours été caméléon, avec mes femmes, c'est mon plus grand plaisir, mais je n'ai pas donné à Adrienne les moyens de déteindre sur moi, de me faire devenir celui qui lui manque, de m'appeler à l'aide. A-t-elle pensé à moi, toutes ces semaines consacrées à porter cet enfant en ignorant le nom de l'auteur ? Suis-je un regret enfoui, un désir impossible, ou une péripétie à peine vécue, sitôt oubliée ? Mon seul lien avec Bourg-en-Val aura été le médecin des inséminations, pour suivre à distance le début de la grossesse. Je m'en veux, à présent. C'est dommage.

Et je rêve, en nageant, à la manière dont ma moitié inconnue, mon étrangère aux yeux verts, serait venue se réfugier dans mes bras sans suite, l'espace d'une nuit et d'un matin, pour être une femme encore, se délivrer de la tutelle oppressante de ce pré-papa qui a dû acheter les biberons et les couches six mois avant terme. Alors je l'aurais caressée, apprivoisée, écoutée, j'aurais pris doucement ce corps blond qui renferme mon enfant, sans le lui dire, sans y penser ; nous aurions fait un pli dans le temps, comme un petit frère qui, lui, n'aurait pas été congelé dans un frigo d'hôpital avant d'être tiré au pistolet par un médecin ganté. Et puis j'aurais recollé Simon dans son cœur, j'aurais restauré leur ménage, repeint la rouille ; je l'aurais insidieusement rendue à cet homme pas vraiment fait pour elle, mais qu'elle doit continuer à aimer, je le veux, pour l'équilibre du petit. Nous aurions fait une escale, une révision, une parenthèse. Et je l'aurais renvoyée neuve, apaisée, de nouveau attendrie par ce mari impossible, ce futur père idéal ; attendrie de l'avoir trompé.

Nuit magique où je nage en refaisant l'histoire, porté par l'allégresse et la tendresse que je me découvre pour Adrienne, un peu tard, mais à temps pour regretter ce que j'aurai perdu. Je suis très doué, lorsque je vis en arrière.

Et puis je rentre me sécher dans ma chambre où se terre Yaffa, censée assister à un congrès à Toul, et qui reste enfermée pour protéger le secret de sa fugue au soleil. Je m'étends sur elle, encore tout plein de sable, et je lui emprunte son corps pour aimer Adrienne. Du fond de son premier sommeil, elle s'en rend compte et me laisse faire, crispée. Tant pis pour moi si c'est nul. Je suis content qu'elle ait senti que je me servais d'elle. C'est la première fois que ça m'arrive et, ma seule honnêteté étant celle de mon corps, j'aurais déploré que ça passe inaperçu. Désolé, Adrienne. Une autre fois, dans une autre vie. Pour celle-ci, consacre-toi à cet enfant que j'ai laissé derrière moi comme un objet en souffrance, et que je ne viendrai jamais réclamer, parce qu'il ne m'appartient plus.

Jacques s'impatiente, ma valise à la main. Je l'ai fait arrêter six fois, pendant le trajet, à chaque cabine téléphonique. Maintenant nous sommes en salle d'embarquement, on n'attend plus que nous et l'accouchement tarde. Le téléphone mange mes pièces avec un bruit de déglutition métallique, par-dessus le concerto de Vivaldi que me diffuse, pour me faire patienter, le standard de l'hôpital.

— François ! On va rater l'avion ! C'est important !

Mon enfant aussi, non ? Cramponné au fil de cet appareil que je nourris en serrant les dents, je suis comme un père ordinaire qui attend la naissance, sauf qu'en plus du bébé et de la mère, je m'angoisse pour Simon qui doit tout casser dans l'hôpital, depuis trois heures que dure le travail.

Deux hôtesses en colère foncent vers mon frère qui parlemente. Effet magique, solidarité féminine : dès qu'il a expliqué la situation, la rousse court faire patienter l'équipage, tandis que la brune m'adresse un sourire attendri, m'interroge poliment d'un haussement de sourcils. Je lui tourne le dos. On vient de me passer la salle de travail, et j'entends le professeur Le Gallieu. Sa voix me chavire. Il me parle lentement, détache ses mots comme une sentence.

— Oui, je sais, le coupé-je, énervé. Évidemment, c'est un garçon. Mais la mère... comment va-t-elle ?

Jacques s'approche de moi. Son sourire de circonstance s'affaisse en voyant mon visage. Inquiet, il me prend le bras. Je raccroche en tremblant. L'appareil me rend la dernière pièce. Je regarde mon frère.

— Jacques... Je viens de tuer une femme.

6

Les premiers feux d'artifice ont commencé vers neuf heures. J'avais acheté du champagne, du gaspacho glacé et des sorbets. La chaleur me fatigue de plus en plus, si près du terme. Adrienne, elle, va mieux. Les pilules bleues qu'elle prend depuis deux mois, pour lutter contre ses crises de larmes, ont complètement changé son humeur. C'est elle qui est venue me caresser, après le sorbet, qui a éteint la télé et m'a pris dans sa bouche. Je lui ai demandé si c'était très raisonnable. D'un autre côté, les livres de grossesse n'abordent pas la question. Et après tout, c'est le 14 juillet.

Comme Adrienne est belle, à contre-jour, accroupie sur moi, dans le flou de la nuisette qui me cache son ventre. Je l'aime lentement, frottant mon visage d'un sein à l'autre. Ma douceur, ma blondeur, ma si pleine... Elle retombe de côté en souriant, attentive, déjà maternelle.

Lorsqu'elle allume la lumière à cinq heures du matin et qu'elle se lève, je ne viens pas tout de suite aux nouvelles. J'attrape son oreiller et l'écrase sur ma tête, pour continuer à dormir. J'entends quand même. J'entends la chasse d'eau manœuvrer à vide. Le parquet qui craque. Je finis par me lever ; je la trouve assise à la cuisine, blanche comme les murs. À la première crampe, j'accuse le gaspacho. À la deuxième, le sorbet au champagne. À la troisième, je réveille son médecin.

Dans l'ambulance où elle commence à perdre les eaux, je suis mort de honte et de rire. Elle aussi, entre deux spasmes. Si les médecins découvrent ce qui a déclenché les contractions, on n'osera plus les regarder en face. On est comme deux gamins fugueurs, dans notre ambulance, ramenés à la raison parmi les blouses blanches et les coups de sirène.

N'empêche, un lendemain de 14 juillet, ce n'est pas le jour idéal pour mettre au monde. Les infirmières ont des petits yeux, les brancardiers naviguent à vue et le professeur Le Gallieu, pas rasé, m'expédie dans la salle d'attente. Je voulais assister à l'accouchement, j'avais la caméra vidéo, mais Adrienne refuse, à présent. Elle ne rit plus. Elle a mal. On viendra me chercher.

Je me retrouve devant le distributeur de boissons, en compagnie d'un autre père en cours, qui lui aussi avait apporté son matériel. Il est VHS, moi Betamax. Il démonte en l'insultant sa caméra qui s'est enrayée, juste le jour, non vraiment ! Je fais semblant d'être en panne, moi aussi, par solidarité. Je lui offre un café-allongé-sucré, la seule touche qui fonctionne. On le regarde couler dans la grille de surverse, avant que le gobelet ne descende pour recueillir un centimètre d'eau chaude.

Je tourne en rond. J'aurais dû apprendre à fumer, pour au moins ressembler à quelque chose. L'autre s'acharne avec un tournevis sur les entrailles de sa caméra. Lorsque l'infirmière vient le chercher, j'espère vaguement qu'il va répondre « Une minute », pour finir d'abord sa réparation, mais il laisse tout tomber, galope derrière elle en beuglant : « Un garçon, c'est un garçon ! » Et alors ? Moi aussi, c'est un garçon.

J'ai dit à mes grands-parents d'attendre près du téléphone, pour apprendre tout de suite la bonne nouvelle. Mais Mine est arrivée en taxi, agrippée au bras du chauffeur, petite ombre maigre, sa permanente écrasée du côté droit, tenant un panier avec un Thermos de café, une tasse en porcelaine, une sous-tasse et une brioche, pour le réveil d'Adrienne.

— On sait ce que c'est, les cafés des hôpitaux, a-t-elle dit en s'asseyant sur le banc, près de moi, avec un sourire entendu.

De la sentir à mon côté, dans le moment le plus important de ma vie, habillée en hâte, sentant le savon mal rincé, avec sa peau si douce, son malheureux dixième à chaque œil et son panier, je suis au bord des larmes. Elle me raisonne, me sermonne, me met en garde.

— Il faut que tu lui passes un élastique, au bébé, tout de suite, ou un ruban. Après ils les mettent tous ensemble, et on t'en donne un autre, il suffit d'une erreur. Ah! si j'avais mes yeux, ne t'inquiète pas, je serais bien sur leur dos. Tu as mon panier? Où il est? Mets-le entre tes jambes, ne le lâche pas: on vole tout, dans ces hôpitaux. Quelle heure tu as? Mon Dieu, Seigneur: s'il pouvait naître à neuf heures... Ta mère est née à neuf heures moins cinq, et toi à neuf heures cinq. Ta tête, mon pauvre chéri!... On t'avait sorti aux fers, tu avais le crâne allongé comme un croissant, on ne voulait pas que je te voie, mais je suis entrée quand même, et j'ai lâché la cafetière en te voyant. J'ai pleuré, j'ai pleuré, tu ne peux pas savoir... Un monstre. Ta maman avait fait un monstre. Elle avait tellement souffert, la pauvre: tu avais la tête si grosse, on avait cru que tu ne sortirais jamais... Et moi qui arrive là-dessus pour lui dire qu'elle a fait un monstre. Elle m'a crié après si fort, elle s'est évanouie. Ah! tu aurais ri. Et deux heures après, ta tête était redevenue normale. Tu te rappelles?

Oui, je me rappelle. Elle me l'a si souvent racontée, ma naissance. La revivre aujourd'hui, pendant que mon fils fait la sienne, ça me rend tout chose. Anxieux ou nostalgique, je ne sais pas.

— Enfin, soupire-t-elle, cette fois je ferai moins de dégâts.

Je serre contre moi le petit moineau blessé. Pourvu que cette naissance lui redonne goût à la vie, la fasse repartir pour un tour, lui remplace ses yeux...

— Tu te rends compte que tu es arrière-grand-mère !
— J'ai laissé un mot à Lucien. Tu crois qu'il le trouvera ? Il est si désordre, le matin, tant qu'il n'a pas eu son café, et j'arrive si mal à écrire... Tu crois qu'il va se faire du souci ?

— Je crois surtout qu'il va être fou de joie. Un arrière-petit-fils, dis !
— Oh ! tu sais, à son âge...

Je veux croire au miracle, je veux que la naissance arrête la vieillesse. Tu m'aideras, dis, Adrien ?

— Tout ce qu'il demande, c'est son café... poursuit-elle à voix basse. Je n'aurais pas dû le laisser.

Elle soupire en secouant la tête. Elle s'est cassé la voix depuis qu'il n'entend plus. Elle est fatiguée de vivre. Je me lève pour marcher, et puis je me rassieds, pour ne pas la laisser toute seule avec les odeurs d'hôpital et les ombres de chariots qui passent dans ses yeux.

Les doigts serrés sur son panier, elle me demande l'heure toutes les deux minutes. Je triche, pour lui donner l'impression que le temps passe plus vite, et du coup son inquiétude redouble, parce qu'elle dit qu'on attend trop.

Le professeur Le Gallieu ouvre la porte. Je me dresse d'un bond.

— Attention, le café ! s'écrie Mine.

J'enjambe le panier renversé, cours vers le médecin.
— Alors ?

Il pose une main sur mon épaule, comme pour s'y appuyer, me sourit avec son air de noceur malheureux. J'insiste :
— Ça y est ?

— C'est un garçon.

— Évidemment, c'est un garçon ! Il va bien, il est beau, il ne s'est pas étranglé avec son cordon... ? Et sa tête, pas trop grosse ?

J'ai tourné un sourire vers Mine qui cherche à redresser le panier, à tâtons.

— Il va très bien. Vous pouvez le voir.

Sa voix nouée m'alerte. Son sourire n'a pas tenu. Il détourne son regard.

— Et Adrienne ? Elle a souffert ?

— Non.

Ce non qui aurait dû me rassurer déchire tout. Je comprends, dans la seconde. Sa tête penchée, de côté, son poing gauche serré dans la poche de sa blouse, sa voix presque inaudible.

— On a tout essayé... On n'a rien pu faire.

Le reste passe dans un brouillard de mots, d'explications, entrecoupés des appels inquiets de Mine qui demande ce qui se passe. Chute de tension, hémorragie, tonicardiaque... Je m'adosse contre le mur. La seule chose que je vois, c'est la caméra oubliée par l'autre père, tout à l'heure, démontée, mise en pièces, inutile.

Une infirmière est venue s'occuper de ma grand-mère, lui ramasse son panier, lui sert une tasse de café, malgré ses protestations.

— Mais non, mademoiselle, laissez ça, c'est pour la mère ! Remettez dans le Thermos, allez, ça va refroidir ! Simon ! Dis-leur ! Simon ! Où es-tu ?

Je suis devant mon fils, dans la salle commune où les nourrissons braillent, étiquetés, derrière des vitres. Un bébé comme les autres. Un orphelin comme moi. Un meurtrier d'Adrienne, comme moi. Un étranger sorti d'elle, un remplaçant, un inconnu. Mon amour. C'est un cauchemar, ce n'est pas possible, tu vas revenir : on oubliera ce bébé, je n'en veux plus, je vais te fiche la paix, c'est toi que j'aime, c'est toi que je veux, toi seule : te regarder, te soigner, te voir vivre et qu'on vieillisse ensemble... C'est ça, la vie. Pas cette chose qui braille, tournée vers le plafond, qui ne ressemble à rien. Assassin. Mon amour. Mais qu'est-ce que je vais faire, mon Dieu, qu'est-ce que je vais faire ?

7

Il gagne cinq mille francs. Avec un seul salaire, il ne s'en sortira pas. Dans le satellite d'embarquement, j'ai envoyé Jacques libérer l'avion : qu'il parte sans nous, tant pis pour les Allemands ; je dois réagir tout de suite. J'enchaîne les coups de fil, me renseigne sur les Galeries Bonomat, leur chiffre d'affaires, la valeur des murs et de l'emplacement. Je sollicite Carrefour, Auchan, Prisunic, mes clients habituels, les mets en concurrence, mais ils sont déjà implantés dans la région, et le magasin a un tel passif que je ne me donne même pas la peine de le dissimuler.

Devant leur refus, je me rabats sur Tony-Prix, une chaîne d'hypermarchés appartenant aux surgelés Frizor. Réaction immédiate : Tony-Prix est ravi de souffler un grand magasin indépendant à Carrefour, pour qui je prétends négocier l'affaire, et rétribue généreusement ma trahison en me passant un ordre d'achat supérieur.

À midi, je déclenche l'OPA sur les actions Bonomat à mille francs pièce, une aubaine pour l'héritier et ses associés qui n'en reviennent pas. A trois heures, Tony-Prix possède 93 % des Galeries et, pour plus de sécurité, j'ai lancé un raid sur le holding qui contrôle Frizor. Ma double opération, menée avec l'aval de ma banque panaméenne, passe comme une lettre à la poste. Les dents grinceront demain, mais l'essentiel est que je puisse imposer ma loi aux Galeries. Ma loi, c'est-à-dire la promotion de Simon.

Dès que le capital est verrouillé, je fonce à Nanterre, au siège des éditions Publimage. Le nouveau directoire que j'ai constitué accueille ma requête avec effarement.

— Je vous dis qu'il a gagné le concours, c'est tout.

— Mais enfin, proteste un nul qui me doit tout : ce sont les pires, toujours soucieux de me mettre des bâtons dans les roues pour justifier la confiance imméritée que je leur accorde. Mais enfin, ce monsieur n'a pas envoyé de carte postale !

— Il est abonné, non ? Le règlement ne donne pas de limite d'âge ? Il a le profil : vous êtes couverts. Il a envoyé une carte que vous avez tirée au sort, et voilà.

— Enfin, c'est malhonnête !

— Et c'est un ordre. Envoyez-lui le chèque.

— Mais... le premier prix est un séjour à Disneyworld.

— Je m'en fous ! Envoyez-lui la valeur correspondante.

— Ce n'est pas prévu.

— Je m'en fous ! Il ne va pas aller dix jours chez Mickey : il a besoin d'argent pour enterrer sa femme. Je suis clair, non ?

Le directoire me regarde avec des yeux ronds. Je suis à bout de nerfs, de fatigue et de remords ; je n'ai pas le temps d'avancer masqué, et de toute manière mes extravagances ne peuvent que renforcer la peur que j'inspire, alors pourquoi se gêner ? Je me méprise, je m'en veux, je me vomis. Ce pauvre type, cette vie foutue, cette fille exquise tuée par mon caprice de planqué, de jongleur des coulisses, et ce bébé pour rien. Pour moi. Je n'ai plus qu'à le reprendre, pendant que j'y suis, et refoutre Simon dans sa Blêche, c'est cela qu'ils veulent, ces connards frileux qui m'entourent de sollicitude en me proposant une chaise, un café, des vacances ? Je tape sur leur table :

— Je veux que cette affaire soit réglée aujourd'hui !

— Et... la photo du lauréat, pour le numéro d'août ? Nous bouclons mardi.

— Pas de photo.

Je rejoins mon frère qui est allé déposer à la Société des Bourses françaises mon dossier de rachat du holding Frizor par la Générale de Biscuits. Nous avalons un croque-monsieur à une terrasse de café, dans les gaz d'échappement.

— Tu n'y es pour rien, François.

— À partir de maintenant, si. Je veux tout savoir de la vie de ce type, je veux être tenu informé minute par minute, pour pouvoir réagir, l'empêcher de faire une connerie. Je le connais. Débrouille-toi. Engage des privés.

— Mais François... pourquoi tu ne vas pas le voir ? Toi-même.

— Je n'ai pas le droit. C'est son fils, je le lui ai donné, je veux qu'il l'élève.

— Tu permets que je te dise une chose ?

Les coudes sur la table, penché vers moi avec une longue inspiration, il va me sortir sa tirade de père de famille vertueux. J'enfourne la moitié du croque-monsieur pour m'éviter une réponse désagréable.

— Je comprends ce qui t'est passé par la tête, François. Mais pense un peu à l'avenir, avant d'agir. Je dis ça pour toi. En voulant t'épargner les difficultés d'élever un môme, tu te rends compte que, dorénavant, tu vas avoir à ta charge un enfant et son père ?

Je lui souris en lui servant un verre d'eau.

— Merci de réagir comme ça. La réponse est oui, et je n'y peux rien. Ou plutôt : je peux tout. Alors... que ça serve à quelque chose, pour une fois.

Il s'incline, finit les bords noircis de son croque-monsieur qu'il avait laissés sur le côté de l'assiette. Il s'angélise, ces temps-ci, il s'empâte, évoque un écureuil aux joues bourrées de noisettes. Sa femme lui a remplacé ses costumes rayés gris par des vestes en tweed campagne, pour se rapprocher de mon style. Elle l'a mis aux cigares, qu'il range dans sa poche comme des crayons. Il ressemble de moins en moins aux pouvoirs écrasants que je lui donne, et s'en tire de mieux en mieux. C'est bon d'avoir confiance en quelqu'un, de constater ses progrès sans le priver de ses limites.

— Il sculpte.
— Pardon ?

Je répète :

— Il sculpte. Adrienne m'avait dit : Il est sculpteur. C'est à la fois plus compliqué et plus simple. Ça veut dire que son avancement professionnel ne suffira pas, s'il se croit une âme d'artiste, mais qu'on pourra agir plus profondément à ce niveau-là. Prends-moi rendez-vous à Bourg, demain matin, avec le maire. Quels moyens de pression a-t-on sur les centristes ?

Il m'énumère une série d'opérations financières assez banales que j'ai montées pour alimenter leur budget de campagne.

— Rappelle-leur tout ça, discrètement. Je sais qu'ils veulent évincer Guérand-Darcy, pour les législatives. Ils comptent envoyer un de leurs jeunes qui a besoin d'une assise en province. Dis-leur de le parachuter ailleurs : j'interdis qu'on touche à Guérand. Soutien total. Et arrange-toi pour que Guérand apprenne ce qu'il me doit. Et qu'il vienne aux obsèques d'Adrienne.

— Et toi... tu iras ? demande-t-il en points de suspension.

J'essaie de me rappeler, en finissant ma dernière bouchée :

— Simon ne m'a vu que dans l'eau, en se débattant. Tu crois qu'il se souvient de ma tête ?
— Non.
— Tu trouves que j'ai changé ?
— Je pense que tu as trouvé ce qui te convient comme rapport humain.

— Je lui ai sauvé la vie pour lui prendre sa femme. J'aimerais bien être sûr que ça en valait la peine.
— Ça dépendra de l'enfant.
Je le regarde en clignant de l'œil dans le soleil.
— Je me demande parfois si, dans le fond, tu n'es pas plus cynique que moi.
— Je suis plus vieux, François.
— Tu le vois comment, cet enfant ?
— Il sera ce qu'il est, et ça ne te regarde pas. Ce qui te regarde, c'est le père. Je t'ai suivi ?

Je pousse un soupir en réglant l'addition. C'est doux et c'est lourd, d'être compris par quelqu'un de si différent. Ça sent l'effort, la concession, la gentillesse, mais au fond de lui je suis seul. Et pour ce que j'ai à faire, c'est mieux.

8

C'EST un bébé exceptionnel. Regarde. Il a trois jours, il sourit, il est le seul du cimetière à sourire, il sait que tu es vivante et que tu nous vois. On fait un drôle de couple, hein ? Moi, déguisé en veuf abandonné, alors que ta présence d'amour éclate dans mon cœur. Et lui, si petit dans son landau, avec tes collègues choquées qui le regardent en attendant qu'il explose au soleil — ah ! j'en ai entendu ! « On n'emmène pas un bébé de trois jours ; en tout cas pas au cimetière ! » C'est ta vendeuse qui disait ça. Josy. Elle a voulu être la marraine. Elle pense que ça va l'aider à passer chef de rayon à ta place.

Comme je te sens là, mon amour... Oui, tu as raison, le soleil tape sur sa tête : je recapote le landau. Tu as vu comme je me suis bien débrouillé, pour les premiers biberons ? Il faut dire que, sans t'offenser, j'en savais beaucoup plus que toi, sur la maternité. Comment c'est, dis, la mort ? Tu as quitté ton corps et tu nous observes, là, au-dessus des arbres, ou bien tu te sers de mon regard pour voir ? Je suis prêt à tout croire, tu sais : tu n'as qu'à me dire. Mais je ne veux pas te fatiguer, non plus : tu as besoin de t'habituer, de t'acclimater, de récupérer le décalage horaire ; des choses comme ça... De toute façon, on a la vie devant nous.

Juste une question que je voudrais te poser : tu as vu Sylvie ? Maintenant que mes deux amours sont au ciel, c'est drôle, j'ai l'impression d'être quitte. Tu comprends ce que je veux dire ? Il n'y a plus de jalousie qui tienne, de partage à faire, de comptes à rendre. Je vous garde, et vous veillez sur moi. Sur Adrien, surtout. J'étais peut-être destiné à être seul pour quelqu'un, pour lui. Les deux amours de ma vie ont traversé sans s'arrêter, en me laissant ce qu'elles m'avaient donné : la passion de la sculpture et un bébé. Je serai un grand artiste, et je serai un vrai père. C'est promis. Adrienne, ma douceur, ma femme enceinte, mon corps de rêve. Je t'embrasse. Il faut que j'aille serrer les mains.

Cérémonie des affligés qui défilent. Tout le magasin, le neveu Bonomat en tête avec sa mine d'enterrement, mais tu n'y es pour rien, chérie. On dit que les Galeries sont rachetées par une chaîne d'hypermarchés, et qu'il a touché une fortune pour les actions qu'il avait juré à Mademoiselle, sur son lit de mort, de ne jamais vendre. Alors il joue les grugés, pour qu'on lui pardonne, en attendant les suppressions d'emplois.

— Toutes mes condoléances, monsieur Chavroux.

Il se penche un peu plus, fait ventouse sur ma paume.

— Pouvez-vous monter dans mon bureau, cet après-midi, à deux heures ? C'est important.

— Je suis viré ?

Il ouvre des yeux effrayés, baisse la voix.

— Pas ici, voyons.

Et pourquoi pas ? Si je suis viré, Adrienne, c'est que tu veux que je gagne ma vie avec mes sculptures. D'accord. Je fais dégager le neveu, en écartant mon bras vers la sortie pour qu'il le lâche. Derrière lui s'avance le maire. Je ne l'avais pas vu. Imper noir sous trente degrés à l'ombre, chagrin affiché ; je cherche les photographes. Il me serre longtemps la main, les yeux dans les yeux, sourcils froncés, la bouche à demi ouverte.

— Quel drame et quelle tristesse, dit-il. Croyez bien que ma sympathie... Vous êtes sculpteur, je crois.

Je sursaute. Adrienne, c'est toi ? Tu y vas un peu fort,

là. Moi je pensais à quelque chose de plus progressif, dans le genre influence de l'au-delà.

— C'est-à-dire... je sculpte.

M. Guérand-Darcy se reprend :

— Ah oui ! C'est cela. Pardon. Accepteriez-vous... bien que ce ne soit ni le lieu ni l'heure...

Il laisse en suspens, cherche ses mots, avec des petits claquements de langue. Je l'aiderais bien, mais je ne vais pas accepter de confiance, sans savoir ce qu'il me veut. Derrière lui, les affligés patientent en tendant l'oreille. Je répète ses derniers mots :

— Ni le lieu ni l'heure...

— Oui, c'est cela. Quelle chaleur... Accepteriez-vous de venir faire mon buste ?

Je me redis les mots dans le silence. Je suis en train de rêver. Ou c'est une insolation.

— Votre buste.

— Ce serait une commande municipale... D'autres suivraient, naturellement, débouchant sur une exposition, tant au plan local — vous êtes natif de Bourg — que régional, voire national ; étant député, n'est-ce pas, ce ne sont pas les ouvertures qui manquent, et on m'a vanté votre talent. Venez me voir.

Il a l'air de répéter un texte qu'on lui a appris. Adrienne... je t'ai prévenue : je suis prêt à croire n'importe quoi. Mais tu attaques un peu fort.

— Qui ?

— Pardon ?

— Non, je demandais : qui vous a dit que je sculptais, monsieur le maire ? personne n'est au courant.

Son nez se pince, sa bouche s'abaisse, son menton se relève. Il cherche quelque chose dans le ciel, sur ma gauche, puis approuve :

— C'est bien.

Il se rend compte qu'il a gardé ma main dans la sienne, la serre encore une fois, pour dire au revoir, et me quitte, après m'avoir désigné aux suivants. Puis il se penche sur le landau, et attrape dans sa longue main blanche les petits doigts d'Adrien, qu'il serre en les agitant, moitié condoléances moitié jeu. Et, sur un signe de croix en passant devant la fosse, il rejoint son garde du corps qui tue le temps à l'ombre.

Quand j'ai écouté le chagrin du dernier vendeur, après avoir répondu mon soixantième merci, je regarde les fossoyeurs qui reprennent haleine, s'épongeant de la main, au-dessus du trou quasiment rebouché. Je pense à mon découvert. Avec les obsèques, j'en suis à moins onze mille. J'arriverai sans doute à équilibrer, grâce à mes indemnités de licenciement, mais ensuite... Le loyer, les biberons, la vie...

Je serre ma dernière main et je sors du cimetière en poussant mon landau. Adrien se met à crier. Mes collègues, qui devaient avoir faim, ont décidé entre eux que j'avais besoin de rester seul, et il n'y a plus personne, sur le parking, pour nous ramener. Des hirondelles rasent les arbres. Je traverse la place brûlante, dans le grincement des roues du landau, seul bruit. Et puis midi sonne, à l'église.

Les deux gars des pompes funèbres, qui boivent le pastis au Café de l'Union, acceptent de faire un détour et nous montons derrière, à la place du mort, mon fils et moi. Il crie tout le long du trajet. Le biberon de secours que j'ai glissé dans ma poche, pour le cimetière, est bouillant : je n'ose pas le lui donner. Je ramasse une fleur tombée d'une couronne, la lui tends pour qu'il joue. Il s'arrête de pleurer, aussitôt. Je rebondis à chaque cahot, assis au-dessus de la roue. Je le regarde.

— Tu as bronzé, chez maman. Ce n'est pas vraiment chez elle, tu sais, c'est... C'est sa résidence secondaire, quoi.

Il bat des paupières. Il comprend tout. J'ai l'air de me raconter des histoires, mais sinon, qu'est-ce que je ferais ? J'éclate en sanglots, ballotté dans le corbillard qui me ramène à la maison, à la nuit du 14 juillet, à notre amour, à ton absence... Une absence qui sent la merde et le lait bouilli. Je m'en sors pas, Adrienne. Je fais le fier, devant les gens, parce que je suis pudique et je n'aime pas qu'on me plaigne. Mais mon enfant, c'est cette boule qui gigote, dans ces couches que je n'arrive pas à changer sans lui vomir dessus, et lui me vomit ses biberons en représailles, qu'est-ce qu'on va devenir ? Trois jours à peine, et maintenant tu es dans la terre, et c'est les couches sales, les nausées, les nuits blanches. On était si bien. Et je l'avais tellement voulu, celui-là. Tellement rêvé... Aide-moi, chérie. Aide-moi à ne pas lui en vouloir. Cette nuit, quand il criait dans mon sommeil, je me suis vu le prendre par un pied, et le balancer contre les murs, jusqu'à ce qu'il s'arrête. C'était horrible.

— Vous n'avez pas trop souffert du voyage ? me demande le croque-mort.

— Qu'est-ce qu'il est sympa, vot' bébé, sourit son assistant.

— Vous avez besoin d'autre chose ?

Je leur dis non : tout va bien, merci. Et bonne journée. Je reste devant mon immeuble, avec la gerçure de mon sourire forcé. Jamais je n'ai pleuré devant quelqu'un. Déformation de vendeur... On me parle et je souris. Qui va me parler, maintenant ?

Une lettre dépasse de ma boîte. L'en-tête de Publimage. Je suis abonné par conscience professionnelle : pour tenir un rayon jouets, il faut avoir un pied dans l'univers des enfants, savoir ce qu'ils aiment, ce qu'ils lisent. Je reçois quarante BD par mois. Dans deux heures, je serai au chômage.

La lettre entre les dents, je gare le landau au fond de l'entrée, soulève Adrien qui pue en silence, les yeux fermés, et je monte l'escalier. Mettre en route le stérilisateur, sortir les couches et le Sopalin et le coton et le talc et la pince à linge pour mon nez. Je déchire l'enveloppe de Publimage, la laisse tomber dans la poubelle. Je m'immobilise, les doigts sur la porte du placard, récupère une moitié de la lettre d'où dépasse un chèque. Sans doute le remboursement d'un tropperçu sur le dernier abonnement. « Trente-cinq. » La suite de la somme est écrite sur l'autre moitié, que je récupère au milieu des couches. « Mille francs. » Trente-cinq mille francs.

Je tombe assis sur le tabouret. La lettre d'accompagnement m'informe que Cher Simon, ta carte postale a été tirée au sort et tu gagnes un merveilleux séjour à Disneyworld, avec ton papa, ta maman, ou toute personne de ton choix. Ton ami : Bob la Grenouille. Une deuxième lettre, sur un ton plus administratif, précise que c'est la contre-valeur de trente-cinq mille francs qui est adressée ci-jointe à M. Chavroux Simon.

Je cours chercher Adrien que j'ai oublié dans le fauteuil du couloir, lui montre le chèque déchiré en deux que je scotche immédiatement, les doigts tremblants. Tu m'excuseras, mais je te changerai après : je n'ai jamais envoyé de carte postale, c'est une erreur, et il faut que je dépose en vitesse le chèque à la banque, avant qu'ils ne l'annulent. C'est génial, Adrien. Papa n'est plus au rouge. Dis merci à maman.

On sonne à la porte. Déjà mes grands-parents. Je n'ai pas voulu qu'ils viennent au cimetière, pour les ménager, mais la mort d'Adrienne leur a donné un coup de jeune incroyable. Mine est de nouveau énergique, responsable et fière, comme lorsque ma mère est partie avec sa troupe de théâtre, et qu'il a fallu m'élever.

— C'est nous ! claironne Pap'.

— Lucien, chuchote Mine avec un coup de coude pour qu'il parle moins fort, parce que j'ai du chagrin ou bien qu'elle a peur qu'il ne réveille le petit.

Ils foncent sur Adrien, le soulèvent, s'exclament, l'embrassent, le chatouillent et l'emportent vers la table à langer. Pap', qui a été pendant quarante ans régisseur des concerts au casino de Bourg, est déjà en train de lui chanter Mistinguett. Mine, qui a l'air d'avoir retrouvé ses yeux depuis que ça sert à quelque chose, s'affaire sur les couches. Ils m'ont oublié. Fourmis à l'assaut d'une proie plus intéressante. Et comme ils ont vite enterré Adrienne. Ils l'aimaient bien, pourtant. Je suppose qu'à leur âge, la mort est trop proche pour qu'on s'y arrête longtemps. Laisser les morts enterrer les morts. Et laisser les vivants langer les bébés. Le plus mort de tous, j'ai l'impression que c'est moi.

Dès qu'il a lu la somme, le conseiller-clientèle m'a attrapé la main pour me féliciter et pardon, il se reprend : condoléances. Il me remercie — enfin : il comprend ma douleur — malheureusement il était en réunion, ce matin, il est navré, mais entrez donc.

Mon faire-part est encore sur un coin de son bureau, dépassant d'une pile de notes à jeter.

Adrien Chavroux
a le plaisir et la douleur de vous
inviter à son baptême et à l'inhumation
de sa maman.
Ni dragées ni couronnes.

Le conseiller-clientèle m'invite à prendre place, s'assoit dans son fauteuil qui tourne et commence à me parler des différentes facilités que la banque est prête à m'accorder, dans le cadre d'un crédit revolving, d'un découvert renégocié ou d'un prêt d'investissement patrimonial consenti exceptionnellement à onze pour cent. Je reste un moment dans son bureau, à me laisser bercer par ces discours abstraits, pour jouer encore un instant à l'homme riche, en pleine ascension, alors que mon rendez-vous suivant c'est avec le chômage, et que ma seule revanche sera d'y arriver en retard.

Quand je ressors de la banque, la fourrière est en train d'embarquer ma Lada. Normal. C'est un souvenir d'avant. J'ai bien compris le message, tu sais, Adrienne : il ne doit plus rien me rester, à part ton fils. Adieu, petite Lada. Repose-toi, vis longtemps, et quand on te vendra aux enchères, tombe sur quelqu'un de mieux. Je reste cinq minutes au bord du trottoir, le temps que les crochets, les chaînes et le palan aient fait leur travail. Et puis je regarde les feux arrière disparaître au coin de l'avenue Maréchal-Foch. Mon renvoi, maintenant.

Dès que j'ouvre la porte de son bureau, le neveu bondit de son fauteuil et se précipite sur ma main.

— Monsieur Chavroux, permettez-moi de vous appeler Simon. Ma tante vous aimait beaucoup.

— Moi aussi.

Il m'offre un siège et un cigare ; je préfère rester debout et je ne fume pas. Il dit : c'est comme je veux, rempoche son cigare et ne se rassoit pas. Son bureau est rempli de cartons scotchés, en piles. Des coups de masse et des vibrations de perceuse ébranlent l'étage au-dessus.

— Simon, ne nous cachons pas la réalité : les Galeries allaient très mal.

— À qui la faute ?

J'ai laissé parler ma rancune avec un coup de menton, au point où j'en suis.

— Eh oui, opine-t-il. Un certain modernisme à tout crin, auquel nous n'avons pas voulu nous soumettre, qui n'était pas dans l'esprit de la maison ; un personnel qui, je ne dis pas ça pour vous, et puis des charges que, sans parler de la conjoncture... Bref, ce repreneur qui nous tombe du ciel est, vraiment... N'ayons pas peur des mots : un cadeau du ciel.

Je vais l'aider à m'annoncer mon licenciement, sinon je suis encore là ce soir. Je laisse tomber :

— Pas pour tout le monde.

Devant son incompréhension, je précise :

— Le cadeau.

— Certes, soupire tristement le neveu en faisant tourner sa bague autour de son petit doigt. Enfin... n'est-ce pas, comme on dit, chacun doit faire des sacrifices et comprendre que le contexte... On n'a rien sans rien. Vous, en tout cas, vous n'avez pas à vous plaindre. Vous voilà directeur.

Je me redis la phrase dans ma tête, pour vérifier, avant de lui demander de me la répéter.

— Eh oui, Simon, se félicite-t-il. Directeur de la stratégie-vente. Ne me demandez pas en quoi ça consistera : moi, vous savez, maintenant... Je veux dire : dorénavant, mes préoccupations... seront autres.

Les mots bourdonnent à mon oreille. Il sourit. J'avale le peu de salive que j'arrive à trouver.

— Mais qui a décidé ça ?
— Oh, l'équipe de jeunes prétentieux qui sont venus éplucher nos bilans, nos fiches de personnel et tout le bataclan. Votre nom a fait tilt, immédiatement. Votre rayon était le seul qui marchait, sans doute : ils vous ont créé une direction dans le nouvel organigramme. Je vous préviens tout de suite que M. Lamure, le directeur des ventes, fait une tête, vous allez voir... Pensez ! Quand on touche un salaire de vingt-cinq mille...

Je crispe mes doigts sur le dossier du fauteuil-visiteur, derrière lequel je me tiens.

— Moi ?
— Non, lui. Vous, c'est trente.

Le dossier bascule sous ma pression, le fauteuil à roulettes part brutalement dans les jambes du neveu, qui s'excuse en étouffant la douleur. Il boitille jusqu'à la vieille fenêtre à trois battants qui donne sur les arcades, contemple le trafic de l'avenue Jean-Jaurès, avec un hochement de tête et un tapotement des doigts sur les cuisses.

— Eh bien, Simon, je n'ai plus qu'à vous laisser. J'enverrai quelqu'un prendre les cartons, demain matin. Souhaitez-moi bonne chance.

Un clin d'œil, une tape sur l'épaule, et il est parti. Qu'est-ce que ça veut dire ? Ses mains, sur le verre cathédrale de la porte qu'il a refermée derrière lui, décollent la plaque « Direction générale — M. Bonomat ». Trois secondes plus tard, une fille entre avec un bloc.

— Bonjour. J'étais la nouvelle secrétaire de M. Bonomat.

Je recule jusqu'au fauteuil en cuir vert du neveu, où je m'assois lentement.

— Mais le... le directeur général, ce n'est pas moi.

— Non, monsieur. Il n'est pas encore nommé. Mais il prendra l'ancien bureau de Mlle Bonomat, au-dessus. Je m'appelle Natacha.

Je tourne vers elle un regard triste. Ah bon, c'était ça, le bruit de perceuse. Le bureau-musée de Mademoiselle, avec ses boiseries, ses tentures, ses vitraux, ce décor de conte de fées que même le neveu avait respecté. Tout ça cassé, déblayé pour loger dans du moderne un étranger sur le nom duquel ils ne se sont même pas mis d'accord.

— Je suis directeur de quoi ?

— Je ne sais pas, monsieur, sourit-elle. J'ai été engagée ce matin. Vous voulez que je me renseigne ?

— Non, non, ça va, merci.

Elle s'en va. Je la rappelle, elle revient.

— Monsieur ?

— J'ai... J'ai quelque chose à faire, là ?

— Je ne sais pas, monsieur.

Je lui fais signe de me laisser. Dès qu'elle est sortie, je cours ouvrir la vieille fenêtre qui tremblote sur ses gonds, et plonge la tête dans les gaz d'échappement stagnant sous les arcades. C'est insensé, cette histoire. Me voilà sans raison promu directeur à ne rien faire avec un salaire multiplié par six. Adrienne, c'est toi ?

Je referme la fenêtre, marche un moment autour du bureau, le col relevé, parce que j'ai froid. Au-dessus de moi, les bruits de perceuse, les coups dans les cloisons. Sous mes pieds, six étages de gens qui travaillent. Et le plancher qui monte, et le plafond qui descend, pour m'écraser de solitude dans une situation absurde. Je ne sais plus quoi penser, je ne sais plus où j'en suis. Tout ce que je sens, c'est que mon rayon va me manquer.

Mes grands-parents ont à peine remarqué mon retour. Mine fait couler un bain. Je lui rappelle qu'il ne faut pas immerger un bébé tant que son cordon n'est pas tombé. Elle me répond que ça ne m'a pas tué. Et elle se repenche sur la baignoire, essayant de manœuvrer le loquet de la bonde, qui est cassé. Je l'ai remplacé par un système de fils de fer qu'elle ne trouvera jamais, avec sa vue. Elle le trouve. Impressionné, je la laisse faire.

Adrien, badigeonné d'éosine tout autour du cordon, est emmailloté par Pap' dans une bande Velpeau, et Mine le trempe en lui gazouillant des mots de mon enfance. Ils ne m'écoutent pas. Je ne les intéresse plus, depuis que « je » me suis reproduit. Ils en ont un autre, plus frais, plus neuf, qui ne les a pas vus vieillir, et qui subit leurs défaillances sans les juger. Adrien est mal séché, mal crémé, mal nourri. Ce n'est pas grave. Je n'aurai pas la cruauté de l'enlever à leur bonheur, maintenant que j'ai les moyens de louer une nurse. Elle n'aura qu'à réparer. Crie, petit bonhomme, va, crie tranquille. Ton arrière-grand-père se réjouit :

— Il est drôlement plus sage que toi, comme bébé.

Je renonce à lui répondre que c'est lui qui était moins sourd. Et je quitte l'appartement, après avoir pris mon carnet à croquis. Pour voir si la chance va jusqu'au bout, ou si c'était juste une trêve.

Je descends du bus 26, traverse la cour de la mairie et demande à la réceptionniste de m'annoncer à M. le maire. Il est en réunion. Je dis que c'est urgent. Elle me demande à quel sujet ; je réponds qu'il comprendra.

Elle manœuvre un interphone, répète mon message et mon nom à quelqu'un qui va les transmettre et revient dire que c'est bon.

La réceptionniste me confie à une hôtesse qui me fait grimper l'escalier, et me livre à un huissier qui m'introduit dans un bureau.

— Ah ! se réjouit le maire en prenant appui sur ses accoudoirs pour se lever.

— Je suis venu vous croquer.

Finalement, il reste assis. Ses sourcils se rejoignent dans les rides.

— Me… croquer ?

— Si vous voulez que je vous sculpte, il faut d'abord que je vous croque.

Il analyse un instant mes propos, pendant que je déballe mes affaires, puis acquiesce :

— Ah ! Certes. Je… je peux bouger, parler ?

— Non.

— J'avais… une réunion, dans la salle voisine. Une délégation du syndicat des thermes.

— Décommandez-les, ils reviendront.

S'il ne me met pas à la porte, c'est qu'il se passe quelque chose d'anormal, ou plutôt le contraire : une magie qui a tendance à se généraliser.

— Bon, fait M. Guérand-Darcy.

Et il se fige, redressé, les yeux fixés sur mon crayon. J'avale ma salive, fais semblant de me concentrer. Je suis totalement incapable de le pétrir. Je suis sculpteur par amour, moi. Du jour où j'ai connu Adrienne, je n'ai plus pu sculpter Sylvie, mais depuis qu'Adrienne est morte, malgré tout mon amour, je n'arrive pas à réussir son visage.

Il me fixe, docile, l'air doux. Il croit que je cherche l'inspiration. Et pendant ce temps notre usine de vélos ferme, les thermes s'écroulent, on laisse faire un lotissement au bord de la Blêche et les Galeries Bonomat, l'orgueil de la région, vont devenir un Tony-Prix.

— Vous me... sentez ? demande-t-il en s'efforçant de ne pas bouger les lèvres. Je veux dire... Ça vient bien ?

Je lui tends le dessin. Son visage s'allonge, son nez se plisse, sa bouche se tord, comme s'il cherchait une ressemblance qu'il est en train de m'offrir.

— C'est... un bon début.

Il se fiche de moi.

— Vous êtes un sculpteur d'une obédience... figurative, je pense, avec une pointe de surréalisme. Comme... vous savez... ah ! son nom m'échappe.

Il se lève.

— Quand pensez-vous me commencer ?

Je baisse les yeux, presque attendri par cette phrase dans la bouche de ce vieux.

— Je ne sais pas. Demain.

— Voulez-vous être aimable de voir avec ma secrétaire ?

Il me raccompagne de son pas lent, me prenant sous le bras pour me guider en zig-zag, comme si son tapis était un champ de mines.

— On m'a beaucoup parlé de vous, monsieur Chavroux. Vous allez devenir le symbole de la nouvelle politique culturelle de Bourg.

Je reprends le corridor voûté qui mène au bureau de la secrétaire, que je traverse sans m'arrêter.

— Un instant, monsieur.

Elle raccroche son téléphone.

— Voudriez-vous me donner votre adresse fiscale, je vous prie, ou celle de votre fondation ? Si vous voulez bien lire... C'est le contrat type de commande d'ouvrage, établi par la Direction municipale de la Jeunesse et des Sports... C'est elle qui coiffe les Arts plastiques, précise-t-elle devant mon air sonné.

Je m'arrête devant la grille du cimetière. Qu'est-ce que tu veux de moi, Adrienne ? Que je tire un trait sur le passé ? Que j'efface les trente ans de poisse que je traîne, pour accepter la chance dans laquelle tu essaies de me replanter ? Que j'arrête d'aimer en arrière, même toi ? Que je me consacre à notre fils, à la nouvelle vie qui commence, à ce désert dans lequel tu voudrais que je bronze ? Je suis dépassé, Adrienne. Complètement dépassé. Tu me dis de rentrer chez nous, mais chez nous, pour moi, c'est ta tombe. Laisse-moi venir, deux minutes, non, ne m'envoie pas ce gardien qui vient pour me dire qu'il est six heures. Je sais qu'il est six heures. Et moi aussi, je ferme. Je ne sais plus du tout où j'en suis, Adrienne, et cette pluie de miracles qui tombe sur moi a quelque chose de... d'insultant, de mesquin. Si. On dirait que tu veux te moquer de ma douleur, de mes difficultés, de mon drame. Ce n'est pas le bon moyen de me ramener sur terre, tu sais.

Je me suis menti, mon amour. Je nous ai raconté des histoires. Cet enfant, cet enfant d'un autre que je t'ai obligée à porter, je crois que je ne le veux plus. Il t'a tuée, Adrienne. Et même si, en grandissant, il te ressemble, même s'il est tout ce qui reste de toi sur terre, même si tu existes en lui plus que sous ta pierre, ça ne change rien : il t'a tuée en naissant, et c'est moi le responsable. Comment tu veux que je vive, avec ça ? Je n'ai jamais été quelqu'un de courageux, ni d'insouciant, ni d'amnésique. Je sais être fidèle, c'est tout. Et la joie de vivre avec laquelle j'ai donné le change aux autres, je sais qu'elle ne reviendra pas. Alors laisse-moi faire. Pendant que c'est là, pendant que c'est chaud, pendant que c'est encore facile. Laisse-moi fermer les yeux, respirer lentement, attendre le bruit du camion, là, dans le tournant, et traverser d'un coup.

9

Ils étaient sergents en Algérie, sous les ordres de mon frère. Deux cubes de muscles au cœur simple, réinsérés dans la vie civile en tant que vigiles, serruriers, pilleurs de coffres ou détectives, suivant les aléas du marché. Grâce à eux, je sais tout des activités de Simon, dans un français à la truelle fait de raccourcis dilués et d'à-peu-près sentimentaux pour expliquer les états d'âme. Dans l'avion d'Alitalia, je relis pour la troisième fois leur rapport :

> « ... Et nous nous sommes portés au secours du désespéré, à deux doigts d'être écrasé par un camion Saviem rouge clair 925 RL 23, au niveau du 7, rue du Cimetière. Il était 18 h 05. Placage au sol, chute amortie, roulade, examen rapide : rien de cassé. Le désespéré (ou soi-disant tel car il nous a remerciés avec une politesse bizarre, vu la situation) nous a déclaré : " C'était une expérience. C'est tout. Je voulais vérifier. Ce n'est pas votre faute. " Dans l'état d'esprit de ne pas nous faire remarquer, nous avons fait semblant de continuer notre chemin en tant que passants. Néanmoins, nous avons noté qu'il avait traversé la rue suivante en attendant que le feu piétons passe au vert, et en regardant bien, cette fois. Rassurés,

nous avons continué la filature à bonne distance, jusqu'à son domicile où le sujet est rentré.

Ressorti à 18 h 50 pour acheter chez l'antiquaire *Au temps qui passe* un guéridon à trois pieds, 8 000 F. Puis au traiteur *La Ducale* : foie gras, saumon (du fumé, du mariné et du normal), caviar et trois bouteilles de champagne *La Veuve Clicquot-Ponsardin*. Facture : 3 224 F. Règlement par chèque.

Retourné chez lui. Dîné avec le couple Lucien Chavroux (ses grands-parents maternels). Ont regardé *Jeux sans frontières* de Guy Lux. Grands-parents non ressortis. Lumières éteintes à 22 h 35. Réveil causé par le nouveau-né pleurant à 0 h 10. RAS d'autre.

Notre opinion : bonne, à part l'événement du camion. Le sujet semble remis dans son assiette, sauf qu'il joue avec le feu, mais c'est plutôt histoire de tenter le diable, à notre avis. Absence d'envie de se suicider. Espèce de satisfaction à acheter les choses les plus chères en quantité exagérée, ou inutiles (le guéridon). Et puis soudain, l'air d'être ailleurs. À surveiller. »

Ces rapports d'anges gardiens, tapés sur un ruban qui pâlit de jour en jour, composent un Simon différent de l'original, qui me renvoie l'effet des mutations que je lui inflige. Aux Galeries, sa secrétaire me dit qu'il fait des pots, tous les matins, pour encourager les chefs de rayon à augmenter leurs ventes. Le reste du temps, il est assis dans son bureau, devant le guéridon qu'il essaie de faire tourner en l'appelant Adrienne.

Je suis perplexe. L'inconvénient des bienfaits matériels dont je le couvre est de le détacher trop du réel. Mais c'est un moment à passer, aussi, une douleur à vaincre. Et puis, soyons sincère : je m'amuse. Outre le plaisir de jouer au destin qui tire les ficelles dans l'ombre, j'ai découvert que Simon était un remède extraordinaire pour guérir la mésestime dans laquelle je tiens généralement les gens en place. Guérand-Darcy, par exemple ; ganache inutile, potentat mou dans sa ville et député de week-end, voilà qu'il m'attendrit depuis que je lui inflige des séances de pose en face de mon Simon. Je ne sais à quoi ressemblera son buste, mais le modèle y gagne.

Même Guy Bonomat, ce nain manucuré qui avait détourné trois millions des caisses de sa tante pour se faire arnaquer par des placeurs de fonds, ce minable, ce chausse-pied, cette raclure d'héritage, il m'a suffi de le distribuer dans le rôle du messager qui annonce, avant de s'éclipser, sa promotion à Simon, pour désormais poser sur lui un regard bienveillant. En canalisant ma puissance et mes moyens de pression au service d'un malchanceux, j'ai découvert la mansuétude.

— Donne-moi les huiles.

Jacques, assis de l'autre côté de l'allée, somnolant contre le hublot, sort de sa mallette le dossier jaune qu'il me passe. Je lui tends en échange le catalogue de filles envoyé par l'agence DBS.

— La nurse. Je te laisse choisir, tu es moins influençable.

Il se met à feuilleter les visages, en étouffant un bâillement. Je suis dans une forme épatante. Maintenant que j'ai pris toutes les mesures d'urgence, Simon et son fils me font l'effet d'une liaison de province, confortable, excitante, installée, circonscrite. Il n'y a plus qu'à laisser faire le temps, en corrigeant de loin en loin la pente bizarre du bonhomme, pour lui laisser la griserie en lui épargnant les chutes. Mais je ne peux quand même pas tout. Faire bouger son guéridon, par exemple, pour donner la parole au fantôme de sa femme.

Je me plonge dans mon dossier d'aujourd'hui, que je

connais par cœur. Les huiles. En fait, c'est une histoire de sucre. Les deux géants sucriers, Saint-Louis et Béghin-Say, dont j'entretiens la guerre par souci de trésorerie, procurant à chacun les armes contre lesquelles j'immunise l'autre, sans qu'ils aient encore compris que leur rivalité ne sert à rien, puisque les gens achètent un kilo de sucre et non une marque — les deux géants sucriers n'ont d'intérêt que par leur branche corps-gras. Et comme leurs affrontements n'ont d'autre but que de se chiper Lesieur, je les fais patiner dans l'huile, tandis que je m'empare en sous-main de leur filiale détergents, que je fais passer sous contrôle allemand en échange de contrats de distribution renforçant Tony-Prix.

Cela dit, j'ai déclenché mardi une OPA hostile contre Saint-Louis, tout en verrouillant son capital pour le protéger de mon assaut, et je m'apprête à lancer sa riposte, par une prise de participation discrète dans la banque qui soutient l'agresseur Béghin-Say. Malheureusement, le gouvernement anglais vient, par crainte du monopole, de casser mon rachat de British Sugar par Béghin, et la réaction prudente des places financières complique mon bras-de-fer, que je voudrais faire durer le plus longtemps possible. Peut-être vais-je, après tout, vendre Lesieur aux Anglais.

— Ton avis ? demandé-je à mon frère.

Il ne répond pas. Il rêvasse au-dessus du catalogue des nurses. Il est distrait, ces temps-ci. Je le trouve même franchement bizarre, quand je vais l'observer en famille, au château, pour le petit déjeuner. Il n'écoute plus ses filles, il s'énerve pour rien sur un zéro en maths ou l'achat d'un Walkman : il fait du zèle. Sa femme l'épie, tendue. Me couverait-il une liaison ?

Pendant le tour de table, chez l'Italien patron de Béghin-Say, Jacques ne redescend pas de la lune. Il corne le rapport financier, il dessine des bonshommes au lieu d'attraper au vol les chiffres ahurissants que je suis obligé de noter. Plus d'un milliard de francs pour la branche corps-gras. Mon frère est amoureux. Mais qui a-t-il rencontré, et où ? Je ne le quitte quasiment pas, depuis qu'on a ranimé la lutte des sucres. À moins que ce ne soit à Los Angeles, il y a quinze jours... On est restés, vingt-quatre heures : il n'a quand même pas eu le temps de se laisser harponner par une Californienne. Si ?

J'abrège la réunion en distribuant des feux verts qui me compliqueront la tâche, mais qui pour l'heure m'indiffèrent. J'emmène Jacques dans une trattoria, pour lui tirer les vers du nez parmi les spaghettis.

— Comment elle s'appelle ?

Il ne dit rien. Il feint, il s'étonne, il détourne. C'est grave. Il n'est pas question qu'il me joue *Back Street*, celui-là. Sans sa sûreté, son équilibre, sa concentration qui permet de gérer tout ce que mon instinct me dicte et que j'oublie aussitôt, sans sa position d'avant-poste, de leader de mes raids, son crédit rassurant, je ne suis plus rien, moi. Jacques. Tu baises qui tu veux, mais tu m'en parles.

— C'est une Américaine ?

— Mais fous-moi la paix ! J'en ai marre d'être ton parasol, ton parapluie, y a autre chose, dans la vie !

La tuile. La révolte. À quarante ans, il me fait sa crise de puberté. Glissons, ça passera. Ma fourchette s'immobilise soudain dans mes pâtes. Mon Dieu. J'ai compris. C'est à cause de Simon. Mes liaisons cloisonnées, mes loyers d'amour, mes dizaines de chambres, il restait à la porte, ça ne le faisait pas rêver : ça ressemblait trop à la gestion de nos affaires. Mais la vie clandestine, subsidiaire, que je me suis offerte d'un élan spontané sur le dos de Simon, cette organisation minutieuse, attentive, attendrie, que j'ai tissée autour du père de mon fils, a ouvert à Jacques une voie d'eau sous sa ligne de flottaison : la famille. Je parie que son Américaine est une mère célibataire avec trois gosses.

— Divorcée, corrige-t-il en baissant les yeux sur son assiette pleine. Tu verrais les petites... Trois amours.

Je suis atterré. Cet homme ne trompe pas sa femme : il trompe ses filles.

— Mais enfin, comment tu as fait... en vingt-quatre heures... ?

— Elle est venue à Paris pour un film.

Je pousse un soupir, déjà soulagé. Une starlette. Ça se réglera avec un chèque.

— Comme les petites sont mineures, elle doit assister au tournage, tu comprends... Elle est un peu leur imprésario.

— Ah bon. Ce sont les petites qui tournent.

— Oui. Elles s'appellent June, Liz et Winnie. Et elle, c'est... Beverley.

Il a prononcé le prénom comme un argument suprême. Il sourit, épanoui sous son début de calvitie qui rougit au soleil. Il ne voit même pas que je suis effondré. Il s'en fiche. Il est dans son film.

— Tu comprends, ce sont des rapports tellement incroyables...

Avec fierté, il me dévoile une photo. Boudin glacé, Polaroid.

— Et donc, vous vous voyez à Paris ?

— Oui, dit-il, un peu gêné. Chez Natacha.

— Natacha ?

— Oui, Natacha. La tienne... Enfin... Tu ne vas plus la voir, tu l'as envoyée à Bourg-en-Val, et comme je continue à régler son loyer...

Je vide la bouteille de chianti pour ne pas la lui fracasser sur le crâne. Une loueuse d'enfants. Une maquerelle qui vit aux crochets de ses mômes, couchée dans les draps de satin gris de Natacha, avec ses cheveux marilynés et ses miettes de pop-corn ! Non mais je rêve ! Mon frère ! Mon rocher ! Mon ancre !

— Je suis heureux, François.

J'acquiesce avec un sourire d'assassin, commande des fraises.

— Je pourrais te demander un service ? Si jamais

Claire te pose des questions... Elle ne se doute de rien, bien sûr.

Mais il est fou ! Il est aveugle, il est complètement inconscient. Je la vois, sa Claire, moi, derrière les vitres, quand ils prennent leur petit déjeuner l'un en face de l'autre et qu'il fait semblant de s'intéresser à ses filles. Je le vois, le regard de Claire, qui sait tout, qui le fait sûrement suivre et prépare un dossier en béton pour le divorce du siècle. Toutes mes affaires sont à Jacques ! Et le château, et les voitures. Et ils sont mariés sous le régime de la communauté. Jamais ça ne m'a inquiété, jamais je n'aurais pensé qu'un danger pourrait venir de ce côté-là.

— Si tu peux lui dire, s'enferre-t-il, que tu as besoin de moi à Paris... qu'on travaille la nuit, souvent, en dehors des voyages...

J'accepte d'un signe de tête. Inutile de l'alarmer, de le braquer, de lui gâcher sa fête. Je me donne un mois pour restructurer mes affaires à l'abri de sa femme.

De retour à Paris, je fonce dans ma tour du Front de Seine, m'enfermer dans le studio que je partage avec Yaffa. Ce n'est pas notre jour, mais j'ai besoin d'être seul dans son odeur, dans nos draps de la dernière fois. J'ai apporté de quoi préparer des endives au jambon, notre plat fétiche. La clé devant la serrure, je m'immobilise. J'entends des bruits, à l'intérieur, des rires, et d'autres choses qu'il n'est pas vraiment nécessaire que j'écoute davantage. Je rempoche ma clé, et je repars avec mon kilo d'endives, mon jambon et mon pot de crème.

Je continuerai à faire semblant de me croire unique. Je ne veux pas que Yaffa me reproche son infidélité : j'ai besoin d'elle, de son influence à la Protection de l'enfance, pour lutter contre la DASS si jamais Simon réussissait son prochain suicide. Le poids de la clé dans ma poche me noue la gorge. Bonsoir, ma Berbère. Bonsoir, mes yeux jaunes. Je ne sais dire « je t'aime » qu'à l'imparfait, mais je le garde pour moi.

Il y a cette phrase de mon père que j'ai toujours refusée. La seule qu'il m'ait laissée, d'ailleurs. « On n'est digne de posséder les choses que si l'on est capable de les perdre. » Une phrase des derniers jours, quand on me cachait les journaux où on le traînait dans la boue, et qu'il était déjà absent, résigné, avec ce sourire intérieur si dangereux aux yeux de ses adversaires, qui attendaient une riposte. Et cette phrase, je suis peut-être en train de la comprendre, de l'accepter, cette nuit, dans ce Mc Do du Front de Seine où j'ai échoué, sous une plante en plastique, entre un couple de mômes et des joueurs de bowling.

C'est assez doux, de retrouver mes errances de fast-food, à vingt ans, quand je sillonnais l'Europe, sautant d'un avion à l'autre pour dénoncer des licences en échange d'un ulcère, et m'apitoyer fièrement sur ma solitude impeccable : un coin de table, une odeur de torchon, la fumée du graillon et le monde à mes pieds, un jour. Quel chemin parcouru, pour arriver à quoi ? Même décor, même état, beaucoup d'acquis, autant de pertes. « L'avenir nous le dira. » L'avenir ne dit jamais que ce qu'on sait déjà.

Quinze jours plus tard, mon frère était parti. Un mot, simplement, à l'appartement de Natacha :

« Je suis trop amoureux, François. J'étouffe dans cette vie. Une semaine que le film est fini, qu'elles sont retournées à Los Angeles, et je ne tiens plus, tu vois. Tu peux me comprendre : tu sais ce que c'est, les coups de foudre, mais tu en as un par semaine ; moi c'est le premier. Je pars les rejoindre. J'ai mis en ordre tous nos dossiers en cours. N'oublie pas d'exiger la garantie de passif dans le rachat de Visorel. Je t'ai laissé les procura-

tions, la signature. Je suis comme un animal qui a fait sa mue : la peau que tu m'avais collée est tombée d'elle-même, tu vois. Je te demande pardon, mais je te remercie : c'est si facile de tout quitter, dans ces conditions. C'est grâce à toi. Je te confie tes nièces, le temps que j'aie tout arrangé avec Claire. Tu vois où j'en suis : j'ai dit " tes nièces " avant de dire " mes filles ", mais j'ai fait mon devoir, et maintenant elles sont grandes. Je n'ai rien à me reprocher. Pour l'instant je veux vivre, simplement, tu comprends ? Vivre. Je t'embrasse, mon François. Essaie de vivre, toi aussi, la vraie vie, les vrais liens. Décante. Et, je t'en supplie, si tu peux faire ça pour moi : ménage Claire. Elle va souffrir, tu sais. Mais l'amour est plus fort. »

En fait de ménager Claire, c'est elle qui a fait très mal. Il n'était même pas arrivé à l'aéroport que l'huissier avait déjà constaté l'abandon du domicile conjugal. J'ai dû laisser à l'épouse abandonnée la villa du Cap-d'Antibes, les deux Ferrari, les Magritte, et le divorce par consentement mutuel « dans l'intérêt des petites » m'a coûté trois millions cash. Trop heureux qu'elle n'ait pas soupçonné l'étendue de nos affaires. Pour elle, je suis une sorte d'expert en entreprises malades, moitié golden boy moitié médecin légiste, qui a fait de son mari un homme de paille, et la paille n'entre pas dans sa liste des valeurs négociables ; je m'en tire bien.

Exit ma belle-sœur et mes nièces, bonnes vacances à Antibes, et fin de mon musée d'enfance, mon château réinventé. Tout ça tombe plutôt bien, au fond. Mon enfance, si elle survit quelque part, c'est à Bourg-en-Val, Creuse. Le reste n'est que singerie, décalcomanies approximatives qui se sont décollées dans une dérision méritée que j'ai tout fait pour accentuer. J'ai donné les meubles à des œuvres. J'ai bouclé les voitures dans un garage-forteresse de mille places, porte de Clignancourt, où les collectionneurs de Passy viennent jouer au cambouis le dimanche. Et j'ai vendu le château à Europe-Loisirs, une chaîne de toboggans aquatiques qui construira dans le parc un complexe tropical sous serre, avec douze tennis à la place du potager, un golf sur mes champs de blé et trois étages de parking là où mon père avait planté ses magnolias. Des Japonais charmants, les gens d'Europe-Loisirs, et qui ont fait une affaire en or. Je ne marchande que les choses dont je me fous. Tout ce que je leur demande, en contrepartie, c'est de laisser le château inhabité sous des projecteurs, la nuit, comme une enseigne, pour si l'envie me venait d'aller tourner encore autour de mes murailles. On peut renoncer aux collections sans renoncer aux musées.

Apprendre à me passer de mon frère m'a demandé six mois. Six mois de jongleries, d'acrobaties comptables et de voltige fiscale. J'ai perdu trois kilos et quatre femmes, revendu toutes les parts de capital, où je risquais d'apparaître, à des coquilles creuses issues de sociétés écrans verrouillées par des nébuleuses. Mon cabinet de consultants et ma banque de Panama sont devenus les filiales d'un groupe suédois fictif qui me salarie en Suisse sous un nom d'emprunt. Je suis plus que jamais invisible, insaisissable, inexistant. Un fantôme qui se glisse sous tous les draps qui le tentent.

Élisabeth m'a beaucoup aidé. Me voir tituber, pendant six mois, comme un boxeur sonné qui refuse de s'écrouler sur le ring, a réveillé ses sentiments pour moi. Elle seule connaissait l'étendue des pouvoirs que je cachais derrière la façade rassurante de mon frère. Elle seule pouvait le remplacer. Son agence de chasseurs de têtes était la structure idéale pour englober mes activités. Son grand appartement de Neuilly, sans âme, quasiment vide, était l'endroit rêvé où poser mes valises. Nous avons renvoyé le chanteur synthétisé au look docker qui ces temps-ci assurait sa vie sexuelle. Nous avons du travail.

Élisabeth est mon double au carbone sur un corps de femme. Sa maigreur sculpturale, sa myopie, ses lunettes aux montures chauve-souris, ses capes noires et ses cheveux blonds tirés en queue de cheval très haute assurent son mystère. Elle est silencieuse, froide et sensuelle, calcule tout pour sembler faire preuve en chaque circonstance de réactions spontanées, et consomme les amants exigeants avec des cadeaux de rupture quand elle les vire. Elle a tout pour effrayer les hommes. Elle a tout pour être ma femme. Elle pourrait être ma sœur. Nous nous sommes beaucoup perdus, à force de nous ressembler.

Dans son grand lit bas qui donne sur le Bois, nous refaisons le monde après l'amour. La tentation actuelle des entreprises étant la croissance externe à tout prix, je m'emploie à leur trouver des proies juteuses, qu'elles achètent avec ardeur et restructurent à grands frais, jusqu'au jour où elles s'aperçoivent que le vent tourne, que la nouvelle filiale a vampirisé leurs fonds propres et hypothéqué leurs bénéfices jusqu'à devenir la seule branche saine du groupe. Du coup, les banques, affolées, exigent la revente immédiate de cette branche saine pour sauver l'entreprise malade — toujours intelligentes, les banques. Et moi, la branche saine, je la revends alors à un autre consortium affamé de chair fraîche, qui à son tour va en crever d'indigestion. Amusant, facile, rentable et sans danger.

Au jour le jour m'arrivent par différents côtés les échos de la vie de Simon. L'enfant se porte bien, les grands-parents aussi, même un peu trop : ils m'ont déjà coûté huit nurses. Trop jeune, trop brusque, trop danoise, trop sans-gêne, trop réservée, trop bavarde... Aucune ne leur plaît. J'ai demandé au maire de glisser à Simon, pendant leurs séances de buste, un mot sur l'excellent centre aéré pour troisième âge qu'il subventionne dans la montagne ; Simon n'a pas relevé. Non, le seul moyen de chasser les vieux, dans un foyer de fils-père, c'est une femme. Seulement, là encore, chou blanc : monsieur est fidèle. Huit mois de deuil, ça me semblait pourtant raisonnable, mais je commence à me demander si son abstinence ne repose pas sur une immense couche d'insensibilité. Peut-être que la mort d'Adrienne lui a fait si mal qu'il s'est dévitalisé ; toujours est-il que sa tombe reste en friche et qu'il n'y est jamais retourné, à ma connaissance, depuis l'enterrement. Je suis ravi qu'il ait choisi la vie, mais alors : qu'il le montre ! Je préférerais qu'il aille jardiner sa femme le dimanche, pour garder l'estime de ses voisins, et qu'il baise en cachette. Il fait le contraire — sauf que, d'après mes renseignements, il ne baise pas. Je lui ai pourtant envoyé Natacha, comme secrétaire, la plus jolie fille que j'aie jamais sautée, et gentille, bien qu'intelligente. Elle commence à dépérir, la pauvre chérie, à force de jouer les gourdes aguicheuses auprès d'un patron qui ne la voit pas, qui l'oublie même pendant huit jours dans son secrétariat, avant d'entrer soudain pour lui demander une gomme.

Car Simon ne fait rien. Strictement rien. À part des mots croisés, des séances de spiritisme sur un guéridon immobile, des vins d'honneur quotidiens pour le personnel et des promenades à son ancien rayon. L'équipe de concepteurs que j'ai placée sous ses ordres lui adresse chaque jour des projets de campagnes stratégiques, qu'il leur retourne sans les regarder, annotés d'un « Très bien » au crayon. Un incompétent surpayé qui fait de l'obstruction passive, en dix ans de séminaires de cadres en tout genre, c'est la première fois que je vois ça. J'ai si honte de protéger cette imposture flagrante que j'ai dû virer le nouveau directeur général, un type très bien dont les initiatives heureuses mouraient bloquées chez Simon, à l'étage en dessous. Sacrifier un manager plein d'idées à un poids mort qui joue les congères, ça m'est resté sur l'estomac. Que faire de plus ? Nommer Chavroux directeur général pour le mettre à l'abri de sa nullité, et couler un peu plus ce magasin sans clients dont l'activité principale consiste à détruire ses stocks invendus, et qui me coûte chaque mois deux fois sa valeur en salaires et frais de gestion ? Si on savait ça, dans les multinationales que je rançonne... Simon Chavroux est ma danseuse, comme aurait dit mon père, mais ses danseuses à lui, elles dansaient. Avec son immobilisme, Chavroux me coupe les jambes.

Je me demande, au bout du compte, si cet homme était intéressant. Pour connaître le vrai visage de quelqu'un, il faut attendre qu'il ait réussi. Chavroux a réussi, grâce à moi, sans raisons et pour rien. Son fils, il laisse les nurses le disputer à ses grands-parents. Sa secrétaire sublime, il l'ignore. Le maire, il en a fait une sculpture grotesque, informe, que le malheureux Guérand a dû cacher dans un placard.

Tout ce que je fais pour Simon me revient dans la figure, comme un volet que le vent toujours rabat. C'est fatigant. Triste. Je suis déçu, je me sens trompé. Quel chemin je lui ai fait parcourir, pourtant, depuis cet après-midi où, l'ayant vu effondré sur son rhinocéros en peluche, je suis tombé en amitié pour lui. J'ai beau lutter, je ne suis plus vraiment sûr d'avoir fait le bon choix pour mon fils. Qu'a donné Simon, depuis qu'il a tout reçu ? J'en viens à me demander si c'est bien par hasard que cet homme était né stérile.

10

M. Coudre est assis dans le fauteuil visiteur. On se regarde, depuis un moment, sans savoir de quoi parler. Il fait des hochements de tête, toutes les trente secondes. Je rectifie l'alignement des objets posés sur mon bureau.

— Et votre rein ?

— Ça va, merci, monsieur Chavroux, s'empresse-t-il. Je crois qu'on m'a trouvé un donneur.

— C'est vrai, vous m'aviez dit.

Il sourit, comme pour s'excuser de ma distraction. Ça fait quatre ans qu'on lui trouve un donneur, tous les trois mois, et ça ne convient jamais : incompatible. Après une minute d'hésitation, il se décide à demander :

— Et alors, ces nouvelles fonctions, ce serait... sur le plan des horaires... Je veux dire : je m'excuse de vous demander ça, mais c'est par rapport à mes dialyses.

— Aucun problème.

Il se détend. Après s'être calé dans son fauteuil, il prend sa respiration pour lancer, l'air de rien, la question que je redoute depuis dix minutes :

— Et donc, en fait, ces fonctions, dont je vous remercie encore, c'est tellement inattendu... elles consistent en quoi ?

— À votre avis ?

Il a un geste vague, un peu navré, un peu coupable. Il attend que je lui réponde. Qu'est-ce que je peux lui répondre ? La vérité ? Je m'ennuyais tellement à ne rien faire que j'ai eu besoin de me nommer un adjoint, pour ne pas rester seul toute la journée en face de mon incompétence. Je préfère lui laisser un peu d'illusions.

— La stratégie-vente, commence-t-il, en fait, d'après moi, et je m'excuse si je dis une bêtise... mais à mon avis, c'est une sorte de psychologie, non ?... destinée à faire grimper les ventes, par des moyens détournés. Une stratégie, quoi.

— C'est ça.

Il se rengorge. Mais l'angoisse n'a pas disparu de son œil. Je connais. Avant, il était comptable, enfermé dans six mètres carrés sans fenêtre avec ses fourchettes prévisionnelles et ses plafonds de défense. Moi je régnais sur les jouets. Et on se retrouve au sixième dans des fauteuils en cuir, comme deux ouvriers exilés chez les cadres.

— Au fond, c'est peut-être de la... publicité.

Il a lâché le mot prudemment, les fesses au bord du fauteuil. Je lui réponds ce qu'il sait : il y a une directrice de la publicité, chargée des stratégies de promotion, Mme Rollin, et un directeur des ventes, M. Lamure. Il n'est pas question d'empiéter sur leur domaine, où ils ont quinze ans d'ancienneté. Et si la stratégie-vente n'est ni de la stratégie ni de la vente, par élimination je ne sers à rien. Mais maintenant, nous sommes deux.

— Comment va Bongo ?

Il répond aussitôt, réjoui :

— Bien, très bien ! Ah, elle a tenu, votre réparation... Il faut dire que mon gamin, vous savez... Ça grandit vite, à cet âge, ça n'aime plus les jouets que ça chérissait la veille... Vous connaissez.

Je hoche la tête. Le vieil ours en peluche que je lui avais réparé, il y a plus d'un an, me fait sourire de nostalgie.

— Je peux vous le donner, si vous voulez... pour votre fils...

Pour mon fils. Mon fils ne joue avec aucun des jouets pour bébé que je lui avais sélectionnés. Il n'aime que les fusils en plastique avec lesquels mon grand-père le menace à longueur de journée, avant de les lui passer comme sucettes, et mes souliers d'enfant que Mine conservait dans un tiroir, et qui lui servent de poupées. Tout ce que je lui offre, peluches, appareils à musique, gadgets éducatifs pour reconnaître les sons, les odeurs, les couleurs, reste dans la boîte ou passe par la fenêtre. C'est Pap' qui lui apprend à jeter. Je n'ai rien dit.

Mon nouvel appartement, un six-pièces de fonction mis à ma disposition par Tony-Prix, est un machin blanc sinistre au sommet d'une résidence neuve, déguisé en atelier de peintre pour riches. Je déteste mais je m'en fous, et je loge mes grands-parents. C'est plus pratique pour eux.

Le soir, quand je rentre du bureau où je n'ai rien fait, je croise la nurse qui me remplace. Adrien dort. Mine et Pap', écroulés de fatigue heureuse, somnolent l'un contre l'autre devant la télé géante pendant que je laisse refroidir ma soupe. Je me demande parfois pourquoi je rentre. On m'a volé ma femme, on m'a volé mon enfant, on m'a volé mon métier, et la vie continue très bien sans moi.

Je n'ai plus essayé de mourir, depuis le jour du cimetière où ces deux types monstrueux m'ont arraché aux roues du camion. J'ai dit d'accord. Je continue, je suis le mouvement, j'accompagne. Un soir, dans un an ou trois semaines, j'inviterai à dîner ma jolie secrétaire qui me drague avec tellement d'obstination que j'en suis gêné pour elle. Je lui ferai l'amour pour vérifier que je n'éprouve rien, que je ne risque plus de tomber amoureux, et aussi pour l'employer à quelque chose : elle s'ennuie autant que moi, devant sa machine à écrire muette, son bloc vierge et son téléphone qui ne sonne pas. Je lui dirai qu'elle n'a pas besoin de prendre la pilule. La stérilité, pour une fois, servira à quelque chose...

À six heures, je libère M. Coudre, qui va passer une nuit blanche à chercher des idées publicitaires, en oubliant son rein, et demain l'hôpital l'informera que son donneur providentiel est incompatible, qu'il faut attendre le prochain départ en vacances : les accidents de la route, c'est son principal espoir. Quand je compare ma vie à la sienne, je ne sais pas si j'ai honte d'être malheureux, ou raison de refuser les consolations qu'on m'offre.

J'achète une côte de bœuf avant de rentrer. Je l'oublie chez le boulanger. De toute façon je n'ai pas faim. Quand j'ouvre la porte de l'appartement, l'odeur attendue de caca-lait-talc me donne la nausée habituelle. Adrien est debout, entre mes grands-parents qui lui tiennent les bras en poussant des acclamations.

— Vas-y, allez, encore un pas ! Hop ! Bravo ! Allez, Simon, vas-y, mon chéri, tu marches !

Ils le lâchent, il tombe. Ils l'appellent Simon. Ils m'ont remplacé. Ils se refont mon enfance, sur son dos, et je n'existe plus. Trente ans pour rien, effacés d'un coup. L'image du bonheur : ces deux vieux rajeunis autour d'un petit-fils recommencé qui apprend à marcher sans moi.

Je ressors pour aller m'asseoir à ma table, au bar d'en face, où le garçon me sert mes Cinzano blancs sans que j'aie besoin de parler, jusqu'à l'heure de la fermeture où il me réveillera, comme chaque nuit, en m'appelant par mon nom. C'est moi, Simon. C'est moi.

11

Enfin une initiative ! Je commençais à désespérer. La nomination d'un adjoint, au demeurant qualifié, expérimenté, bon comptable, prouve que Simon s'intéresse enfin aux fonctions que j'ai inventées pour lui. Aussitôt, par l'intermédiaire de mon homme de paille à la tête du groupe Tony-Prix, j'ai transmis une note aux directions des ventes et de la publicité, afin de les informer de leur prochain rattachement au département de stratégie-vente. Un premier pas vers le fauteuil de directeur général, que je ne peux raisonnablement offrir à Simon avant de pouvoir justifier d'un succès marquant de sa part : l'indignation légitime de ses cadres lui vaudrait un climat peu propice à son épanouissement.

Ce n'est tout de même pas ma faute s'il n'essaie pas de revendiquer une seule des idées-chocs que lui soumet son équipe ! Il se contente de les accepter en bloc, sans en prendre connaissance ni même se donner la peine de choisir au hasard ; il les envoie toutes en fabrication et je suis obligé de les stopper quand elles arrivent au seuil de la diffusion, pour éviter de ruiner son crédit, qui déjà ne tient plus que par les arrière-pensées qu'on veut bien encore prêter à son attentisme. J'ai empêché ainsi le lancement d'une série de gadgets mégalos, d'un prix dément, consistant à dissimuler des accessoires de bureau dans des initiales géantes G et B, alors même que la campagne d'affiches célébrant la disparition du nom « Galeries Bonomat » au profit de « Tony-Prix Maxi-Choix » était envoyée chez l'imprimeur, les deux projets revêtus de la signature de Simon, à la date du même jour. Cet homme est un maso, un jean-foutre ou alors un joueur, et l'indécision dans laquelle il me plonge m'a redonné l'euphorie de nos débuts.

Il est possible que je me sois trompé, que je l'aie mal jugé, dès le départ. Je suis prêt à l'admettre. Je ne demeure intransigeant que sur un point : c'est le père idéal. Évidemment, au vu des rapports que je reçois, ça ne saute pas aux yeux. Il fuit carrément son fils, il l'oublie, il délègue. Mais moi je sais, je veux croire et je pense que c'est justement à cause de ses qualités de père qu'il vit mal ce moment. Tant qu'Adrien n'est qu'un bébé, une machine en rodage, une série de corvées, une histoire d'orifices, il est normal qu'il en éprouve une frustration, un rejet, un dégoût. Tout ce que peut faire une nounou à sa place, mieux que lui, ne l'implique pas ; c'est humain, courageux et sain. Il est comme moi. Pour être à la hauteur de ce que j'attends de lui, il doit compter six mois, un an... Je l'aiderai à tenir, comme je l'ai aidé à surmonter la mort de sa femme. Ensuite, ça ira tout seul. Adrien sera un petit garçon et Simon voudra devenir un père Noël, celui que je serais à sa place si je m'autorisais à revenir en arrière, à lui reprendre ce que je lui ai donné. Je ne le ferai jamais. Et je ne regrette rien, sinon le sort d'Adrienne. Deux pères ne remplacent pas une mère.

Cela dit, l'amour de rechange que je lui ai offert, au bureau, ne me semble pas un choix très convaincant. J'attends encore huit jours, je reprends Natacha et je lui en envoie une autre. C'était peut-être indélicat de lui donner le cœur d'une fille trop belle, comme l'était déjà Adrienne. J'ai pris soin d'éviter les points communs, mais je suis tout de même tombé dans la ressemblance. Est-ce ma faute si nous avons les mêmes goûts ? En fait, la période de mortification qu'il s'impose recommande plutôt le choix d'un boudin, avec un arsenal de malheurs, complexes et frustrations, emballé dans une couche de gentillesse : Simon a davantage besoin de s'identifier que d'être séduit. Mais je n'ai pas le modèle en stock. Et, c'est dire si je suis atteint : ça me gênerait que Simon tombe amoureux d'une fille pour qui je n'aie rien éprouvé.

J'en suis là de mes perplexités lorsque Natacha m'appelle, avec une nouvelle que je n'espérais plus : il l'invite à dîner. Pauvre Natacha, petit soldat qui monte au feu par amour de la patrie. Je n'ai toujours pas trouvé comment la dédommager, et comme elle ne me demande rien, j'en profite. Elle m'aime vraiment, je crois. Ça me chagrine d'autant plus de la décevoir : elle est partie en mission à Bourg-en-Val en pensant qu'il s'agissait d'espionnage industriel, et la ringardise de l'homme auprès de qui elle croit jouer les Mata-Hari fait de l'ombre à l'admiration qu'elle me témoigne.

Le lendemain samedi, je vais l'attendre à la gare, tout excité.

— Alors ?
— Merci !

Et elle continue droit devant elle sur le quai, l'air buté, son imper sur l'épaule et sa valise balancée à bout de bras. Je me maintiens à sa hauteur, essayant de tirer des informations de son visage fermé.

— Tes impressions... Raconte.

Elle pose brusquement sa valise, et me fait face :

— Je suis virée !
— Quoi ?
— Il a passé tout le dîner à me dire que c'était pour mon bien, qu'il portait malheur et Dieu sait quoi. En plus un dîner au restaurant des Thermes, un endroit sinistre avec des plats en sauce à gerber, tu me connais, et une espèce de croulant violoniste qui venait cracher ses bronches dans nos assiettes, non, je te jure !

Elle repart à grandes enjambées à travers les voyageurs qu'elle bouscule. Je la rattrape pour lui prendre sa valise.

— Mais il t'a paru comment... Déprimé ou agressif ? Je veux dire : s'il ne veut pas de toi, à ton avis, c'est parce que tu lui déplais ou qu'il ne s'aime pas ? Ou tu crois que c'est un problème avec les femmes en général ?

Elle me reprend sa valise d'un geste sec.

— Écoute, François, si tu es devenu pédé et que tu veux te taper ce type, tu y vas toi-même, O.-K. ?

Elle repousse mon bras avec fureur, s'engage dans l'escalier du métro. Je renonce à la poursuivre. Je vais passer la nuit dans cette gare pour lever une dactylo terne et mal dans sa peau, de préférence au chômage, que je prendrai à l'essai avant de l'envoyer à Simon.

Assis à une table du snack, en face des quais, je subis le flot des voyageuses anonymes qui, presque toutes, ressemblent à celle que je cherche. Je suis quand même ridicule. Où va me mener ce renoncement à ma vie, mes plaisirs, mon passé ? Depuis des mois je ne fais plus qu'expédier les affaires courantes, mettre en avant mes collaborateurs et traverser la finance internationale avec le regard braqué sur Bourg-en-Val, Creuse. De Simon, j'ai voulu faire un autre moi-même, en mieux, et c'est lui qui est en train de déteindre.

Regarde-toi, François Foncinet, voûté sur ce coin de table qui sent l'éponge, avec tes trois cacahuètes et ton Martini — quelle différence avec le paumé qui à huit heures du soir poussera la porte du Cintra's Bar, en face de chez lui, pour se beurrer au Cinzano blanc jusqu'à la fermeture ? Quelle réussite... Et si l'illusion de mon sacrifice généreux n'avait été, en fait, qu'un appel de la déchéance, une envie d'arrêter mon ascension pour rien ? Le vertige de la chute... C'est Simon qui m'entraîne. C'est vrai qu'il porte malheur, et tous les miracles par lesquels j'essaie de contrarier sa pente se retournent contre moi. Faut-il lutter encore ou laisser faire, couper les ponts ou m'obstiner ? À ce jeu sans partenaire, j'ai déjà perdu mon frère, mon château, Natacha et les quelques illusions que je nourrissais en cachette sur ma force bénéfique, ma face cachée, ma vraie nature. Je pensais que le jardin secret d'un enfant dans la Creuse m'aiderait à dissiper la nausée de mes plaisirs égoïstes ; mais le jardin secret reste en friche, j'ai perdu les plaisirs et il me reste la nausée.

Il est six heures du soir quand je sors de la gare, sans avoir abordé la moindre fille ni trouvé le début d'une solution. Oui, je voudrais revenir en arrière. Oui, je voudrais gommer tout. Sans l'orgueil qui me poussait tout à l'heure à chercher des motifs de fierté, de confiance ou de patience pour surmonter tout ce gâchis, je n'ai plus de raison d'avancer. Demain, j'irai voir Simon, pour exorciser mon rêve. Je lui dirai : voilà. Je ne lui dirai rien. Je ne sais pas ce que je peux faire. J'ignorais qu'un jour dans ma vie je serais si ballant, si défait, si paumé.

La fourrière a enlevé ma Bentley. Une queue de cent mètres devant la station sans taxis. Le métro, je me refuse à le prendre, à cause de Natacha disparaissant dans l'escalier roulant. Natacha que j'ai perdue pour rien, comme tout ce que j'ai gagné dans ma vie : pour rien. J'ai envie d'arrêter par le col n'importe quel type dans cette foule où je piétine, et lui crier dans le nez que je suis François Foncinet, six milliards de chiffre d'affaires sur le dos des plus grands holdings, des dossiers hauts comme ça sur tous les hommes politiques que je peux faire et défaire à ma guise, regardez le journal ! Ça, c'est moi, ça aussi : le scandale de Creusot-Loire, la liquidation de Manufrance, le remaniement ministériel, l'accord sur les quotas laitiers, le désarmement unilatéral pour cause de missiles défectueux, le programme Ariane, la guerre des sucres ! C'est moi ! Crier tout ce que je suis à des passants qui n'en croiront rien, pour me prouver une dernière fois que tout ça ne compte pas. Et merde. Je suis mort, depuis que j'ai perdu mon père, depuis que l'injustice et le triomphe des salauds m'ont transformé en tueur.

Je loue une Mercedes à l'agence de la gare, et je fonce sur l'autoroute de l'Ouest, dans un brouillard de pluie, d'appels de phares et de nuit qui tombe. C'est un début de week-end et je roule à 180 sur la bande d'arrêt d'urgence, évitant d'un coup de volant les pannes d'essence, les fatigués, les amoureux qui encombrent le bas-côté. Des pointes de sommeil me lèchent comme des vagues, se retirent, j'accélère.

Sur l'allée du château élargie par l'arrachage des cèdres, les voitures marchent au pas, dodelinant sur les ralentisseurs installés tous les dix mètres. Les Japonais à qui j'ai vendu le domaine ont tenu parole ; le château vide, fermé, est éclairé par vingt projecteurs de mille watts. À gauche de la tour d'angle, se détachant sur la masse lointaine de l'hôtel, on aperçoit les lumignons de la pyramide en verre abritant le lagon tropical, avec toboggans, rivières enchantées, bananiers, cascades, où les familles viennent passer le week-end en glissades, plongeons, courts-bouillons et concours de mycoses.

J'escalade la grille, foule le gravier mouillé dans un bruit de biscottes. Comme le château est beau, dans cet abandon, cette aura blanche qui allonge à l'intérieur, d'une façade à l'autre, l'ombre inclinée des persiennes. Château-sandwich pour donner l'image d'un week-end de riches à des glissades dans le chlore. Château au bois dormant. Souvenir sans vie autour duquel je tourne, mains dans le dos, image de mon errance, écho de mon vide. Le parking souterrain creusé sous les écuries, en limite des douves, a ébranlé les murs, descellé des clochetons et des briques de frise. Les balustrades sont malades, rongées par une mousse que mon père déjà essayait de traiter. La maladie de la pierre. J'imaginais que c'était contagieux et je m'y frottais les mains, les joues, pour voir si j'allais m'effriter. J'ai passé la fin de mon enfance à faire des paris avec le fantôme de mon père : si tu existes, je mets les doigts dans cette prise et je ne suis pas électrocuté. Je saute du premier balcon de la tour et je ne me casse rien. Je plonge dans les douves en décembre et je n'attrape pas froid. Je fais HEC, trois ans d'université à Boston, et je reviens heureux, léger, intact.

J'ai pris le courant, j'ai passé des mois dans le plâtre, enchaîné grippes sur bronchites et ma formation de golden boy triste m'a faussé à jamais. Le seul pari que j'ai gagné avec l'au-delà, la seule chose que je n'ai pas attrapée, c'est la maladie de la pierre.

En haut des marches de la terrasse nord, je recule jusqu'à la balustrade, sens la meulière rongée sous mes mains, retrouve la caresse de la mousse. J'étends les bras pour appuyer mes reins et le garde-corps bascule, lentement. Je ne fais rien pour me retenir, m'abandonne à ma chute. Je sais que je ne risque rien. Derrière la mort, il y a fatalement quelque chose. Ou alors, ça ne valait pas la peine de continuer à vivre.

12

Ma chance s'est arrêtée d'un coup. Je m'en rends compte à certains détails : hier soir, par exemple, j'ai été arrêté pour ivresse en sortant du Cintra, pendant que je faisais pipi contre la voiture de police.

Je n'ai rien dit, au dépôt. Je n'ai donné le nom de personne, aucun renseignement sur mon identité. Je n'avais pas de papiers sur moi et j'attends qu'on me libère, avec des excuses, puisque je suis intouchable. On ne le fait pas. On me prend des photos, qu'on va sans doute imprimer dans les journaux, comme c'est le cas lorsque la police est en présence d'un amnésique trop bien habillé pour être remis en circulation parmi les clochards.

J'attends deux jours dans une cellule propre où passe peu de monde. Je n'y suis pas plus mal qu'à mon bureau. Sans doute mon personnel, en voyant ma tête dans *Le Matin de Bourg* à la rubrique « Connaissez-vous cet homme ? », a-t-il trouvé que le silence était le meilleur moyen d'arrêter mon ascension magique dans l'incompétence, sans vexer les manitous invisibles de Tony-Prix.

Je me demande ce que devient un homme oublié en prison, sans délit suffisant ni papiers nécessaires à sa libération, et que personne ne réclame. Au bout d'un an et un jour, j'appartiendrai à ceux qui m'ont trouvé. La seule chose qui me manque, c'est l'alcool. Deux jours à l'eau m'ont appris que le Cinzano blanc est tout ce qui compte vraiment pour moi, aujourd'hui. Pas pour oublier ni pour m'évader — m'évader où ? Non, pour affirmer ma dépendance. Être fier d'avoir conservé un plaisir. Quelque chose de nécessaire, qui me retient au bord de la Blêche.

Lorsqu'on me fait sortir, un matin, sans explications, par-derrière, comme on se débarrasse d'un problème honteux, je suis déçu. Je n'ai pas envie de rentrer à la maison. Je prends une chambre d'hôtel, en face de chez moi, au-dessus du Cintra's Bar. Je me fais livrer des jumelles. Ma fenêtre donne sur la chambre d'Adrien. Mes grands-parents s'affairent sur ses premiers pas, ses premiers jeux, ses premières dents. Ils m'ont complètement oublié, ce qui est normal, puisque j'ai cessé d'exister. Je suis devenu un fantôme remplacé par mon fils. Déjà, quand maman était partie, comme moi aujourd'hui, ils n'avaient plus jamais parlé d'elle. Ils sont comme ça. C'était peut-être ma faute : je ne posais pas de questions. J'étais ravi de les avoir à moi seul, au fond, et d'être tout pour eux. C'est méchant, un enfant.

Je reste sur un fauteuil devant la fenêtre, pendant des heures, au spectacle d'un bonheur que j'avais tant souhaité. Et je ne suis pas malheureux. Quand il pleut, au dixième Cinzano, la chambre se met à pleurer et j'arrête de regarder, pour ne pas la noyer dans mes jumelles.

Alors je rêve. Je rêve assis, au-delà des crampes et des migraines ; je m'envole pour la Belgique où je retrouve ma mère à la station Total : tu vois, j'ai fugué moi aussi, je savais que tu m'attendais, j'ai mis le temps mais je suis là. Elle ressemble à Adrienne et c'est comme si elle ne m'avait jamais quitté. La station Total, c'est sa couverture, son refuge, pour se reposer incognito, parce qu'en réalité elle est très connue : elle joue tous les soirs au Grand Théâtre de Liège, des milliers d'admirateurs qui ont percé son secret viennent faire la queue à la pompe, et je les sers, en signant des autographes, parce que je suis tout de même le fils, et j'agite mon chapeau quand ils partent ; la plaine est devenue un désert tout près d'Hollywood, la Cadillac des studios s'éloigne en emportant ma star dans un nuage de sable, et j'agite mon chapeau jusqu'à ce qu'elle ait disparu à l'horizon des cactus.

Maman est infirmière, maintenant. Il fait beaucoup moins chaud et des feuilles d'arbres gouttent à la fenêtre. Je suis relié par des tuyaux, quelque temps, à un bocal qui fait des petites bulles. Plus tard, je peux me lever. Je suis en jogging vert, il y a des barreaux à la fenêtre, une lucarne à la porte et pas de robinet à la baignoire. Je dois appeler pour me laver. On a peur que je me noie.

Deux photos sont accrochées, en face de mon lit. Très jolies, en couleurs. Elles montrent mon foie « avant », et « après ». Je le préfère « avant ». C'était plus gai.

De temps en temps, on m'amène en bas. Il y a d'autres gens en jogging vert, et on parle. Des femmes, surtout. Chacun dit pareil : pourquoi je bois, pourquoi j'arrête. On s'en fout un peu, mais après on joue au Scrabble. Ça, c'est bien. Je suis le spécialiste des Y compte triple. Ils me disent que j'ai de la chance. Je sais.

Il y en a une, ce n'est pas son nom, mais je l'appelle Mathilde. Elle ressemble à une monitrice, quand j'étais petit, en classe de neige. Mathilde. Elle venait m'embrasser la nuit dans le dortoir, moi seul, et je voyais ses seins sous la chemise.

La Mathilde d'aujourd'hui a un jogging vert. C'est une marrante. Pas très jolie, mais on joue au Scrabble. Elle cachait ses bouteilles de rouge dans la machine à laver. Un jour son mari, sans regarder, y a glissé son linge et, comme c'était plein, il a mis en route. Le désastre. Avec le Cinzano blanc, je lui ai dit, ça ne serait jamais arrivé.

Ils ont un slogan qu'ils trouvent très bon, aux Alcooliques anonymes. Quand ils viennent organiser nos réunions de parole, ils le répètent tout le temps : « Aujourd'hui, je ne bois pas ; demain, on verra. » Et le but du slogan, c'est qu'on se le répète chaque jour, jusqu'à ce qu'on meure, alors on a gagné. Mathilde a dit en réunion qu'elle, comme slogan, elle préfère : « Demain, j'arrête. »

On a tous ri. L'Alcoolique anonyme a fait non de la tête, longtemps. On le rend malheureux. Il n'a qu'à se remettre à boire.

Mathilde est partie, ce matin. Elle avait l'air déguisée, avec sa robe et ses deux enfants qui la tiraient par la main. Elle ne faisait pas vrai. Elle était triste de quitter le pavillon. Elle m'a présenté son mari. Il avait l'air pressé.

Je sors demain. J'ai promis des choses à des gens qui cochent des cases sur ma fiche. J'ai promis d'affronter mes problèmes, d'élever mon fils, de redresser les Galeries. C'est M. Coudre, mon directeur de la stratégie-vente, qui vient me chercher. Il paraît qu'au magasin ils organisent un verre, pour mon retour de voyage. Dans trois jours, c'est Coudre qui rentre à l'hôpital, pour son rein. J'irai le voir.

13

Aᴅʀɪᴇɴ,

Tu ne me connais pas ; moi-même je me suis absenté, un long moment, et j'ai dû refaire connaissance. Je m'appelle François Foncinet, j'ai trente-quatre ans ; je suis, disons, un homme d'affaires. Il y a trois ans, je suis mort pendant quelques jours, dans un coma dépassé d'où l'on a tenu absolument à me sortir. J'ai le souvenir de vacances agréables, hors de mon corps tout cassé, que je contemplais dans une sorte de rêve, en me disant : j'ai eu de la chance de m'en tirer si bien. Comme après un accident de voiture, quand on regarde l'épave.

Enfin bref, à mon corps défendant, je suis revenu à la vie. J'ai dû réapprendre à marcher, à parler et à lire. Mais le plus dur a été de réapprendre à vivre avec ton père dans la tête. Trois ans de rééducation pour me retrouver au point de non-retour, à l'impasse où j'étais parvenu la nuit de mon accident. C'est tout de même un peu nul.

Voilà, Adrien. Je ne sais pas où j'en suis, mais si tu lis cette lettre, c'est que Simon est décédé. J'ai pris toutes dispositions pour t'assurer, au cas où entre-temps j'aurais moi aussi disparu, une existence sinon normale — ce n'est pas en mon pouvoir — du moins décente. Le notaire qui t'a remis cette lettre t'expliquera. Ne t'attends pas à des merveilles.

Adrien, c'est moi qui ai tué ta mère. En ayant voulu, contre toute raison, tout respect du destin, faire un enfant à Simon. Mais il y a plus grave : en voulant à toute force que l'homme que je t'ai choisi pour père soit à la hauteur de mon don, je crois bien que je l'ai détruit.

Je me rends compte que tu ne comprends peut-être rien à cette lettre. Je ne sais pas parler aux enfants ; je ne sais parler qu'à l'enfant que j'étais moi-même et auquel, j'espère pour toi, tu ne ressembles en rien. Pour être clair, je suis ton donneur. Ton père génétique. La semence d'où tu viens, dans un tube. Voilà pour la clarté.

Tout ce qui est arrivé à Simon, depuis ta naissance, c'est à cause de moi. Son ascension sociale effrénée, son succès auprès des femmes, l'impunité par laquelle j'ai brisé toutes ses tentatives de révolte, et toutes les conséquences de ses bêtises. Je me suis trompé. J'ai cru que le pouvoir, l'argent, l'amour pouvaient arranger tout. Le résultat est que ton père est devenu alcoolique, et qu'il a passé en cure de désintoxication le temps que moi je passais à réapprendre à marcher. Nous avons fait hôpital à part. Une parenthèse dans nos vies, dont l'ironie m'attendrit beaucoup, je dois le dire.

Le mois dernier, Simon est sorti. Il a repris au magasin la place que je lui ai donnée, et je pense qu'il est en train d'en devenir digne. Mais quel chemin, quelles épreuves, pour en arriver là où son seul mérite, avec le temps, aurait sans doute réussi à le conduire. Tout cela pour t'expliquer que je ne te lègue rien, que je ne ferai rien pour toi sur terre, à part te laisser te débrouiller avec le fardeau de mon caprice : je t'ai voulu, tu es là, tu es seul. Et je crois que tu le mérites. Je m'excuse, Adrien.

Je voulais simplement que tu saches que, lorsque je suis remonté du coma où j'avais perdu mes souvenirs, tu es le premier qui me soit revenu. Il me faudrait des pages et du talent et plus encore de la poésie pour traduire en mots ce qui se passe dans un coma. Disons que j'y ai découvert la nécessité profonde de ton existence, et la modestie de mon rôle. Je n'ai été que l'instrument de ta venue sur terre : c'est toi qui l'as souhaitée, et tu as eu raison, quelles que soient les difficultés que tu rencontreras, et tu as eu raison de me choisir pour matière première. Je me porte garant de mon hérédité. Physiquement parlant. Le reste...

Que pourrais-je te dire que tu n'entendes ailleurs, aussi bien, dans la bouche d'un autre ? N'écoute pas les cons. Dans le doute, n'écoute personne. Dis-leur oui, n'en fais qu'à ta tête et sois sympathique : ils te ficheront mieux la paix, s'ils ne te croient pas dangereux. Fais-leur plaisir, de temps en temps, sans raison, pour les troubler : ils te fuiront. Rien n'est plus dérangeant que la gentillesse inexplicable. Admire trois ou quatre personnes, mais vois-les peu : l'estime est une vertu trop belle pour finir toujours en déception. Mieux vaut que tu regrettes, quand il sera trop tard, de n'avoir pas été suffisamment présent ; on perd tellement de monde en route, dans une vie : autant s'en prendre à soi et garder ceux qu'on aime intacts. N'essaie pas d'être un homme de pouvoir. C'est malheureusement réservé aux esprits inférieurs. Sois un homme d'influence qui s'en fout, comme moi, si ça t'amuse, mais on s'en lasse. Sois ce que tu veux, c'est l'essentiel. Moi, je n'ai pas eu le choix. Je voudrais tellement que tu l'aies. C'est important pour moi.

Tu seras un être unique, Adrien. Je ne te ferai pas de frères et sœurs. Je ne te ferai pas d'autre père. Alors ne gâche pas la chance que tu as voulu te donner. Tu n'auras pas de repêchage. On est toujours le maître de son destin, parce qu'on le commande au départ, sur catalogue, et qu'on le monte en kit. Mais vouloir être le maître d'un autre destin, comme je l'ai cru possible avec

Simon, ce fut là mon erreur, ma seule erreur, et je ne sais pas comment la réparer. Cette lettre a pour but, avant tout, de m'en donner l'envie. Je m'écris, à travers toi. C'est plus qu'une formule.

Quelques mots sur moi, peut-être, avant de te quitter. Tu pourras faire, si ça t'intrigue, des recherches pour savoir qui je suis, ce que je fais, à quoi je sers. Ne crois pas ce que les gens te diront. J'ai manipulé tout le monde, et surtout ceux qui pensent s'être servis de moi. Mais personne ne me connaît vraiment, à part Simon, et il l'ignore.

J'ai eu un père formidable que la saloperie des hommes a poussé au suicide, drame qui justifie tout et m'a tenu lieu de raison de vivre. Pendant vingt ans, j'ai fait en sorte de récupérer tout ce qu'on lui avait volé, tout ce qu'il aimait : ses maisons, ses voitures et l'honneur d'être fidèle à plusieurs femmes à la fois, puisque tout choix réducteur est une lâcheté. Et puis j'ai continué. D'autres maisons, d'autres voitures...

Aujourd'hui, je semble m'être un peu calmé. J'habite Neuilly, 48, avenue de Madrid, chez un chasseur de têtes pour qui j'ai beaucoup de tendresse, qui s'appelle Élisabeth et présente en outre l'avantage précieux d'avoir sous son immeuble un parking assez grand pour mes trente-cinq voitures. Il y a peu de chances que je déménage. Je n'aime plus la campagne, Élisabeth me ressemble, et je l'ai d'ailleurs épousée, pour mettre mes affaires à son nom. Je suis posé, sinon heureux. Et puis je boite, un peu, quand je ne me surveille pas. Je me surveille beaucoup.

Tu peux venir, un jour, si tu le veux. Ça ne t'engage à rien, et ça ne changera rien pour moi si tu ne viens pas. Mais tu peux venir, je tenais à te le dire. Toutes ces maisons que j'achète et ces voitures que je garde, c'était un peu ma façon de mettre le couvert pour toi, en attendant que tu viennes.

Mais tu n'auras rien de moi. Je ne serai pas un père de

secours. Je ne serai pas un héritage. Tu n'as rien à craindre, et tu n'auras rien à espérer. Nous pouvons donc être amis. Si l'envie, malgré cette lettre, t'en effleure. Je n'ai pas voulu faire d'enfant. J'ai voulu fabriquer un père, simplement, aussi formidable que celui qu'on m'avait donné, puis repris. Je crois que tout est clair entre nous, maintenant, Adrien. Nous ne nous devons rien.

Dernier détail. Je ne te joins pas de photo. Si tu sonnes à la porte, ne sois pas étonné : je ressemble à Jules César dans *Astérix*. Même si tu viens dans vingt ans, ça ne pourra qu'empirer : c'était la tête de mon père. Tu vois que, si nous marchons un jour dans la rue, toi et moi, tu ne risques pas de te compromettre. Je suis très fier que tu ressembles à Simon.

François Foncinet.

J'ai déchiré cette lettre, pour éviter de la relire.

14

Voyons les choses en face : mon fils est un surdoué. D'accord, il a marché tard. Mais parce qu'il n'avait pas envie. Au jardin public, assis dans son landau géant avec un air de ministre, il montrait du doigt les enfants plus jeunes qui essayaient de se mettre debout, tombaient, repartaient à quatre pattes, se relevaient, retombaient. Et il disait :

— Regarde, Simon : comme ils sont ridicules !

Pas moyen de lui faire dire papa. J'avais trop l'air d'un fils, moi-même, sans doute. Et jamais un éclat de rire, jamais un mot d'enfant : des jugements, des sentences, des remarques justes et des questions pertinentes. Rien de pittoresque ; il voulait du solide. Jamais je n'ai pu lui raconter une histoire de fées en entier. J'avais à peine le temps de lui dire qu'il était une fois dans un pays lointain : il m'interrompait pour me demander où, et combien d'habitants. Adieu les contes d'Andersen, j'étais obligé de l'élever avec le *Quid*. Il retenait tout, immédiatement. Tous ses jouets étaient éventrés, disséqués, pour voir « comment ça fonctionne ». Les fées, le père Noël, la petite souris pour les dents qui tombent : tout était balayé d'un « ça n'existe pas », avec un coup de poing sur la table si on insistait. La seule chose à laquelle il acceptait de croire, c'était Dieu. Et encore : le dimanche.

Ma grand-mère avait perdu pied, rapidement. Moi je faisais la planche, en attendant qu'il soit sorti de ce que j'appelais l'âge ingrat. Il avait trois ans et il faisait des régimes. « Aucun féculent ! » répétait-il à chaque tentative de purée. Jambon maigre, légumes crus, pain sans sel, beurre allégé. Quand je le surnommais Monsieur Zéro-pour-cent, il répondait que mon humour était malvenu. Il avait décidé que si sa mère était morte en le mettant au monde, vérité que je m'étais cru autorisé à lui dire après avoir lu un livre de Françoise Dolto, c'est parce qu'il était né trop gros. Et tous les grammes qu'il perdait, c'était comme des cierges qu'il brûlait à sa mémoire.

Sur les étagères de sa chambre, ses lapins, ses nounours et ses robots de l'espace étaient rangés par ordre alphabétique. Au milieu de sa première journée de maternelle, il était revenu tout seul en disant qu'il n'irait plus : ça faisait trop de bruit, il savait déjà lire, et il n'avait pas de mère ; il fallait donc, si on voulait être juste, le mettre en paternelle, sinon il restait chez lui. Je l'avais grondé parce qu'il s'était sauvé ; il avait répondu : la porte était ouverte. Tout essai d'autorité tombait à plat, puisqu'il était conscient de ne faire que des choses logiques.

Mine se ratatinait dans un silence buté, comme ces vedettes du muet que le parlant avait mises sur la touche. Elle s'obstinait à mitonner ses daubes, qu'Adrien ne goûtait jamais : trop gras. Elle me regardait en boudant. C'était encore ma faute. J'étais obligé de manger la part de mon fils, et lui me reprochait d'être goinfre. Quant à mon grand-père, depuis qu'Adrien ne riait plus à ses blagues, il s'était assombri et dormait vingt heures par jour. Il parlait en rêvant, gloussait souvent tout seul. Adrien fermait sa porte.

Le jour où j'avais trouvé Mine sur le dallage de la cuisine, au milieu du marc de café, les doigts serrés sur le cornet à filtre, j'avais bondi pour appeler le médecin.

Adrien m'avait dit : « C'est trop tard : elle est morte. » Pour arrêter le torrent de larmes qui me secouait sur ma chaise, téléphone décroché, il m'avait parlé comme à quelqu'un de raisonnable : « Ne pleure pas. Elle était vieille. »

En une journée, mon grand-père était devenu un zombie, un jouet en fin de piles, qu'il avait fallu habiller, soutenir, pousser. Il avait renversé le cercueil, au reposoir, en se prenant les pieds dans une couronne. Hagard, il demandait : « C'est fini ? On rentre ? » Puis l'instant d'après, il appelait sa femme en pleurant pour qu'elle revienne. Au cimetière, il avait désigné soudain, dans un moment de raison, d'apaisement, moitié vexé moitié goguenard, le nom de Mine gravé sur la tombe. « Et moi, pourquoi je suis pas marqué ? » Et puis il avait engueulé les fossoyeurs, qui heurtaient les poignées de cuivre au bout de leurs cordes. Ensuite il avait failli tomber dans la fosse, en se penchant pour vérifier si le cercueil était bien posé droit.

Adrien, habillé en costume bleu marine, casquette à la main, l'air sage et concentré, arrachait des larmes à tout le monde. Mais je voyais à sa bouche pincée qu'il avait surtout honte. Honte du spectacle que donnait mon grand-père, si criard, si maladroit, si grotesque, poursuivant les croque-morts en essayant de leur fourrer dans la poche des pièces de cinq francs, ou défaisant avec un soupir de soulagement sa cravate, cramponné à mon bras, dans l'allée de cyprès, demandant : « Qu'est-ce qu'on fait, maintenant ? »

— Il faudra le mettre dans une maison de vieux, avait laissé tomber Adrien, les mains dans le dos, sur le chemin du retour.

Un monstre. Quatre-vingt-quinze centimètres d'intelligence, de réponse à tout, de logique à froid, qui donne le même malaise que la vision d'un nain. Il ne *fait pas vrai*. Il ne ressemble à personne. Quel genre d'homme, quel genre de Martien a pu lui passer ce caractère raisonneur, sans élan, cette dureté ? À six ans, il n'a pas un copain, il n'a pas de rêve, il ne joue plus : il zappe. Télé allumée en permanence, il apprend le monde à travers les informations et les débats. J'ai essayé de poser un cadenas sur la télé ; il l'a fait sauter avec une fourchette à huîtres, et m'a enfermé dehors, toute une nuit, clé bloquée de l'intérieur, en représailles. « Si tu veux que je t'ouvre, demande pardon. » Que faire ? Je suis sans prise, soumis à son regard, sa méfiance, son jugement.

— C'est quoi, ton métier ?
— Directeur.
— Directeur de quoi ?
— Général.
— Et pourquoi tu ne fais rien ?
— Je gagne ma vie.
— C'est pas un travail.
— C'est pas tes affaires.
— C'est pas normal d'être payé pour rien faire, quand on n'est pas chômeur.
— Tu voudrais que je sois chômeur ?
— Si tu gagnes ta vie sans travailler et sans être chômeur, c'est que tu voles.
— Mange.
— Tu n'as pas répondu.
— Tu manges ou tu veux une baffe ?
— C'est pas la question.
— Je t'emmerde.
— C'est pas une réponse.

Voilà nos rapports. Après, il m'écrit une lettre pour me demander pardon s'il m'a offensé, et le samedi, si j'ai été sage, il m'emmène jardiner sa mère et son arrière-grand-mère, au cimetière, comme avant je l'emmenais jouer au square. Mon arrosoir et mon sécateur, à la place de son seau et de sa pelle. Quand il me voit triste, il me dit :

— Ne t'inquiète pas : elles sont au Paradis.

Y croit-il, ou fait-il semblant pour moi ? Il est premier en catéchisme, comme il est premier en tout, sans effort et sans joie. Il me tend son carnet de notes, et applique son barème : vingt sur vingt, c'est mille francs. Tarif de cours préparatoire, révisé en CE1, doublé en CE2, indexé en gros sur mes augmentations de salaire. Quand il passera en sixième, il faudra au moins que je sois PDG de la chaîne Tony-Prix. Au train où va ma carrière, ce n'est pas vraiment ce qui m'inquiète. Rien n'a plus d'importance. Je vis avec un inconnu. Je ne sais pas qui est Adrien.

Il s'est acheté son premier ordinateur à six ans et demi. Son héros, son modèle, ce n'est ni Zorro, ni Cousteau, ni Batman : c'est Copernic. Parce qu'il affirmait que la Terre est une planète qui tourne, contre la bêtise de tous les Terriens. Je me sens visé. Je n'y peux rien. Les gens me disent : « Vous êtes un père heureux. » Je ne suis pas heureux, et je ne suis pas un père. Et la chance a recommencé à me sourire, dans tous les autres domaines : l'argent, la considération, les jolies femmes qui m'envoient des signaux, pour me proposer leurs services de belle-mère. « Tu n'as qu'à te remarier, me dit Adrien. Ça sera bon pour ton équilibre. »

La seule chose qui serait bonne pour mon équilibre, c'est de retrouver son donneur, et de le lui rendre, avec les intérêts. Je me fais honte. Mais c'est de l'amour. Pourquoi continuer à lui mentir ? Pourquoi l'obliger à se convaincre qu'il me ressemble, pourquoi le forcer à s'abaisser vers moi, toujours, à refuser le mépris que je lui inspire ? Le vilain petit canard, c'est un bébé cygne. Il faut qu'il retourne chez les siens, chez les cygnes, parce que je n'en peux plus, devant lui, de n'être qu'un canard. Mais comment trouver les mots, comment trouver le moyen ? Autant le laisser grandir, et me quitter quand il sera majeur. Au pire, je l'émanciperai. Ça passe si vite, une enfance.

Il ne grandit pas. Il reste blond, avec ses cheveux raides qui poussent à peine, et des taches de rousseur moches, très foncées, autour des lunettes rondes. Les montures, il les a voulues rouges, « comme la Bugatti de Paul Morand », parce qu'il aime beaucoup ses livres. J'essaie de les lire, derrière lui. Je n'y arrive pas. Je retourne, honteux, aux bandes dessinées que je lui achète, et qu'il n'ouvre jamais. Je me cache un peu. Les gens disent moins souvent : « Il est mignon. » Il commence à faire peur. Quand on lui demande ce qu'il veut faire plus tard, il répond : « Diriger Apple. Ou IBM. »

Jamais un camarade. Jamais une petite copine, à la maison. Il ne veut pas me montrer. Pour ses anniversaires, je lui prépare des goûters diaboliques, avec guirlandes, piles de cadeaux et de gâteaux, déguisements, magiciens qui sortent des oiseaux de leurs manches. J'achète pour quinze, il rentre seul, en disant que ses amis ont eu un empêchement. Je renvoie les magiciens. Je mange pour quinze. Je suis malade trois jours. Il m'apporte des tisanes de thym et me soigne à l'homéopathie. Des camarades du magasin viennent me rendre visite au lit. Il leur sert l'orangeade, leur dit de ne pas trop me fatiguer, et de revenir demain : « Ça lui fait plaisir. »

Je prends l'habitude de rester au lit un jour sur trois ; j'ai l'impression de compter pour lui, un peu, quand il m'apporte mon plateau. Je m'infantilise complètement. Il me le dit. Il se met en colère, me jette mon costume et ma cravate sur le lit, pour que je m'habille. Je résiste. Il déchire mon *Mickey-Parade*. Je m'habille pour avoir la paix, et je me recouche habillé. Il arrache les draps, les fourre dans la machine ; j'en mets d'autres. Ça dure des heures. Au moins on se parle. Du coup il arrive en retard à l'école. Chaque mois, son instituteur demande à me voir. C'est pour me faire des reproches.

Aux vacances, il part seul. Il s'organise des séjours linguistiques, échange des tonnes de correspondance avec des familles allemandes, anglaises, danoises. Je l'accompagne à l'aéroport de Limoges, par l'autoroute, dans le cabriolet Jaguar qu'il m'a fait acheter après avoir lu un livre de Françoise Sagan. Il trône, à l'arrière, avec sa cravate et sa casquette, son attaché-case sur les genoux. Et moi, coude à la portière, lunettes de soleil, j'ai l'air d'un homo gigolo employé comme chauffeur.

Il me serre la main à l'aéroport. Jamais de baiser, entre hommes, devant les gens. Je le confie à l'hôtesse qu'il traite comme une bonne, je le regarde marcher vers son avion, et je repars avec un Allemand, un Anglais ou un Danois, copie d'Adrien en plus grand, qui prend sa place à l'arrière de la décapotable, et me raconte ses impressions de voyage dans une langue que je ne comprends pas. Je lui donne une ou deux briques en espèces, je l'inscris au tennis, à la voile, au cheval et au golf ; il a les clés de la maison, il vient quand il veut. Ravi de ses vacances. Ébloui par moi. Au moins un. Il me dit que je ne ressemble en rien aux parents habituels chez qui il va apprendre les langues. Tu m'étonnes.

À la fin du mois, dans le hall de l'aéroport, épanoui, bronzé, entouré d'une cour de copines à raquettes ou bottes de cheval, il me saute au cou, me remercie mille fois dans un français aussi nul qu'à son arrivée, et regarde à regret, presque avec jalousie, débarquer Adrien qui, lui, n'a pas changé, fait toujours la gueule et me serre la main en soupirant ; il a passé le mois dans une ambiance familiale, une vraie, avec des mamans, des interdits, des jeux d'enfants, et quelle tristesse de retrouver un type seul, un minus cafardeux qui ne dépasse jamais le 60 dans sa voiture de sport.

On procède à l'échange. Adieu Günther, Ken ou Ingmar. Regrette-moi bien, ça me fera chaud. Et méprise tes parents pour moi ; tes parents normaux, sévères, responsables, qui vont te gonfler la tête pendant trois semaines avec les exploits d'Adrien, si intelligent, si poli, si sage. Ne les écoute pas. Reste toi-même. Salut, grand. *Auf wiedersehen, bye bye* et merci pour ton séjour. Écris-moi.

Je repars avec mon gosse, et j'ai perdu au change. À peine si j'ose le regarder dans le rétro. Je m'en veux si fort d'avoir ces pensées que mes yeux s'inondent derrière les lunettes de soleil. Je ne vois plus rien, je lève le pied, on roule à 40 et tout le monde nous klaxonne. J'entends les soupirs humiliés d'Adrien, derrière. Pardon. Pardon de t'avoir trompé. Mais essaie un peu d'être mon fils, toi aussi. Tes correspondants y arrivent bien.

Au feu des HLM du Bois-Soval, une petite fille traverse devant mon capot, tenant bien droit le carton à pizza qu'elle vient d'acheter pour aller régaler sa famille, l'air grave et le pas léger. Je la suis des yeux. Le soleil se couche derrière les blocs de béton, elle marche dans une lumière mauve et c'est d'une beauté qui me bouleverse.

— Qu'est-ce qu'on attend ? s'impatiente Adrien. C'est vert.

Ma place est dans cette cité HLM où vivent des chefs de rayon et des enfants ordinaires. Ma place est dans la tour en face où la petite fille entre, pour m'apporter une pizza chaude. J'ai tellement envie de pizza. J'ai tellement envie qu'on m'aime.

— Maintenant c'est rouge, dit Adrien. C'est malin.

Je redémarre. Il m'engueule tout le long du trajet, parce que brûler un feu pour ensuite rouler à 40, il dit que c'est de l'inconséquence.

— Tu me fais chier !
— Roule à droite.

Finalement, il pourrait être mon vrai fils. Mon fils biologique. Il a hérité tout ce que j'avais de pire, quand j'étais petit : il a des goûts de luxe, il snobe tout le monde et il porte malheur. Qu'est-ce que c'est, l'hérédité, alors ? La contagion ?

Il est de plus en plus méchant avec moi. Il dit que c'est pour mon bien. Il m'engueule une heure, quand j'ai laissé déborder la baignoire ou brûler ses légumes, parce qu'une masse de plomb m'est soudain tombée dessus et que je reste assis sur une chaise, les bras ballants, obsédé par le Cinzano blanc que je ne prendrai pas ce soir encore, c'est promis : demain, on verra... Il dit que je ne mérite pas ma chance. Je sais. Ma chance. Cette magie insultante qui me fait vivre suspendu au-dessus des lois, des sanctions, des conséquences, et qui étouffe dans l'œuf tout ce qui pourrait me distraire. Si je laisse tomber par la fenêtre un marteau dans le pare-brise d'une voiture en stationnement, un quart d'heure plus tard, quand je soulève le rideau, le pare-brise s'est réparé tout seul. Quel intérêt ? Autant recommencer à boire, si j'ai des visions à jeun. Mais non, mon ange gardien est revenu, c'est tout ; à l'affût de mes envies, de mes bêtises, de mes coups de déprime. Il faut s'y faire. Si je glisse sous l'essuie-glace une feuille marquée « Et mon marteau ? », le lendemain matin, quand j'ouvre la porte, le marteau est posé sur le paillasson.

C'est ce que j'essaie d'expliquer à l'inspectrice de l'Enfance, que les voisins m'ont envoyée sur dénonciation, en se trompant sur l'origine des cris d'enfant qui les empêchent de dormir. Non, je ne frappe pas mon fils, madame l'inspectrice : c'est lui qui m'engueule. Parce qu'il trouve que j'ai trop de chance. Regardez : vous voyez ce marteau ? J'ouvre la fenêtre et je le lâche. Non, non, ne vous inquiétez pas, revenez demain : ça sera réparé. Ah bon, c'est votre voiture ? Vous m'enverrez la note. Je suis riche.

Oui, je suis veuf, aussi. Non, ces vêtements appartiennent à la Tahitienne... ou la Philippine, je ne sais plus qui nous avons, cette semaine. En tout cas je ne les saute pas, non, je vous rassure. J'ai un guéridon que j'essaie de faire tourner, ça me suffit.

Soixante-dix mille francs par mois, c'est exact. Je suis augmenté deux fois par an, régulièrement. Mais tout passe dans les ordinateurs d'Adrien, et dans l'entretien de sa Jaguar. Huit ans et demi, oui. Et alors ? Vous savez, je ne suis que son chauffeur, et je roule si mal... Non, c'est lui qui a appris tout seul, à la Prévention routière. Moi je ne dépasse jamais le 60 ; je comprends sa réaction. Une Jaguar douze cylindres, si on ne tire jamais dessus, on l'abîme. Et c'est une voiture basse ; il est tout à fait capable de la conduire, en avançant le siège. Oui, je suis au courant : la gendarmerie m'a envoyé le procès-verbal, avant de le déchirer.

Vous pensez que je ne suis plus en mesure d'élever mon fils ? Mais, ma pauvre, c'est lui qui essaie de m'élever, du mieux qu'il peut ; ce n'est pas sa faute si chaque fois je retombe. Il est trop haut pour moi. Lès cris dont se plaignent les voisins ? Je suis un parent martyr, c'est vrai, mais c'est comme ça. Et vous n'y changerez rien. Vous pouvez constater tant que vous voulez mon incompétence paternelle, prendre des Polaroid, questionner les témoins, taper sur moi un rapport désastreux, on le fera sauter. Qui ? Je ne sais pas : quelqu'un au-dessus de vous, le hasard, une erreur. Même si je vous arrache votre culotte pour m'en faire un bob, on dira que vous m'avez provoqué. Je suis intouchable, je vous dis. Et bonjour chez vous.

Six mois ont passé : aucune suite, aucune convocation à la DASS. Qu'est-ce que je disais. La vie continue. Mon grand-père est dans une maison de vieux très gaie, dans la montagne, un chalet rouge et noir, genre colonie de vacances. Tout le monde l'adore : il rend des services, il se déguise, il met de l'ambiance. Il n'est malheureux que lorsque je viens le voir. Il pleure pendant trois jours, après, en appelant

Mine. Et puis ça passe. Le médecin m'a conseillé, dans son intérêt, de ne pas venir trop souvent.

Adrien fait des efforts pour me supporter, depuis la visite de l'inspectrice. Son maître d'école m'a conseillé, dans son intérêt, de l'inscrire dans un établissement pour surdoués.

— Et de ne pas aller le voir trop souvent ?

Il a cherché un sens à ma question, m'a regardé de travers. Il a fini par répondre, sèchement, qu'un enfant surdoué est plus fragile qu'un autre.

Qu'est-ce qu'on va devenir, Adrien ? J'ai beau prendre ta main au retour du cimetière, te border dans ton lit quand tu dors, tu n'es pas un enfant et je ne suis pas un père. On continue, on essaie, on arrête ? Est-ce que j'ai le droit de tout casser ? Ton bonheur est la seule chose qui compte pour moi, mais pour toi ? Je t'ai demandé, un jour : « T'es heureux ? », tu as répondu : « C'est quoi, le bonheur ? » Tu as raison. Rien ne me prouve que tu le construirais mieux sur mes décombres que sur ma médiocrité. Alors... Te dire, ne pas te dire ? Te faut-il ce père inconnu, pour te donner enfin du rêve ? Adrien, tu viens du froid. Tu es un tube congelé ; deux doigts d'un autre homme que j'ai offerts à ta mère, pour avoir l'illusion de me reproduire. Ça te fait plaisir, ou ça te fout en l'air pour toujours ?

Les phrases se retournent et se tordent dans ma tête, sans jamais venir sur mes lèvres. Attendre dix ans, un chiffre rond. Attendre douze ans, la voix qui mue. Attendre quinze ans, la première fille. Attendre dix-huit ans, la fin de mon rôle. Attendre ma mort, et une lettre chez le notaire.

L'indécision se tartine sur mes journées d'inaction, le temps passe sans moi, je reviens sans cesse à mon point de départ. La lettre au notaire m'a occupé six mois, de brouillons déchirés en feuilles désespérément blanches, transformées en avions. Je suis incapable de choisir tout seul. Et je n'ai personne à qui parler, personne à qui me confier. J'aurais tellement besoin d'un ami, d'un avis, d'une oreille.

Un soir où j'erre dans mon rayon jouets, ma planète perdue, ma seule compétence sur terre, je vois un type en arrêt devant les peluches. Il regarde le rhinocéros invendable qui prend la poussière depuis dix ans, avec un air si paumé, si minable et si gentil que je m'approche. Pour la nostalgie d'une minute, je me mets à jouer au vendeur.

— Monsieur désire ?

Il s'est tourné vers moi, vivement, comme pris en faute.

— Oh ! rien, pardon.

Il doit avoir mon âge, dans un vieux pardessus mité, poché, usé jusqu'à la corde. Un mégot jaunâtre qu'il écrase aussitôt sous son pied, les cheveux châtain clair, les yeux gris, mal rasé, la mâchoire ferme, avec une odeur d'eau de Cologne au vétiver qui ne cadre pas avec l'ensemble. Un ancien riche, ruiné, qui termine un fond de flacon ? Ou un demi-clochard, qui a volé un atomiseur au rayon parfumerie. Machinalement, je regarde ses poches, qui ont l'air plates. Et puis quelle importance, même s'il a volé un Schtroumpf, une petite voiture, un soldat.

— Vous aimez les jouets ?

— J'adore, monsieur. Tout ce qui touche aux enfants... Vous... vous êtes le chef du rayon ?

— Je suis le patron du magasin.

J'ai parlé dans un réflexe d'honnêteté idiot. J'aurais tant voulu jouer à ce que je ne suis plus, quelques minutes, dans les yeux de ce pauvre type.

— Vous ne savez pas... Je m'excuse, mais vous ne savez pas s'il y a de l'embauche ? Même pas cher... Vendre des jouets, ça serait le rêve de ma vie.

Je l'examine, de haut en bas, pour cacher mon émotion dans la méfiance :

— Vous avez déjà vendu des choses ?
— Oui. Beaucoup.
— C'est-à-dire ?
— À peu près tout.
— Vous êtes au chômage ?
— J'ai été absent, longtemps.

Je sens qu'il ne veut pas en dire plus. Un chagrin d'amour, un drame, ou une peine de prison... J'ai déjà décidé que j'allais lui donner sa chance. Parce que, au milieu des jouets, dans mon ancien monde, il a soudain eu l'air chez lui.

— Allez voir le directeur du personnel, de la part de M. Chavroux. Vous commencez demain, à l'essai.

Il se retourne vers le rhinocéros, et lui caresse la joue, au lieu de me remercier. Ça me plaît. Je lance un chiffre énorme, comme salaire de départ, pour bousculer le destin, provoquer chez lui un élan de joie, d'incrédulité, de quelque chose. Il ne réagit pas. Il a l'air si triste. Il murmure :

— Il faudra m'expliquer.
— Quoi ?
— Les jouets. C'est la seule chose que je n'ai jamais vendue.

15

L'AVENTURE la plus folle de ma vie dure maintenant depuis deux mois. Mes secrétaires s'arrachent les cheveux, dans mes agendas, pour grouper tous mes audits le matin, et concentrer mes rendez-vous d'affaires en quatre ou cinq petits déjeuners d'affilée. Concernée en tant qu'associée majoritaire, Élisabeth se donne un mal de loup pour compenser mes disparitions à mi-temps par des dîners stratégiques pleins d'investisseurs et de ministres, où j'arrive toujours en retard.

De quatorze à dix-neuf heures, cinq jours sur sept, à Bourg-en-Val, je suis vendeur stagiaire échelon K au rayon jouets. J'apprends très vite, et Simon me regarde avec fierté comme son continuateur, son successeur, l'esprit de ses jeunes années réincarné. Mon enthousiasme lui redonne des ailes, et je l'ai tout l'après-midi sur le dos. Il m'accable de conseils, me fait réciter les catalogues, m'apprend la psychologie de l'enfant, son rapport-au-jouet, la différence entre un Eurêka pour les 3-6 et un parabellum 33 pour les 6-15.

J'ai acheté un avion pour arriver à l'heure au magasin. Le Fokker se pose sur l'aérodrome de Bourg à midi, je prends le bus 14 de midi vingt-cinq et je suis dans ma blouse bleue, au rayon, à treize heures.

Le premier mois fut délicieux. Voir Simon quitter son apathie pour revivre à travers moi les bonheurs de son métier de vendeur, tandis que je retrouvais les plaisirs de l'imposture généreuse. Apparaître à ses yeux comme un paumé complémentaire, une âme sœur qui lui renvoie son image avec, pour seule différence, le fait d'avoir été épargnée par la chance. Lui offrir le visage de ses débuts, de ses espoirs, de ses joies contrariées. Il ressuscite à vue d'œil. J'aurais vraiment dû commencer par là.

Évidemment, ma double vie bourgenvienne pose quelques problèmes à la finance mondiale. L'échec de mon OPA Suchard contre Philip-Morris s'explique par un problème de poupées Fleurneige qui, m'ayant occupé une heure au hangar à cause d'un défaut de livraison, m'a empêché de torpiller au téléphone la contre-offensive de Paribas. Mes collaborateurs et mes commanditaires du gouvernement commencent à grincer des dents. Mais qu'y puis-je ? Les journées n'ont que vingt-quatre heures, et ma présence fait tant de bien à Simon. J'ai eu beaucoup de mal à le convaincre qu'il m'était vraiment impossible de travailler à plein temps.

— Pourquoi ? Vous élevez un enfant ?

Je me suis abstenu de répondre « en quelque sorte ». Je lui ai dit que j'avais un autre emploi, au noir, afin de décourager ses questions. Le mystère étriqué se dégageant de mon pardessus râpé, quand je quitte le magasin à dix-neuf heures pour reprendre mon bus, l'excite et l'attendrit. Il me prête l'existence qu'il rêverait peut-être d'avoir, célibataire méritant, fils-père clandestin, à la hauteur de sa tâche. Petits boulots, petits moyens, mais grandes joies simples et certitudes. Il m'observe attentivement, comme pour surprendre le secret de mon équilibre. Du coup il va mieux, il progresse, il s'investit. Nommé PDG de la chaîne Tony-Prix par le conseil d'administration que je contrôle, il a réussi une opération remarquable en vendant le siège parisien du groupe, boulevard Saint-Germain, pour le transférer à Bourg-en-Val. Cette volonté de réduire les frais inutiles tout en donnant l'exemple de la décentralisation a été saluée par *le Nouvel Économiste*. En réalité, c'était juste pour s'éviter des déplacements, mais j'ai bien aimé la manière dont il a reçu les félicitations : naturel, distance, modestie un peu bêcheuse, sous-titrée : « Gardez vos compliments pour les surprises que je vous réserve. » C'est ainsi, mine de rien, en instillant la peur de passer à côté de votre réussite encore inoffensive, que vous vous retrouvez élu par vos pairs inquiets Patron de l'Année. Simon a tout compris. Du moins les autres le croient. Je suis fier de lui.

Parfois, entre deux délibérations, il vient me demander mon avis au rayon, sur une restructuration ou un achat d'espace. Je lui réponds des bourdes qu'il écoute avec une indulgence polie. S'il commence à réagir en patron avec son personnel aussi, j'ai gagné mon pari. Mon optimisme a pour effet d'améliorer mon contact avec la clientèle, et je fais un excellent mois d'octobre. Ventes augmentées de trente pour cent sur septembre, sans parler des commandes. Simon est fier de moi.

— Continuez comme ça, Foncinet, et vous verrez le boom à Noël !

Il m'a donné une prime d'encouragement. Si tout va bien, le mois prochain, j'aurai le tableau d'honneur des meilleures ventes.

Arrivé à Paris à vingt et une heures, après m'être changé dans l'avion, j'essaie de rattraper dans les dîners avenue de Madrid, entre deux industriels et trois hommes politiques, les boulettes et les impairs causés par mes absences de l'après-midi. Le seul avantage est qu'on me suppose une maladie grave, nécessitant des examens répétés ou des séances de chimio, seule explication possible à mon soudain manque de sérieux. Mes traits tirés par les cinq heures de vente au rayon jouets accréditent les rumeurs les plus alarmantes, et mes adversaires, me croyant condamné, réduisent leur énergie à riposter aux quelques raids que je tente encore, au lieu de les anticiper, ce qui me permet d'en mener à bien certains. Mais l'équilibre est précaire, et je ne pourrai éternellement tenir les places financières et les trusts ennemis par la seule vertu du cancer qu'on m'octroie.

Jamais l'absence de mon frère ne m'a été aussi pénible. Il va très bien, dans sa villa californienne, parmi ses pétasses qui lui ont ouvert les portes du septième art. Il investit l'argent que j'ai sauvé de son divorce dans des films qui ne voient jamais le jour, mais lui valent une vie de rêve au milieu des stars qui le plument. Déchéance heureuse ; je ne lui en veux pas. Mais les collaborateurs que j'ai formés à sa place n'ont ni son instinct, ni sa mémoire, ni son air effacé, ni son ambition réduite à sa tendresse pour moi. Ils veulent ma peau et ils l'auront, quand ils se croiront assez forts pour se passer de mon sillage. Poisson pilote qui traîne derrière lui des requins-marteaux, yuppies éclatants de fringale imbécile, faux jeunes à Porsche noire et coiffure au gel, grouillots qui se croient des stratèges en pianotant Wall Street sur leur Apple, golden boys farineux que le premier krach boursier réduira en compote ; je me fais vieux. Tant pis.

Élisabeth est très bien, organise les dîners à merveille, mais elle encaisse mes dividendes depuis que nous sommes mariés, et me trompe l'après-midi — peut-être dans mon intérêt, d'ailleurs — avec le petit raider italien qui est en train de me souffler ma banque panaméenne. J'ai probablement ce que je mérite, mais ma présence, de ce côté-ci de ma vie, m'apparaît de moins en moins nécessaire.

Je dois dire que mes après-midi à Bourg-en-Val, sous les néons, avec ma blouse bleue, dans la bousculade climatisée des clients qui me traitent plus bas que terre, sont des bouffées de fraîcheur, et me réconcilient avec le genre humain. Mes collègues des rayons voisins trouvent que je souris trop. Ils ont des rancœurs syndicales que j'écoute poliment ; j'ai des motifs de bonheur qu'ils ne peuvent soupçonner. Mais nous nous entendons bien tout de même. Ils sentent que mon zèle est naïf, et que je ne veux la place de personne.

Simon a reconstitué le décor de ses débuts, aux Galeries, avec moi dans son rôle. Ça me suffit. Je suis heureux de figurer dans son musée, autour duquel il vient tourner toutes les deux heures. Nous avons vraiment le même caractère.

D'après-midi en après-midi, je suis gagné par le rythme alangui de Bourg-en-Val, cité fleurie pleine d'hépatiques en peignoir qui sillonnent les jardins du casino, vers les buvettes, leur verre accroché à la taille dans un panier d'osier. Mes sergents-détectives, depuis que Simon s'est assagi dans ses fonctions de PDG, se sont inscrits en cure A3 de 1re classe, section rhumato. La petite vie d'anges gardiens qu'ils se sont organisée — tours de garde, filatures, table d'écoute, fichier d'intervention et numéros secrets pour me joindre en tout lieu — a transformé au fil des mois, au fil des rentes confortables que je leur verse, ces deux malabars louches en fonctionnaires coulant une retraite active. Je les retrouve tous les trois jours, dans la piscine thermale ou les bains de boue ; nous échangeons nos impressions sur Simon. C'est plus convivial et plus précis que les rapports écrits qu'ils me faxent.

Ils ont repris figure humaine, depuis la période éprouvante des marteaux brise-glace, où, mobilisés vingt-quatre heures sur vingt-quatre, flanqués d'un garagiste enchanté qui avait fait son chiffre d'affaires annuel en trois semaines de pare-brise, ils avaient perdu six kilos chacun. Je les aime bien. Ils me rappellent cette fraternité gauche, répétitive et sans lendemain qui m'avait tant dépaysé, pendant mon année dans les chars. Nous parlons régiments, Algérie, Indochine et arthrose. Comme ils s'appellent tous les deux Pierre, l'un d'eux, pour qu'on les distingue, s'est baptisé

Pierrot, mais je ne sais jamais lequel. Ça ne fait rien. On n'a pas besoin de prénoms pour se trouver bien entre hommes, prisonniers d'une boue nauséabonde ou flottant dans un bouillon thermal.

Je regagne mon rayon ou mon avion, tout ramolli, courbatu. Heureux. Peut-être Simon, indirectement, m'aura-t-il apporté en fin de compte les vrais bonheurs de ma vie. Je suis injuste avec les femmes. Mais j'ai trente-neuf ans passés. La quarantaine est synonyme d'isolement. Sans rapports de force ni besoin de possession, sans jalousie ni peur d'être seul, l'andropause arrive sans doute plus vite. Je peux me tromper. Mais je m'en fous un peu. J'ai été aimé.

Quand Élisabeth ne m'organise pas de dîners de travail, elle invite des batteurs, des rockers, des rappers, des tapeurs show-bizzants que j'enjambe en rentrant. Ça la distrait. Ça la meuble. Ça pique-nique Hédiard en chien de fusil, ça cause tiers monde et rythmique appuyé sur un coude, les mains ponctuant les phrases creuses de grands mouvements de cuisses de volaille en chaud-froid. Je vais me coucher. Déposer mes insomnies à l'horizontale, sur des accords de guitare sèche et des solos de flûte inca. Sous mes volutes de Boyard maïs, j'attends le lendemain, je pense à l'après-midi. Parfois, dans mes sommeils de traverse, j'entends le lit qui grince, et j'espère qu'Élisabeth a fait un bon choix.

Le matin, dans la salle de bains, il m'arrive de trouver ma brosse à dents dans la main d'un musico désniffé, qui essaie de se rappeler ce qu'il était en train de faire. Je lui tends le dentifrice. Et je vais jouer au sous-sol avec mes voitures, alignées dans leur poussière, que je fais tourner dans le garage à tour de rôle, pour me dire que la négligence n'est pas non plus devenue ma nouvelle règle de vie. Bien sûr, je pourrais tout plaquer et basculer complètement dans mes après-midi. Laisser Élisabeth gérer ce qui me reste de pouvoir, et dormir dans un meublé à Bourg. Mais j'ai si peur d'user ce qui me rend heureux là-bas. Ma dose de Creuse, chaque jour ouvrable, homéopathique, me suffit.

Quand je suis devant Simon, il m'arrive de penser à notre fils. Mais, tout seul, j'y songe de moins en moins, et c'est bien. Si je me détache, c'est qu'il n'a plus besoin de moi. Sa passion des ordinateurs l'a entraîné vers un monde où les insuffisances de Simon ne présentent plus de danger. Le langage binaire soigne très bien l'incommunicabilité.

Tout en faisant mes tours de garage, dans les panaches de fumée dont m'enveloppent mes vieilles anglaises, je révise les stratégies que je vais émietter dans mes quatre ou cinq petits déjeuners d'affaires du jour. Et puis soudain je freine, je sors un carnet et je note qu'il faut réassortir les colts, ne pas renouveler de commande aux poupées Fleurneige qui vont déposer leur bilan, mettre en vitrine le nouveau circuit de chez Scalectrix, et envoyer une réclamation à Cosy-Toys pour les tentes d'Indiens qui prennent l'eau. Mon rayon doit rester le plus beau de la Creuse.

Un soir, tandis que je range ma blouse dans mon casier, Simon pousse la porte du vestiaire pour m'inviter à prendre un verre. Sous le regard méfiant de mes collègues, je vais téléphoner de la cabine du couloir, pour annuler discrètement mon plan de vol à l'aérodrome de Bourg, et décommander mon dîner chez le président de la BNP. Simon m'entraîne à pied jusqu'au Habana, rue Paul-Déroulède, un bar-discothèque à planches poncées et fauteuils-caisses, sous un ventilateur à longues pales qui assure l'ambiance cubaine. Il m'offre une tequila-libertad, sorte de préparation bleue dans un flacon d'analyses, garnie d'ombrelles et de piques à olives. Il se commande un Vichy.

— J'ai lu votre fiche de renseignements, attaque-t-il sans me regarder.

J'acquiesce dans ma paille. Pour être engagé au

magasin, j'ai dû présenter tout un arsenal de papiers, et Simon est, de tous les chefs d'entreprise avec qui je travaille dans le monde, le seul à en savoir autant sur moi. La tentation m'est venue de produire une fausse identité — j'ai des passeports en réserve pour les transactions secrètes entre gouvernements — mais le temps m'a manqué et le jeu avec le feu, une fois de plus, m'a séduit.

— Vous êtes orphelin, laisse-t-il tomber en tournant sa rondelle de citron dans son Vichy. Moi, je suis bâtard. Enfin, quand je dis bâtard... Mon père m'a reconnu à titre posthume. Remarquez, je le connaissais. C'était le détaillant Nicolas, en bas de chez nous. J'allais lui acheter le vin.

Il suce le mini-club de golf qui sert de cuillère dans son Vichy, le pose devant lui.

— Si je voulais, je pourrais porter son nom, avec un trait d'union. Chavroux-Bloch. Mais pourquoi ? Toute sa vie, il a voulu garder son nom pour lui ; il le garde dans la mort, je trouve ça bien. Pour moi, ça le maintient vivant, encore plus que de porter ses vestes ou de conduire sa voiture.

Je hoche la tête. Simon demande des cacahuètes à la serveuse qui n'entend pas. Les enceintes, près de nous, diffusent une lambada montée en boucle. Nous sommes seuls dans le bar.

— À la maison, j'avais pas le droit de dire « mon père ». Je disais « le Nicolas ». Il m'avait eu à dix-huit ans, vous comprenez, quasiment violé par ma mère : il était tellement beau... Le genre Gabin jeune, en plus doux. C'est pas quelqu'un de très bien, ma mère. Elle m'a abandonné, mais pas tout de suite ; c'est ça que je lui reproche. Elle m'a laissé croire que c'était ma faute... que je valais pas le coup. Tandis que le Nicolas, je le comprenais : il avait son œuvre. Il voulait être écrivain. Il a mis des années à essayer de faire un roman qui s'appelait *Mon fils,* où il m'expliquait pourquoi il m'avait pas reconnu, parce qu'il avait besoin de me « créer », d'abord, il disait, pour me vouloir ; de réussir à faire un personnage à partir de moi.

Je regarde Simon, silencieux. Je ne connaissais pas cette histoire.

— Et alors, monsieur Chavroux ?

— Et alors il est mort avant d'avoir fini le livre. On lui avait découvert une tumeur dans le cerveau. Inopérable. Il est allé me déclarer à la mairie, et il s'est jeté dans la Blêche. J'ai reçu le manuscrit par la poste. Un cahier de cent pages.

Il renifle, le front bas, fixant les bulles de son Vichy.

— Illisible, Foncinet. Je n'ai jamais réussi à déchiffrer son écriture. Et dans le fond, je vais vous dire... ça vaut mieux. J'ai gardé le cahier dans ma chambre. Je le donnerai à mon fils, quand il sera grand. Mais peut-être, je vous embête.

Je laisse passer trois secondes, parce que ma gorge est nouée.

— Non, monsieur Chavroux. Moi aussi, j'ai eu ce genre de cadeau, avec mon père.

Il se racle la gorge, prend une pastille dans sa poche, l'avale dans une lampée de Vichy. Il se tient voûté sur son tabouret, la tête enfoncée, le front en avant. Il n'a plus rien du maître nageur en crise que j'ai connu. Il s'est affiné, abîmé, sans perdre cet air de bélier doux, d'archange égaré, les ailes pliées, au milieu d'un aéroport. Comme j'aime ce type. Comme je voudrais qu'Adrien l'aime.

Il appuie son verre contre sa joue, sourit à un retour d'enfance :

— Une fois, une seule, il m'a emmené à Luna-Park, le Nicolas. C'était la veille de Noël. J'allais lui acheter une bouteille, il m'a dit : « Viens. » Il a fermé le magasin. On s'est sauvés une heure. Tous les deux. Dans le train-fantôme et les autotamponneuses. C'était génial. Tous les deux cachés, au milieu de la foule, comme un père et son fils, normaux... C'est le seul souvenir que j'aie avec lui. Après il est allé vivre à Saint-Gilles, on s'est plus jamais vus. Mais y a des gens qui passent dix-huit ans avec un père, et il ne leur reste rien. Ou ils font tout pour oublier. Moi, j'ai *un* souvenir. Et je lui dis merci, au Nicolas. Vous savez... c'est peut-être pour cette heure à Luna-Park que j'ai tellement voulu avoir un fils. Lui faire découvrir les autotamponneuses... Le mien n'aime pas. Il préfère les vraies.

Il sort de son portefeuille une photo qu'il me donne. Sérieux dans un costume bleu de communiant, la bouche pincée, posant devant la Jaguar XJS V12, Adrien plante son regard dans l'objectif, comme s'il essayait d'analyser le mécanisme de l'appareil.

— C'est mon fils, dit Simon.
— Il vous ressemble.
— Non. Ce n'est pas sa faute.

Il rempoche la photo, redemande des cacahuètes à la serveuse qui lui fait signe qu'elle n'entend pas. Je finis mon verre. Il joue avec son trousseau de clés, sur le comptoir.

— Dites, Foncinet, je veux pas être indiscret, mais... votre père, c'était bien le Foncinet qui a été ministre, là, sous de Gaulle ?

J'acquiesce.

— Et comment...

Je lis dans son regard la fin de la question : « Comment je suis tombé si bas. » Je remonte le col de mon pardessus miteux. Je n'ai pas envie de lui mentir. La douceur de sa sincérité, la sobriété de ses confidences m'ont bouleversé, au point de trouver indécente la comédie que je lui joue, alors que nous sommes jumeaux et qu'il le sent.

— J'avais dix ans... Je me souviens des journaux qu'on me cachait. Les calomnies sur mon père, les accusations, les scandales... Ma mère a quitté le bateau avant le naufrage. Et puis le corps de papa, dans le garage. C'est moi qui l'ai trouvé.

— C'était un faux suicide, non ?

— Non. Mais ceux qui l'y ont poussé avaient aussi intérêt à faire croire à un meurtre. Après il y a eu les ventes aux enchères... l'orphelinat.

— Ça doit être dur d'être pauvre, quand on a été riche.

— C'est dur d'être seul, quand on ne l'a pas toujours été.

Sa main se pose sur mon bras.

— Foncinet. J'ai envie de miser sur vous. Je sens que vous valez cent fois mieux que votre pardessus... votre air soumis... Ce que la vie a fait de vous. Je veux vous donner votre chance.

J'observe son œil qui brille. Je réponds, prudemment, qu'il me l'a déjà donnée, ma chance, et que c'est merveilleux : je suis le plus heureux des hommes à mon rayon jouets.

— Ce n'est pas vrai. Sinon vous auriez accepté de travailler à plein temps. Je sais que vous ne dormez pas chez vous, à l'adresse que vous avez déclarée — le meublé, rue des Thermes. Je sais que vous téléphonez tout le temps à Paris, et un de mes collaborateurs vous y a vu, lundi matin. Vous sortiez de l'Inspection générale de l'Enfance, au ministère. Ce n'est pas que je vous espionne, mais je les connais, ces chiens... Non, non, ne vous braquez pas, je suis votre ami, je ne vous demande rien sur votre vie privée. Mais si, comme j'en suis presque sûr — c'est des choses qui se sentent, entre pères — vous avez un enfant à votre charge, qu'on vous empêche d'élever parce que... le manque d'argent, pas assez de mètres carrés, des horaires comme ci, une vie sexuelle comme ça... Je les connais, leurs conneries. Non, ne dites rien : je n'ai pas à vous juger. Même, je peux vous aider à faire sauter le rapport des inspecteurs de l'Enfance ; je sais comment m'y prendre, vous verrez. Faites-moi confiance, Foncinet. Comme moi je vous fais confiance. Pour vous le prouver, je vais vous dire une chose que vous serez seul à savoir, si vous me jurez le secret. D'accord ?

Il marque un temps, pousse un cendrier vers la cigarette qui est en train de me brûler le doigt, lance avec entrain :

— Je suis stérile, Foncinet. J'ai eu mon enfant par un donneur anonyme. Voilà. Vous voyez que vous pouvez me parler du vôtre... même si vous avez honte ou j' sais pas quoi... Je peux tout comprendre. C'est un garçon, non ? Je parie. Quel âge il a ? Neuf, dix ans, allez, comme le mien. C'est ça ? Voyez, je suis un peu médium. Il est à Paris, n'est-ce pas ? Dans un centre d'hébergement de la DASS.

Complètement dépassé, j'essaie de tergiverser en tournant mon verre au-dessus du comptoir. La main de Simon s'abat sur mon genou dans une claque sonore.

— Eh bien moi, je vous y envoie, à Paris, Foncinet ! Travail à plein temps et logement de fonction. Deux cents mètres carrés, ça ira ? Je viens de racheter les poupées Fleurneige, excellente affaire. C'est une filiale de Tony-Prix, maintenant, rattachée à l'unité production. Nous allons fabriquer nos jouets nous-mêmes, à l'usine de Levallois. Et je vous en nomme directeur. Directeur général du département jouets. Vous allez voir si la DASS vous rend pas votre môme !

Ma tête s'abat dans le creux de ma main. Il croit que c'est le bonheur, l'incrédulité, prend un ton nettement plus dur pour m'éviter la syncope :

— Attention, hein ! Ça ne veut pas dire : ne rien fiche derrière un bureau. Je serai tout le temps sur votre dos. Vous bosserez douze heures par jour pour un salaire de quatre ou cinq briques, c'est tout. Et je vous mets à l'épreuve un mois. J'ai convoqué la presse pour vous présenter, demain soir. Si vous le voulez, on ne parlera pas de votre enfant. Mais ça m'aiderait à faire passer votre nomination, devant les journalistes d'affaires. Vous n'avez ni diplômes ni références ; il faut les attendrir. Décrocher deux ou trois papiers sympas, avec votre photo. Et comme ça, je mettrai mon conseil d'administration devant le fait accompli. À vous de voir.

Je hoche la tête, deux fois. Je finis les olives. Les lumières d'ambiance se tamisent. Il regarde l'heure, pousse vers moi son trousseau de clés :

— Le cabriolet Jaguar. Troisième sous-sol, parking du casino. Pour Paris, ça fera plus sérieux que le bus. Non, non, ne dites rien. Ça me fait plaisir, et c'est plus prudent, pour mon fils. Je suis sûr que vous aimez les voitures. Et que vous serez un bon patron.

Il me saisit aux épaules et me tourne vers lui, sur mon tabouret. Il rayonne.

— Alors, François. De vous à moi. Est-ce que j'ai résolu votre problème ?

16

Les douze crocodiles ont la tête tournée vers le bout de la table, où je préside. Certains représentent les actionnaires de Tony-Prix, d'autres sont des administrateurs professionnels, semi-retraités qui viennent toucher leur jeton de présence. La moyenne d'âge est de soixante-quinze ans. Il y a des clans, des guerres d'influence que je me contente d'arbitrer en agitant une clochette. On se voit tous les premiers jeudis du mois, je leur lis des rapports qu'on me prépare, je les fais voter. Comme l'actionnaire majoritaire à 93 %, une banque de Panama, m'envoie toujours son pouvoir par courrier, le scrutin est bref, et on va déjeuner.

— La parole est à M. Chavroux, pour le premier point de l'ordre du jour concernant l'approbation des comptes, lance aigrement le fielleux qui me fait face en bout de table.

Je n'ai toujours pas compris son rôle, à celui-là. Il s'obstine à pinailler sur les chiffres que je donne, à répéter sans espoir « Vous n'aurez pas quitus », à me contrer pour rien en essayant de dresser les autres contre moi. Je l'appelle Quitus.

— Merci. Mes amis, avant d'attaquer les chiffres, je vous annonce une bonne nouvelle : je viens d'acheter les poupées Fleurneige. Une bouchée de pain, sur le budget « Diversification ». L'unité de production de

Levallois, que je confie à la direction d'un spécialiste, M. Foncinet, dont vous avez bien connu le père, ministre sous le général de Gaulle, nous permettra de fabriquer nous-mêmes la plupart de nos jouets. Économies, prestige : vous trouverez tous les détails de l'opération dans l'enveloppe qui est devant vous. Je pense que c'est sans problème, et nous pouvons voter. La Société panaméenne de crédit approuve la création du département fabrication-jouets. Qui est contre ?

Tous me regardent, l'œil vide, puis se tournent vers Quitus qui s'est fait répéter la question et lève la main, imité par deux autres minoritaires.

— Approuvé, dis-je en faisant signe au secrétaire de noter le résultat du vote, et je conclus, avec un bon sourire : À midi, je nous ai commandé des langoustes.

On frappe à la porte et quelqu'un m'apporte un message. Je déchire l'enveloppe.

Monsieur le Président-Directeur général.

Je vous remercie pour la proposition que vous m'avez faite, mais je ne peux pas l'accepter. Ma situation personnelle, que vous avez en partie devinée, s'est brusquement compliquée, et je suis obligé de quitter mon emploi, à compter d'aujourd'hui. J'espère qu'un jour le hasard me ramènera à Bourg, et me permettra de vous remercier de vive voix pour la chance que vous avez voulu me donner.

Ci-joint les clés de votre Jaguar, qui est garée à sa place.

Croyez, monsieur le Président-Directeur général, à toute ma gratitude, et tous mes regrets.

F. Foncinet.

J'abaisse lentement la lettre, avec un bourdon terrible, respire à fond. C'est insupportable, de ne pas savoir changer son destin, d'inventer des prétextes pour refuser la chance. Et j'y ai cru, pourtant, à ce type ! S'il m'avait laissé corriger sa vie, je sens que j'aurais pu faire des merveilles, avec lui. Il me donnait envie d'être un vrai patron, de couler mes concurrents, de créer des choses. De coller mon nom à une réussite. D'être quelqu'un, pour Adrien. Je dis :

— La séance est levée.

Je repousse ma chaise et quitte la salle, sous l'œil hébété des administrateurs qui tendent vers moi l'ordre du jour.

Je suis retourné au Habana, rue Paul-Déroulède. J'ai commandé le cocktail bleu qu'avait pris Foncinet. J'en ai bu onze ou douze. En me disant : je rechute. La seule chose qui me fasse envie, c'est de retourner en cure, de retrouver mon jogging vert, ma chambre sans poignée de fenêtre ni robinet de baignoire, d'être avec des paumés qui parlent de leur problème, en rond, le soir, par terre. De jouer au Scrabble avec une Mathilde. De me sentir en colo, en vacances, de me désintoxiquer de la vie parmi des gens qui me ressemblent. D'oublier le magasin, les jouets, Foncinet et mon fils. Je ne veux plus être déçu. Plus jamais.

À neuf heures, le bar devient discothèque et se remplit de jeunes, cuissardes et bananes. Ils boivent des rhums-orange en rythmant la musique de la tête et des hanches. Ils s'agglutinent autour de moi pour faire croire que c'est moi qui paie. Je paie. Plus tard dans la soirée, j'ai une fille aux cheveux roses sur les genoux, une main sur un sein et l'autre dans ma poche, serrant mes clés qui restent froides. Je ne rentrerai pas, cette nuit. Elle va m'emmener chez elle. Et puis je n'ai plus d'argent et elle rejoint ses copains. Je reviendrai demain. Si j'avais le courage de démissionner, comme Foncinet... De quitter cette vie dorée que je ne mérite pas. Mais pour faire quoi. Tu me manques, Adrienne. Tellement.

La lettre la plus longue que m'ait écrite Adrien. Scotchée sur la porte de ma chambre, quand je rentre :

L'hospice a téléphoné pour ton grand-père : tu dois rappeler. J'ai dîné. La Marocaine t'a laissé des lasagnes au frigo. Réchauffe cinq minutes sur 7, et n'oublie pas d'éteindre. Demain j'ai contrôle d'histoire, je me suis fait réciter tout seul, merci. Laisse-moi les clés de la Jag, les bus ont déposé un préavis de grève en solidarité avec les employés de l'établissement thermal. La CGT appelle ses adhérents à débrayer partout, je te le signale pour le magasin, prends tes précautions. Ne touche pas à la cafetière : elle est programmée à sept heures, après tu la dérègles. Si tu veux que je te réveille, écris-le sous ma porte. La Marocaine s'en va demain, je te préviens. J'ai mis une annonce dans le journal, mais toujours pas de réponse. C'est honteux, quand on voit le chômage. J'ai eu 19 en maths. Il me faut 3 200 F pour finir de réaliser mon programme anti-virus informatique. Si je le fais breveter, tu pourras le commercialiser en exclusivité chez Tony-Prix. Ça relancera vos rayons disquettes qui sont vraiment nullos. Prends-moi rendez-vous avec ton directeur des ventes. Salutations.

Sur la table de la cuisine, à côté de mon couvert, je lui réponds. On ne s'est pas vus depuis six jours. Je dors quand il part, je suis au bar quand il rentre. On se croise. On se met des mots sous nos portes. Quand il a une bonne note, je lui plie des billets dans l'enveloppe.

J'appelle la maison de repos, réveille le médecin de nuit qui me dit du bien de mon grand-père, au passé. Il était en train d'imiter Mistinguett, au réfectoire, à sa table de vieilles qui s'amusaient bien. Il a enfourné une cuillère de purée, et il est tombé, la joue dans l'assiette. On a cru à un gag. Tout le monde a ri, les filles de cuisine, l'infirmier, la directrice adjointe... Il était si content d'être le centre du monde, la vedette de l'hospice. On a cru qu'il faisait durer les applaudissements, la joue dans sa purée. C'est une belle mort, a précisé le médecin.

Trois ans de prolongation, avant de descendre au bout de la corde et d'avoir son nom marqué sur la dalle, à côté de sa femme. Je suis tout seul, maintenant.

Adrien dit qu'il a remis une annonce dans le journal, pour remplacer la Marocaine. Toujours pas de réponse. Je crois qu'il ment. Il ne veut plus de personnel. Il veut m'obliger à rentrer plus tôt. Ou il veut vivre sa vie, tranquille.
Pourquoi je n'ai pas accompagné mon grand-père, dans son chalet de vieux, sa chambrette en rondins, au lieu de rester avec mon fils qui s'élève tout seul ? Les médecins disent que Pap' était heureux, avec son public, dans le monde qu'il s'était inventé, qu'il n'avait pas besoin de moi et que je n'ai rien à me reprocher. Adrien non plus n'a pas besoin de moi. C'est bien ce que je me reproche.

J'ai de plus en plus de mal à rentrer. Je flâne, je traîne au milieu des lycéens, des gardiens de prison, des aiguilleurs du ciel ; je défile derrière la CGT, la droite, les casseurs, tout ce qui marche. Je prends des trains pour aller attraper des manifs à Limoges, Clermont-Ferrand, Lyon ou ailleurs. Fondu dans la foule en colère, je gueule avec les autres, sans entendre ma voix. Je fais quelque chose d'utile. Je ne gêne personne. Gazé par les CRS, matraqué par les éléments incontrôlés, j'imagine Adrien l'œil sur la pendule, la main sur le bouton du brûleur pour baisser le feu sous nos légumes. Et puis voilà : huit heures passées, tant pis ; il éteint, mange tout seul et retourne à son ordinateur.

Quand je rentre, les genoux en sang, les habits déchirés, il me gronde, il dit que je l'écœure, que ce n'est plus de mon âge, que j'ai une entreprise sous ma responsabilité et qu'il a autre chose à faire que de préparer mon dîner pour rien. Je lui promets que, demain, je ne recommencerai pas.

Après avoir tant hésité à ne pas rentrer, j'ai décidé, un matin, de ne plus sortir. Ma présence inutile au magasin a de nouveau basculé dans une absence impunie. La Société panaméenne de crédit continue à m'adresser ses pouvoirs que je donne à un autre, par une procuration, c'est tout. Et de toute façon, deux rayons sur trois sont en grève, pour protester contre ce que je leur donne avant qu'ils ne le réclament : c'est antisocial, paraît-il. « Inacceptable au plan de l'éthique patronale, facteur de contagion », dit le CNPF ; « intolérable au niveau de la solidarité inter-catégorielle du cahier de revendications », disent les syndicats ; « suicidaire », disent mes administrateurs. Je les ai tous réconciliés. Moi, je trouvais simplement que les bénéfices que Tony-Prix fait sur le compte des clients, c'était normal de les distribuer aux employés qui sont eux aussi des clients, pour qu'ils aient plus à dépenser dans mes magasins où, même avec leur remise automatique de 15 %, je fais encore des bénéfices sur leur dos, que je leur redistribue pour augmenter toujours le volume des ventes, liquider les stocks et faire monter l'action. Ce n'est pas de la charité : c'est de la générosité rentable. Je n'ai rien dû comprendre au métier de patron. Tout le monde veut ma peau. Qu'ils la prennent.

Je passe mes journées à essayer d'écrire, en pyjama, sur la table de la cuisine, un roman véridique pour essayer de comprendre ce qui s'est passé en moi. Je crois que depuis ma naissance, plus je veux donner, plus je suis puni ; plus je suis heureux, plus je tombe de haut. C'est terrible de toujours recevoir sans raison des cadeaux qu'on m'enlève ensuite pour rien. Cette histoire avec Foncinet m'a achevé. Son ingratitude, sa peur des responsabilités, sa fuite minable. J'ai bien les amis que je mérite. « Les » amis...

Je suis distancé, décalé, je rature des mots qui ne trouvent pas leur place, ou je finis par déchirer les feuilles qui sont restées blanches. Mon histoire vraie remplit les poubelles. Quand Adrien rentre de l'école, le soir, il demande à lire. Si seulement je pouvais le rendre fier de quelque chose. Mais à quoi bon. La seule phrase qui mériterait d'être lue, je n'ai pas le courage de l'écrire. Pas comme ça. Pas tout de suite. Je veux garder le bénéfice du doute, encore ce soir, encore huit jours, encore un an... Parce que je sais très bien comment il peut réagir. Un coup de gomme. Et sur la couverture de ses cahiers, on lira :

Profession de la mère : décédée.
Profession du père : inconnu.

Ce coup de gomme, j'en rêve la nuit : je me sens attaqué, effacé, dissous. C'est comme une crampe qui commence par le bout de mes pieds, et qui monte. Et il ne reste plus, à ma place, sur le drap, que le mot INCONNU. Si seulement j'avais une chance, une toute petite chance pour qu'il me réponde : « Ça ne fait rien, papa, c'est toi qui m'as voulu, c'est toi qui m'as élevé, même si tu n'es pas une réussite : c'est toi mon vrai père »... Cette chance qu'il me refuse, j'en crève. Je ne le supporte plus. C'est trop injuste, c'est trop facile, c'est vrai : j'ai tout perdu, à cause de lui ! Et lui il va bien, il ne manque de rien, il n'a besoin de personne, et grâce à qui ? À « l'autre » ou à moi ? C'est facile d'être donneur, quand on est anonyme ! C'est facile de faire rêver, quand on est absent ! D'accord, l'intelligence d'Adrien, elle ne vient pas de moi. Mais il a eu chaud, il a mangé à sa faim, il est allé dans les meilleures écoles, il a visité vingt et un pays, il a toujours eu ce qu'il voulait : mon bilan n'est quand même pas entièrement négatif, merde ! Alors pourquoi je dois lui dire pardon toute ma vie ? Pourquoi je dois toujours m'excuser de m'enfoncer quand c'est lui qui m'enfonce ?

Le soir de ses dix ans, j'ai craqué. C'était lundi et il avait fait son gâteau lui-même, avec des œufs battus dans la farine, trois tablettes de chocolat, et une bombe de chantilly pour écrire « Bon anniversaire, Adrien ! ». J'étais sorti, exceptionnellement, pour lui acheter son cadeau. En rentrant, je l'ai trouvé à la cuisine, pleurant par-dessus la bouillasse ratée, calcinée. J'ai eu le tort de goûter le désastre et de lui dire que c'était excellent. Il a piqué une crise de nerfs. Tout y est passé : ma veste de pyjama, que je n'avais même pas enlevée pour sortir, ma mollesse, ma paresse, ma nullité, ces cheveux de femmes sur mes vestes et ces odeurs d'alcool ; la honte que je suis pour lui vis-à-vis des copains quand ils viennent à la maison — d'abord ils ne viennent jamais et c'est à cause de moi ; il n'a que son ordinateur comme copain, et de toute façon c'est ma faute si en naissant il a tué sa mère. Je suis resté sans voix. Il m'a sorti en pleurant une histoire aberrante qu'il était allé pêcher dans mes livres de grossesse, planqués à la cave, comme quoi j'avais tellement voulu avoir un garçon que je n'avais plus mangé que du sucre, parce que le sel ça donne des filles, et résultat il était né trop gros et ça avait tué sa mère. Je l'ai soulevé de sa chaise pour le secouer à bout de bras, et j'ai détruit notre vie en vingt secondes :

— Si ça peut faire ton bonheur, je suis pas ton père ! Je suis stérile ! Tu es né par insémination artificielle ! Voilà ! Ton père, c'est un donneur, un bienfaiteur anonyme, un génie comme toi, qui vaut mille fois mieux que moi, et t'as aucune chance de me ressembler un jour, de devenir minable et nul, ça te rassure ? Moi je suis rien, pour toi ! Je suis ton gérant, ton nom de famille, c'est tout ! Et je t'aime, mais c'est pas grave, y a rien entre nous et t'es plus obligé de te forcer ! Et si je suis tombé si bas, comme tu dis, c'est à cause de toi, parce qu'on n'a rien de commun, j'y arrive pas et ça me tue !

Il m'a regardé, ses lunettes rondes de travers, avec, je ne sais pas, une espèce d'horreur qui s'est apaisée aussitôt, jusqu'à finir dans un début de sourire, un sourire de soulagement, et c'était ça le plus terrible. Il a vu comment je prenais sa réaction, et il a filé s'enfermer dans sa chambre. J'ai tout gâché. J'ai tout cassé. Mais qu'est-ce que je pouvais faire d'autre ? J'ai vidé la bouteille de rhum qu'il avait sortie pour arroser son gâteau. J'ai pris un marteau et j'ai brisé son ordinateur, tous ses jeux informatiques, y compris celui que je venais de lui acheter pour l'anniversaire, dans son paquet-cadeau. Il a hurlé « Salaud ! » derrière la porte. C'est pour toi, Adrien. Je ne veux plus être un boulet que tu traînes.

17

Le Fax du professeur Le Gallieu m'atteint à Prague, pendant le tour de table où j'essayais de défendre la candidature de Renault à la reprise des automobiles Skoda. Adrien occupe le hall de l'hôpital de Bourg, sous une pancarte : « Enfant de 10 ans en grève de la faim, pour cause d'insémination artificielle. Je veux savoir qui est mon donneur. » Le Gallieu, dépassé, s'en prend à moi. Lorsque le petit est venu le questionner, il s'est retranché derrière le secret médical, mais maintenant, avec les caméras de la télé régionale, l'indignation générale des malades et la publicité désastreuse pour l'hôpital, il a demandé l'intervention de la police, et je suis libre d'agir selon ma conscience : il s'en lave les mains.

J'abandonne Skoda à Volkswagen, saute dans l'avion. Agir selon ma conscience... Je n'ai pas de conscience et je n'en peux plus d'agir. Toutes mes tentatives se retournent contre moi, et retombent sur Simon. Mais qu'aurais-je dû faire ? Apparaître dans la presse comme l'apprenti patron d'une usine de vieilles poupées en faillite, quand mon crédit mondial repose sur le mystère qui entoure l'origine de ma puissance ? L'éminence grise des plus gros consortiums embarquée dans le bouillon d'une PME pour fillettes ! Mon pouvoir est bâti sur du vent ; s'il tourne en dérision, je disparais de la scène. Un écho rieur dans *Le Monde des affaires,* une photo dans *Match,* un édito dans le *Wall Street Journal* : adieu Foncinet, et adieu Simon, qui sans moi retombe dans les oubliettes. Je n'avais aucune autre solution que la fuite. Et j'aurais dû m'en tenir là.

Le temps que j'atterrisse à Bourg, la police avait traîné Simon dans le hall de l'hôpital occupé. Une épave titubante, à qui Le Gallieu avait enjoint de reprendre son enfant qui troublait l'ordre public, mais Adrien, sous sa pancarte, avait pris les gens à témoin : il refusait de rentrer chez cet ivrogne, qui passait sa journée à lancer des marteaux par la fenêtre. Les flics avaient demandé si c'était vrai. Simon, renié, avait dit oui, et, sur un dernier regard à son fils, avait tourné les talons. Les gens l'avaient poursuivi en disant que des pères comme lui, on devrait les mettre en prison.

La nuit même, Simon fracturait la pâtisserie en face de chez lui. Aux agents venus l'appréhender sur son coup de téléphone, il demanda combien coûtait une effraction avec bris de vitrine. Il y ajouta le vol, en enfournant sous leurs yeux une tarte aux fraises, puis les coups et blessures, en projetant l'un des agents dans le présentoir des chocolats. Il s'empara d'un pistolet, pour menacer l'autre agent, demanda si son cas était suffisamment aggravé. Entendant qu'il en prendrait pour dix ans s'il ne se rendait pas, il fit feu à vingt centimètres d'un des képis, précisa qu'il ne se rendait pas, et se laissa maîtriser par-derrière.

Dans le fourgon qui l'emportait, il tint ce discours fidèlement retranscrit dans le procès-verbal :

— Je lui fais confiance ; il va le retrouver, son donneur. C'est sûrement quelqu'un de bien. On lui confiera la garde, si je suis en prison. C'est mieux. Seulement, faut pas que je sorte avant qu'il soit majeur. Parce que vis-à-vis du donneur, vous comprenez, j'ai la loi pour moi.

Le visage en bouillie, Simon fut transféré au dépôt, à

l'heure où Adrien, évacué du hall après le départ des caméras, était placé dans un orphelinat de la DASS.

Le maire était dans un dîner, injoignable. Je me heurtais à toutes les portes. Sans Guérand-Darcy, je n'étais rien dans cette ville, sinon un ex-vendeur de jouets que des collègues surexcités, à la sortie d'un café, hélaient pour raconter le scandale causé par leur patron. Je ne savais plus que faire, comment intercepter le rapport de police, enrayer la machine de la DASS qui, une fois refermée sur Adrien, ne se rouvrirait plus. En désespoir de cause, j'appelai le garde des Sceaux. Je comptais me servir de certains dossiers pour inciter le gouvernement à soutenir mes investissements au Brésil, mais tant pis. J'étais déjà allé trop loin pour Simon, je ne pouvais plus renoncer, baisser les bras, me faire une raison ou décider de m'en foutre. Il croyait se sacrifier pour Adrien, en se retirant de la circulation. C'était pour moi une ineptie, une gifle, un désaveu inacceptables. Je disais non, de toutes mes forces, de tout mon pouvoir, et qu'importait le reste.

18

J'AI enjambé mon box, je fais face au président :
— Vous avez dit quoi, là ?

Il m'observe par-dessus ses lunettes, répète ses derniers mots :

— ... Vu le retrait des plaintes à l'encontre de Chavroux Simon, le tribunal le relève des fins de la poursuite et prononce l'acquittement.

— Vous êtes libre, me traduit entre ses dents l'avocat qu'on m'a commis d'office. Restez tranquille.

Je le repousse en arrière, et viens me cramponner à la table des juges :

— Quel retrait de plainte ? Le pâtissier : vol avec effraction ! Les agents : coups et blessures avec l'intention de donner la mort — j'ai tiré sur eux !

— Rien de tout cela ne figure au dossier, répond le président, nerveux. Huissier, faites sortir le prévenu. Mais arrêtez de secouer cette table ! Vous êtes acquitté !

— Je refuse ! Je vous attaque pour faute professionnelle ! On n'a pas le droit de me faire passer aux flagrants délits en vingt-quatre heures sans avoir reçu mon extrait de casier judiciaire ! Demandez à mon avocat ! C'est ce qu'il a plaidé, non ?

— Nous n'en sommes plus là, me gémit l'avocat à l'oreille, en essayant de me tirer en arrière.

Je l'envoie bouler dans l'huissier. Le président agite une sonnette. Je le tire par son rabat :

— Et si je vous frappe, vous allez retirer votre plainte, aussi ? Hein ? J'en veux pour huit ans, merde !

— Huissier ! s'étrangle le président entre mes mains.

Des gens me tombent dessus, me font lâcher prise. On m'entraîne hors de la salle, dans le bruit de la sonnette que l'autre continue d'agiter pour rien. Je leur crie que ça ne se passera pas comme ça : j'irai en appel, en cassation ! Je veux pas sortir, je veux qu'Adrien m'oublie, qu'on le place dans une famille, qu'il retrouve son donneur ! Vous n'avez pas le droit de me le rendre ! Il est libre ! Vous avez compris ? Mais aidez-moi, quoi ! Je n'ai plus que vous : si vous me remettez en liberté, je vais aller me jeter dans la Blêche, et je n'arriverai pas à mourir, on me repêchera, je le sais : je suis maudit ! Pitié, monsieur le juge. Pitié pour mon fils... Monsieur le juge...

19

Notre premier week-end d'amoureux, sans parasites, sans travail, sans raison, depuis si longtemps. Un retour de tendresse, une tentative, un pari, ou simplement deux blancs qui coïncident, dans nos emplois du temps. Je l'emmenais à Bruges. La Silver Cloud est tombée en rade sur l'autoroute, à cent kilomètres de Paris. Capot ouvert, plongé dans le moteur qui fume, téléphone de bord coincé sous le menton, j'écoute le rapport de mes sergents.

— Mais il est infernal ! Mais je ne le supporte plus !
— Eh bien, laisse-le en prison ! lâche Élisabeth, excédée.

Elle arpente le bas-côté, serrée dans son blouson de cuir rouge. Je lui réplique que je n'ai pas donné dix ans de ma vie pour laisser la DASS élever mon fils. Elle jette par-dessus son épaule, dans un envol de mèches givrées :

— Ton fils, il est aussi chiant que toi, et aussi chiant que Simon ! Bravo. Ah, vous l'avez bien réussi !
— Oui, on l'a réussi ! C'est un môme formidable !
— Tu ne l'as jamais vu autrement qu'en photo !
— Et alors ? Il est ressemblant ! Il me plaît !
— Oui, évidemment : il emmerde tout le monde, il conduit des Jaguar, il fait des grèves de la faim pour savoir ton nom. Ça flatte l'ego, ça, hein ? S'il est si

formidable, tu n'as qu'à le prendre et l'élever toi-même.
— Mais arrête ! Tu ne comprends pas que j'en meurs d'envie, et que je fais tout pour m'en empêcher ? Je n'ai pas le droit de l'enlever à Simon.
— Appelle une dépanneuse, alors ! On gèle !
— Pour quoi faire ? Pour qui je la réparerais ? J'en ai marre de mes bagnoles. Je vais les vendre.
— Hein ? Toi ?
— Sinon, je les garderais pour Adrien. Tu comprends, ça ?
— Je m'en fous ! J'ai froid, j'ai faim, et tu me fatigues !
— À qui tu veux que j'apprenne comment freine une Silver Cloud ?
— Elle ne freine pas ! Elle n'a jamais freiné !
— Si. Elle freine au premier coup de pédale. Mais il faut relâcher et attendre que les roues aient fait un tour complet avant de rappuyer, sinon tu n'as rien, tu t'affoles et tu perds un tour.
— Tu aurais pu me le dire !
— C'est à un enfant qu'on apprend des choses comme ça.
— Eh bien, fais-m'en un !
— Il est fait. Il ne pouvait pas être mieux.
— François, j'en ai plein le cul de cette histoire ! Tu es à cheval sur des milliards et tu joues à la poupée avec tes deux orphelines pendant qu'on se fait déborder de tous les côtés ! Échec du raid sur Astor, découverte des caisses noires d'Euradis... Et le bide de Renault dans les pays de l'Est, alors que tu avais toutes les cartes en main pour emporter le marché ! Mais réveille-toi, bon Dieu, François ! Tu t'es foutu le gouvernement à dos, on n'aura jamais les contrats pour le Brésil, cette affaire j'y tiens ! Plonge si ça t'amuse, mais tu m'entraînes et je ne suis pas suicidaire, moi ! Je n'ai pas le droit de faire n'importe quoi avec mes actionnaires sous prétexte que ma descendance me perturbe ! J'aime la vie, moi, j'aime

ce qu'on fait ! Mais tes affaires sont trop compliquées, François ! Si tu me laisses tomber, je peux pas, toute seule !

— Trouvez-moi dans quelle famille on a placé le petit, dis-je aux sergents avant de raccrocher. J'arrive.

— Comment, « tu arrives » ? Tu ne vas pas retourner dans ce bled ? Mais ça y est, mon vieux, c'est fini ! Le PDG de Tony-Prix est en taule, les actionnaires ont paniqué, et la Panaméenne, que tu t'es laissé voler, en a profité pour vendre Frizor, avec toutes ses filiales ! Tu n'es plus rien, à Bourg-en-Val ! Plus rien ! Et ton Chavroux non plus !

— Ça te fait plaisir, hein ?

— Oui !

— C'est pour ça que tu as aidé ton raider italien à s'emparer de ma banque. Pour que je perde Tony-Prix. Tu étais tellement jalouse de Simon ?

— Preuve que j'avais raison ! C'est contagieux, les minables ! Retourne à Bourg, fais-toi mettre en prison, dans la même cellule, et votre gosse vous portera des oranges ! Salut.

Elle se lance sur l'autoroute, traverse, enjambe les rails de sécurité, et se plante au milieu de l'autre voie, les bras en croix, cambrée dans son jean, menton relevé, défiant la voiture qui arrive sous ses lunettes de star en strass. Dieu que j'ai aimé ce corps. Élisabeth, ma sœur impossible, ma femme-miroir, tu as raison de me laisser là ; nous ne nous ressemblons plus et c'est ma faute. Je t'ai quittée en cessant d'avancer, en nous gâchant, en m'en foutant. En choisissant Simon. Mais tu n'as pas besoin de moi.

L'Audi 200 Turbo s'arrête dans un hurlement de freins. Élisabeth ouvre la portière passager, lance au conducteur :

— ABS ? Bravo. À Paris !

La portière claque, la voiture repart. À quoi bon s'inquiéter ? Élisabeth n'est pas du genre qu'on viole sur les aires de repos. Je tourne la tête vers la Silver Cloud. Je l'ai bien aimée, celle-ci. Elle était moelleuse, veloutée, susceptible, exigeante, avec ses mille et un secrets de freinage, de dégivrage et de silent-block que j'emporterai dans la tombe.

Quatre pas et je suis au milieu de la voie, bras en croix, moi aussi, devant un camion qui me bombarde d'appels de phare au lieu de ralentir. Non. Je reste. Tu t'arrêteras. Et j'irai à Bruges, passer mon week-end d'amoureux tout seul, pour dire adieu à la femme que j'aime.

20

J'EN suis à mon sixième jour de grève de la faim. Ce matin, le médecin de la prison m'a déclaré trop faible pour être remis en liberté. Ni les surveillants ni mes codétenus n'ont l'air de bien comprendre mon combat. Ils me font la gueule, ils me bousculent. Mais je ne leur en veux pas : je les ai choisis. C'est ma famille, maintenant. Leurs conditions de vie ne sont pas drôles, et j'ai un peu honte, avec ma feuille collée dans le dos, où j'explique que je ne mangerai rien tant que mon acquittement n'aura pas été cassé pour vice de forme. J'ai un peu honte mais, à ma façon, je lutte pour eux, pour la justice : je refuse d'être une erreur judiciaire à l'envers.

Quand ce problème sera réglé et que je serai en situation normale, j'irai travailler à l'atelier, comme les autres. Je m'inscrirai en informatique, pour apprendre à me servir d'un ordinateur. Ça sera ma façon d'être encore avec Adrien, par-delà les murs, de lui dire pardon, et de lui pardonner. Je ferai des progrès surprenants. Comme si, en me quittant, il m'avait transmis ses dons. Le seul moyen pour moi, désormais, de conserver mon fils, c'est de lui ressembler.

Le soir, après le dîner, j'irai au foyer avec les éducateurs, pour les activités socioculturelles. On peut apprendre une langue, un sport, un instrument de musique. Je choisirai trampoline. J'en ai vu rebondir, dans le petit gymnase, derrière la vitre de l'escalier F. C'est beau. Ils ne pensent à rien. Ils se contrôlent. Ils s'entraînent. Ils imaginent le mur qu'ils pourraient franchir. Ils m'épient, enfermés, en plein vol.

Mais pour l'instant, ma principale activité, c'est de m'évanouir. C'est à cause de la faim, c'est normal : on s'habitue. Il y a ce rêve obsédant qui tourne dans ma tête, même quand je ne dors pas : le souvenir d'Adrien à deux ans, au jardin du casino. Je lui ai appris à partager ses gâteaux, à nourrir les canards dans la mare, mais les canards s'enfuient. Alors il poursuit les autres bébés du jardin, avec ses gâteaux, les leur fourre dans la bouche, les étouffe, sous les cris des mamans et des nurses.

C'est l'image que je garde de mon fils, comme s'il n'avait jamais grandi, comme si j'avais refusé ce qu'il est devenu à cause de moi. Le froid, le méchant, l'insensible, c'est moi : je le sais, maintenant, sous mes airs de gentil. Ou alors c'est la faim, qui me provoque ces visions de gâteaux. Les six litres d'eau que le médecin m'oblige à boire chaque jour expliquent aussi les canards dans la mare. Ce n'est pas toi qui es en cause, Adrien. Tu es comme tu es. Je n'aurais pas voulu d'autre enfant, tu n'as étouffé personne ; c'est moi qui ai changé. C'est moi qui n'étais pas fait pour toi.

Le directeur de la prison a très peur que je meure, à cause des journaux. Il veut absolument que je mange. Il promet de m'obtenir une dispense, pour que je puisse rester en détention malgré mon acquittement. J'aurai un statut spécial, dit-il. Je serai auditeur libre. Il me prend pour un fou, je le sens bien. Je n'ai rien contre lui, mais je n'ai pas confiance : tant que je n'ai pas obtenu la révision de mon procès, je reconduis ma grève.

Foncinet est venu me voir au parloir. Vraiment gentil. J'ai eu raison de miser sur lui, même s'il m'a laissé tomber. L'abandon de mon fils me rend plein d'indulgence pour l'ingratitude des autres. Je le trouve changé, Foncinet. Plus sûr de lui, plus tendu, fatigué, presque agressif. Quand je pense qu'il était paralysé de timidité, devant moi. Les grilles d'un parloir, ça remet les choses en place.

Il m'a apporté des fruits confits. Il me supplie de sortir, en disant que je n'ai pas le droit de me désintéresser de mon fils. Qu'est-ce qu'il en sait, et comment lui expliquer ma situation ? Pourtant je n'ai confiance qu'en lui. Mais il reste un minus, même si je l'ai un peu dégrossi, et je ne peux pas lui confier la mission d'aider Adrien à retrouver son donneur. J'ai bien vu le résultat, quand j'ai voulu lui offrir des responsabilités. Un homme qui a l'instinct de fuir les chances qu'on lui donne, on ne peut pas compter dessus. Je sais de quoi je parle.

— Monsieur Chavroux, je vous en supplie ! Votre vie, elle est dehors !

— Non. J'ai dit au notaire de rendre mon appartement à Tony-Prix, de vendre tout le reste et de mettre l'argent à la Caisse d'épargne, sur le livret d'Adrien. Je n'ai plus rien, dehors. C'est mieux.

Il a l'air choqué, mon ancien vendeur. Ça me fait de la peine de lui casser la belle image qu'il a de moi. C'est dur, d'être le bienfaiteur de quelqu'un : ça donne des devoirs. On n'a pas le droit de le décevoir. Mais peut-il me comprendre ?

— Adrien est un enfant très en avance, Foncinet. C'est comme s'il était majeur. Pardon si je suis cruel, mais j'ai beau être arrivé au sommet ; dans le fond de moi je suis toujours un médiocre, comme vous. Et si je n'avais pas provoqué la rupture avec le petit, il serait resté à s'occuper de moi, par pitié, par reconnaissance, par obligation... Foncinet, vous connaissez Einstein ? Vous croyez qu'il aurait inventé ce qu'il a inventé s'il avait eu un père comme moi ?

— On n'est pas responsable de son père, monsieur

Chavroux. Monsieur Chavroux ! Simon ! Répondez-moi !

J'ai la joue contre le bois de la table. Foncinet est toujours là, inquiet, de l'autre côté de la grille. Je me redresse en le rassurant : c'est rien, je m'évanouis toutes les trois heures ; il ne doit pas être loin de midi.

— Mangez, supplie-t-il, un peu ridicule, en ouvrant sa boîte de fruits confits.

Il essaie de faire passer une poire à travers le grillage. Il a vu trop gros, se rabat sur une mandarine. Il est gentil mais c'est fatigant, la gentillesse. La mandarine éclate contre le fil de fer et je reçois une giclée sur la manche. Il fond en excuses, plie en six un mouchoir qu'il fait passer de mon côté.

— Allez, François, laissez-moi, soyez sympa. J'ai du travail. Je suis en plein dans un bouquin d'informatique. J'apprends.

— Informatique…, répète-t-il, attentif.

— Et vous ? Vous êtes dans quoi, maintenant ?

Il a un geste vague. Par discrétion, j'évite de le questionner davantage. Chacun sa merde.

— Je voulais simplement vous dire, monsieur Chavroux… J'ai su qu'Adrien a été placé dans une famille…

Je serre les dents, les yeux baissés. Ne pas sentir où j'ai mal, et sauter dedans à pieds joints, on dirait qu'il s'en fait un point d'honneur.

— C'est une famille nombreuse, monsieur. Le père travaille dans une scierie… C'est un homme… un peu fruste… brutal, même.

Je me penche d'un coup en avant, heurtant du front la grille.

— C'est la vie, Foncinet. C'est une étape. Ce n'est plus moi que ça regarde, et vous encore moins. Alors repartez avec vos fruits confits, et oubliez-nous. D'accord ?

Il hoche la tête, pensif, se lève avec tristesse, sort du parloir sans se retourner. Je murmure :

— Pardon, vieux.

Mais il est déjà parti. C'est vraiment dur, de vouloir s'enfoncer quand on vous tend la main. Mais que faire d'autre ? Je ne vais pas rater la chance que je donne à mon fils pour faire plaisir à un étranger, un gentil minable que je ne suis pas arrivé à sortir de ses problèmes. Il ne faudrait jamais s'occuper que des gens qui vous sont indispensables. Dorénavant, je ne veux plus de visites.

21

Le père, en tricot de corps, mange sa soupe au bout de la table, parcourant d'un regard de suprématie comblée la demi-douzaine de mômes assis par rang de taille dans leur concert de cuillères. Et le mien, le dernier, qui redessine avec sa fourchette les motifs de la toile cirée.

— Qu'est-ce qu'il a, l'autre ? Mange ! T'entends ?

— Quand c'est froid, c'est indigeste, adoucit la mère, une pâlotte résignée qui s'affaire du fourneau au lave-vaisselle avec une étape à l'évier, pour éviter d'encrasser la machine avec des couverts sales.

— Elle est pas bonne, ta soupe ? insiste le père. T'en avais des mieux, d'où tu viens ? On n'est pas chez Rothschild, ici, mais toi t'es pas l'enfant Jésus ! Non mais ho ! Tu réponds quand je te parle !

— Ce n'était pas une question, fait remarquer Adrien, d'une voix neutre.

— Arrête de répondre ! s'écrie le père. Va te coucher !

— Il n'a rien mangé, proteste la mère.

— Ça lui fera les pieds ! Il est pas à l'hôtel, ici : il est dans une famille d'accueil ! Il va pas faire la loi, non ? C'est nous qu'on doit faire un rapport sur lui, alors tiens-toi à carreau, mon p'tit gars, si tu veux pas qu'il t'arrive des bricoles ! C'est un exemple, tu crois ça, pour tes frères ? Allez, mangez, bande de cloches ! Ou alors tout le monde au lit, c'est compris ?

Les gamins rient sous cape avec des clins d'œil, des pincements de nez sournois, la mère rêve à des ailleurs couleur de magazines, et Adrien, le regard sur la toile cirée, à qui pense-t-il ? À Simon qui, dans sa prison, pendant ce temps, jeûne ?

— Ah ! vous me cherchez ? Au lit, tous !

La buée de mon nez sur le carreau dilue la scène. Je me transporte jusqu'à la troisième fenêtre ; la chambre-dortoir où Adrien occupe le haut d'un lit superposé, au milieu des cinq frères. Sa nouvelle famille. Et moi qui tourne autour, les pieds dans la boue du pavillon Phénix en cours de finition. Moi qui ai apprivoisé le chien avec des boulettes de viande, et maintenant on est copains ; il me laisse effectuer mon petit tour, et que puis-je faire d'autre ?

Je suis noué d'humiliation, de colère qui tourne à vide, d'impuissance absurde. Je pourrais aller voir la DASS, exiger le changement de famille, taper sur le bureau, filer des dessous-de-table, ou faire intervenir Yaffa à la Protection de l'enfance. À quoi bon. Adrien n'a pas l'air malheureux, et ça me crucifie. Petit bonhomme blindé, qui ne semble même pas connaître le mépris, attend soigneusement que la maisonnée dorme, et descend de son lit sans faire craquer l'échelle, sans réveiller les frères superposés, traverse sur la pointe des pieds le couloir plein des ronflements du père, et va s'agenouiller au salon, dans la pénombre, devant l'écran du Minitel où il passe la nuit. Il a hérité de moi l'absence de sommeil sans conséquences. Jusqu'à cinq heures du matin, il pianote, cherche des combinaisons, des mots de passe, glousse en se mordant les lèvres chaque fois qu'il réussit à s'introduire dans une banque, un centre serveur protégé ou un fichier d'entreprise. Son habileté me confond. Sa délicatesse me tue. Il a réussi à brancher une bretelle sur l'ordinateur des PTT, afin d'annuler, sur la facturation de sa famille d'accueil, le coût de ses nuits de Minitel.

À plat ventre sur le toit, collé à la lucarne qui domine la mezzanine du salon, je regarde mon enfant, mon génie, mon maître, arriver par jeu à des choses que je croyais impossibles. Cette nuit, il a piraté la Banque générale d'investissements de Lausanne, une coquille écran appartenant au Japon via Monaco, et lui a programmé le prélèvement automatique de quarante-cinq centimes sur chaque opération de compte, versés directement au CCP du Fonds international pour la survie des éléphants. Mon petit justicier. Mon joueur. Mon fils.

Quand j'arrive à oublier Simon, à faire l'impasse sur les humiliations qu'Adrien doit essuyer toute la journée, je me dis que ces nuits au clair de lune, glacé par le vent de novembre, écrasé sur le Vélux d'un toit luisant de gelée blanche, avec, lorsque le torticolis m'oblige à me relever, la vue imprenable sur une centaine de pavillons identiques, essayant de tromper leur laideur uniforme par des orientations variées, des volets de couleur, des essais de thuyas et des R 5 série spéciale ; je me dis que ces nuits plongeant sur mon fils, tel que je le découvre, réinventant mon hérédité sans modèle, manipulateur de l'ombre, tireur de ficelles aux plaisirs buissonniers, passager clandestin qui tantôt modifie le cap, tantôt perce des voies d'eau ; je me dis que ces nuits sont les plus belles de ma vie.

À cinq heures, tandis que les premiers réveils grelottent dans le lotissement, Adrien retourne se coucher, et je redescends sur terre, plein de crampes et de gerçures, pour aller dormir une heure sur un coin de banquette, au premier café qui ouvre, dans la chaleur des grands crèmes et des tartines beurrées qui circulent autour de moi. C'est le bonheur. Tout à l'heure, nous irons jeter un œil à l'école. Ou au judo, si nous sommes mercredi. De fenêtre en fenêtre, ce manège enchanté dure depuis une semaine, et je crois bien que Simon entame une réclusion à perpétuité, dans la prison qu'il s'est choisie. Je commence à l'y trouver très bien.

Ma torpeur béate ne se met en berne que lorsque je passe un coup de fil à Paris, pour voir où en sont mes affaires — rien de spécial, tout va mal, nécessite ma présence, mon intervention d'urgence ou mon décès brutal, pour enrayer ma perte d'influence sur les places financières. Tout ce que je trouve à répondre à Élisabeth, qui m'annonce d'une voix résignée la faillite d'un groupe pharmaceutique que je ne me rappelais plus avoir acheté, c'est de retirer les fonds que nous pouvons avoir à la Générale d'investissements de Lausanne. À moins qu'elle n'ait une passion pour les éléphants. Et je fonce à la salle omnisports Salvador-Allende, pour le cours de judo.

Cette fenêtre-là, c'est un vasistas d'angle où, juché sur les poubelles, j'attrape tous les courants d'air de l'impasse. Adrien non plus, les arts martiaux, ça ne semble pas être sa tasse de thé. Mais il a besoin de se développer physiquement, et sa toute-puissance informatique risque à la longue de déboucher sur ma nostalgie dédaigneuse, s'il n'encaisse pas de temps en temps quelques prises en vache qui l'envoient rouler sur le tapis. Sans conscience des limites, où est le plaisir du pouvoir ? Flottant dans son kimono, mains dans le dos, il passe l'heure de judo à comparer les notices sur les extincteurs. Quand le professeur l'appelle, il pose ses lunettes, prend un air de consternation habituée et va se faire envoyer au tapis par un de ses frères. Ensuite il se relève, leur demande si ça va pour aujourd'hui, reprend ses lunettes et retourne aux extincteurs. À la fin du cours, tandis que ses frères pétaradent immobiles sur leur mob', dans un coin du parking, Adrien rentre à pied et va faire ses devoirs.

Je pensais racheter la scierie du Bois-Soval, pour assurer la promotion du père, lui donner un travail moins pénible qui pourrait améliorer son humeur. Mais la conversation que j'ai surprise contre la gouttière, l'autre soir, après la télé, quand la mère en peignoir déplaçait les photos encadrées sur la commode de la chambre, pour trouver le courage des mots, a désamorcé mon projet. Elle reprochait à son mari, déjà couché avec son journal, de se montrer si dur avec « le petit ». Il lui a répondu qu'il savait très bien comment ça se passait, avec la DASS : dès que le père légal sortirait de prison, on lui redonnerait l'enfant, et ça ferait encore un déchirement. Alors c'était un service à lui rendre, de l'élever avec dureté ; au moins, il ne les regretterait pas.

La femme a cessé de ranger ses photos, elle est venue lui dire que les choses étaient ce qu'elles étaient, qu'elle ne rajeunissait pas, mais qu'elle l'aimait quand même. En repliant son journal, il a répondu qu'il faisait ce qu'il pouvait, et qu'elle était gentille. Au moment de se glisser sous les draps, elle a ajouté que le chien se sentait un peu seul, qu'une voisine lui proposait un chiot, et qu'Adrien avait demandé la permission d'aller au catéchisme. Il a répondu oui pour le chiot. Pour le catéchisme, il pensait que c'était dangereux, qu'Adrien avait déjà du mal avec ses frères, mais que d'un autre côté, si on se moquait trop de lui, ça l'inciterait à faire des progrès au judo. Et puis ils ont éteint.

Je me suis éclipsé par le chantier d'à côté, où l'on est en train de leur boucher la vue avec une réplique de leur maison. Si dans chaque pion que je m'apprête à bouger se cache une belle âme, et que j'en suis soudain si ému, il est vraiment temps que j'abandonne l'échiquier. Le vent du nord a installé dans le lotissement une humidité que je ressens durement dans ma hanche. Je n'arrive plus à monter sur le toit, pour suivre les nuits d'Adrien au Vélux. Il faudrait que je me fasse réopérer, que j'accepte l'idée d'une prothèse. M'occuper de moi m'est devenu fastidieux, inutile. Je sais que je ressemble de plus en plus à Simon, même si au départ ce n'était pas un but. Son influence est devenue l'expression de ma détresse ; son alibi et sa justification. La prison qu'il s'est inventée me va bien. Le temps approche où je ne servirai plus à rien, où je n'aurai plus besoin de personne. Et je retournerai dans ce coma dépassé d'où l'on n'aurait jamais dû me sortir.

Le mercredi suivant, pendant le cours de judo, Adrien a fait le mur. Je l'ai suivi, inquiet. Il a sorti de son anorak une enveloppe qu'il tenait cachée, et il est entré dans le petit immeuble du *Matin de Bourg*.

Je l'ai cherché, d'une fenêtre à l'autre, tout autour du bâtiment. J'ai gravi la colline du square, pour regarder dans les étages. Il était allé au service des petites annonces. Quand il est ressorti, il rayonnait. Les yeux brillants d'excitation, de décision, de confiance. Il avait lancé sa bouteille à la mer, son défi au destin. Je suppose que j'étais concerné.

Je le suivis jusqu'à la chapelle Saint-Antoine, un préfabriqué décoré de posters forestiers, pour inviter à l'évasion liturgique dans cette cité de béton. Il alla brûler un cierge au saint Antoine en cuivre embouti qui brandissait des ferrailles, au-dessus de ses tarifs encadrés. Je l'entendis murmurer :

— Saint Antoine de Padoue qui êtes aux cieux, que votre nom soit sanctifié — faites qu'il réponde. En offrande, je vous ai détourné dix mille francs sur EDF pour le Secours catholique. Si vous m'exaucez, vous aurez le double.

Il scella le marché d'un signe de croix, et se tourna vers le confessionnal, où j'avais toussé. C'était un signe, un pari, une perche que je lui tendais, tremblant de trac. Le curé réparait, sur le toit, le haut-parleur qui lui servait de clocher ; Adrien ne l'avait peut-être pas vu. La chapelle était déserte. J'agitai doucement le rideau mauve derrière lequel je m'étais assis, dans l'obscurité de la cabine en bois. Il s'approcha d'un pas résolu, jeta un coup d'œil à sa montre, et s'agenouilla dans le compartiment pécheur.

— Bonjour, mon père.

J'avalai ma salive.

— Bénissez-moi parce que j'ai péché.

Dans la pénombre, je le vis tendre le cou à mesure que durait mon silence. La phrase finit par passer mes lèvres :

— Je te bénis.

Nouveau silence. Il s'étonna :

— Vous ne dites pas la prière ?

— Si, bien sûr...

J'improvisai un galimatias inaudible qui mêlait le latin de cuisine aux valeurs composant l'indice CAC 40, pour enfin conclure :

— Au nom du Père, du Fils et du Saint-Esprit, je t'écoute.

— Vous ne pouvez pas allumer ?

— Allumer ?

— J'ai marqué mes péchés sur une feuille, pour ne pas en oublier.

Je l'entendis sortir sa liste. J'évitai de presser l'un des interrupteurs au-dessus de mon genou, de peur d'éclairer mon compartiment.

— Parle avec ton cœur, laissai-je tomber.

Il prit une longue inspiration, rajusta ses lunettes et lâcha d'une traite :

— Je m'accuse d'avoir été méchant avec mon père, mais c'était pas mon père, je l'ai rendu malheureux mais c'est pas ma faute si on n'a rien de commun. Seulement là, il est en prison à cause de moi, parce qu'il veut que je retrouve mon donneur, mais le père qu'on m'a mis à la place, il est encore pire, et je regrette Simon — Simon c'est mon vrai père, enfin... le faux. Le bon, quoi. Parce que celui de la DASS, c'est un sale con.

— Tu exagères...

— Je m'accuse d'avoir dit des gros mots et pensé du mal du père de la DASS.

— Mais tu es heureux, quand même... Tu as des frères, maintenant...

— Des cons. Dès que j'essaie de discuter avec eux, ils me font une prise de judo — je m'accuse de les avoir méprisés. Mais vraiment, c'est des cons.

Ma bouche s'est refermée à temps sur son prénom que j'allais prononcer, pour le réconforter.

— Tu aimerais changer de famille ?
— Non.
— Tu peux le demander à ton ange gardien, tu sais...
— Il s'est pas foulé, celui-là. Ma vie, c'est vraiment nul. Ma mère est morte, Simon c'est pas mieux, et mon donneur, il est peut-être mort, lui aussi.
— Prie pour lui.
— Je fais que ça. Pour ce que ça sert. Je m'accuse d'avoir cédé au découragement. Mais si je retrouve pas mon donneur, je vais me jeter dans la Blêche.
— Tu as fini de déconner, oui ?

Mon coup de gueule a fait trembler le confessionnal. Adrien, effrayé, s'est pelotonné dans l'angle de son compartiment. Je me fais violence, une sueur froide dans le col, et reprends d'une voix plus douce, au rythme du sang qui bat à ma tempe :

— Écoute, petit... Ta mère, je la sens tout près de toi. Elle te voit, elle te protège, elle pardonne même les petites choses défendues que tu fais la nuit, avec ton Minitel...

Silence. Sa respiration s'est faite plus courte. J'avance mon pion :

— C'est vrai, ça ? J'ai l'impression d'entendre la voix de ta maman. Tu joues avec un Minitel, la nuit ?

— Oui, mon père, répond-il, la voix blanche.

Je le vois sourire, dans l'ombre du grillage qui nous sépare. Un sourire de bonheur, de croyance tranquille au miracle. Un sourire d'enfant. Merci, mon Dieu.

— Écoute, en tout cas... Elle voudrait une chose, ta maman, c'est te dire qu'elle est heureuse. Mais...

Je marque un temps, hésitant devant la responsabilité que je n'ai peut-être pas le droit de prendre. Jamais je n'ai autant joué avec le feu, avec une âme ; jamais je n'ai pris de véritable risque. Jamais je ne me suis senti aussi vivant qu'en cet instant.

— Vous voyez autre chose ? demande-t-il.

Je me racle la gorge. Il ne faut pas non plus qu'il fasse évoluer sa confession vers une consultation de médium.

— Ta maman me dit qu'elle te demande une seule chose. C'est de retourner vers l'homme qu'elle a aimé sur terre : de retourner vers Simon.

Il tape du coude, nerveux, contre la cloison.

— Il est en prison, je vous ai dit, c'est foutu ! Il refuse les visites ! Je veux bien faire la grève de la faim pour qu'on me laisse entrer, mais j'ai bien vu ce que ça a donné, la dernière fois. Et puis d'abord, on ne s'est jamais entendus.

— Mais il t'aime !

— Moi aussi, je l'aime. Mais ça suffit pas.

Je laisse aller ma tête en arrière, contre le bois. Il a raison. Toutes les paroles sont inutiles, face au malentendu, à la malédiction que j'ai fait peser sur ces deux êtres, dès le début. En même temps, je suis leur seul trait d'union.

— Bon, je vous dis vite les autres péchés, enchaîne-t-il, parce qu'il faut que je retourne au judo : vaniteux, menteur, coléreux, pirate informatique, gourmand, égoïste et j'aime pas le judo. Vous m'absoudez ?

— Je t'absous, murmuré-je.

Quel plaisir d'entendre une faute dans la bouche de mon petit génie, et de ne pas la lui corriger. Il aura le temps. Et puis ce n'est pas un verbe dont on fait grand usage, dans une vie.

— Qu'est-ce que je dis, comme pénitence ?

— Deux Notre-Père.

— D'accord. Merci. Et chapeau, pour ma mère ! Vous êtes vachement fort.

Je lui murmure d'aller en paix, la voix étranglée. Il saute sur ses pieds, disparaît de mon carré de grillage. Je l'entends chuchoter : « Vous pouvez y aller : il est super. » Et une vieille s'agenouille à sa place, dont j'écoute longuement le récit des péchés, non par curiosité ni volonté de sortir dans la rue les yeux secs, mais pour éviter qu'Adrien, au cas où il serait resté dans les parages, ne découvre l'apparence si banale de l'homme qui vient de le faire rêver.

Les jours suivants passèrent dans un brouillard désert. Enfumé par mes cigarettes, accablé de perplexité, je végétais dans le meublé de la rue des Thermes, où j'avais feint d'habiter pour Simon ; ce domicile de façade était devenu ma tanière, mon identité creusoise se collait à mon âme et c'était bien la seule chose positive qui sortait de ces journées.

De grillage en grillage, mon esprit voletait, du parloir de Simon au confessionnal d'Adrien. J'avais bien une idée, j'avais bien un projet, mais il était tellement fou que j'attendais qu'il me quitte. Il ne me quittait pas. Mon seul rendez-vous quotidien était la sortie de l'école, où Adrien à six heures allait relever sa boîte postale, qui restait vide. Je le suivais cinq cents mètres, le temps de voir sa déception basculer dans l'espoir du lendemain, et je regagnais ma chambre à fleurs jaunes où la dilatation du convecteur électrique me tenait compagnie pendant mes veilles. J'étais seul. Mes sergents, appelés je ne sais où pour un braquage quelconque, m'avaient demandé leur compte, avec une rancœur soudaine, parce que je les avais empâtés dans l'inaction et que la reprise de leur entraînement s'avérait difficile. Je me disais : demain, j'agis. Chaque jour. Pendant ce temps Simon jeûnait, Adrien espérait, sa petite annonce passait chaque matin dans le journal et mes yeux brûlaient sur les caractères qui se brouillaient, à force d'être lus :

> « *Enfant masculin O négatif né le 15-7-80 par insémination artificielle au CHR de Bourg-en-Val recherche son donneur pour problème grave. Écrire d'urgence BP 42, Bourg.* »

La tentation était bien plus grande que mon courage. Même si je baptisais mon apathie du nom de lucidité, je n'en restais pas moins lâche. Voudrais-tu de moi, Adrien ? Voudrais-tu la vérité ? Peut-être la haine que t'inspirerait mon attitude envers toi, depuis que je t'ai conçu, te serait-elle utile dans la vie. Pour devenir un vengeur. Devenir moi. Est-ce un service à te rendre ? Regarde où j'en suis.

D'autres pages du journal, à un degré moindre, me parlaient aussi de moi ; les cours de la Bourse confirmaient des craintes qu'à vrai dire je n'éprouvais même plus. À la fin de la semaine, au plus tard, je tomberais pour délit d'initié, banqueroute frauduleuse et mégalomanie. Quelle importance. Simplement, il fallait que j'agisse. Vite. Que je prenne une décision et que je m'y tienne. Et ma tête pourtant restait collée sur ce traversin rance, mes yeux demeuraient au plafond, dans le parcours d'une fissure, et j'attendais que le jour tombe pour aller constater la déception quotidienne de mon fils à la poste, et c'était pour moi la seule manière de lui répondre.

Il sort le dernier, comme d'habitude, pour éviter la cohue des mamans. Il a connu des problèmes d'adaptation, les premiers jours, mais cette école HLM vaut mille fois mieux que le bocal pour génies dans lequel on l'avait enfermé six mois, près de Bordeaux. Le nivellement par le haut, ça ne vaut guère mieux que l'autre. D'ailleurs Adrien régressait, disaient mes sergents. C'est ça, l'égalité scolaire : quel que soit le genre d'établissement, élitiste ou fourre-tout, l'école rend con. Ça prépare à la vie.

L'embouteillage s'est résorbé, le bus 13 apparaît à l'horizon du chantier de l'autoroute, Adrien marche vers l'arrêt, la tête basse, le cartable dans le dos qui ballotte. Il contourne les flaques, dévide d'un air pensif un rouleau de réglisse. Il marche à un mètre du caniveau, s'arrête devant le passage clouté. S'il traverse du pied gauche, cette nuit je lui écris. Cette lettre que je porte en moi depuis si longtemps, ce brouillon sur lequel je me suis replié, refermé, desséché. Le feu piétons passe au vert, il lance son pied droit.

Alors je m'effondre, soudain, je ne sais pas pourquoi. La tension, l'abandon, le naufrage, la trahison d'Élisabeth, une montée d'absurde un peu plus forte que les autres. Ou le doute. L'intuition soudaine que je tenais à ma vie. Mon musée, mon pouvoir, mes amours. Non, je n'ai rien saboté. Je n'ai fait qu'appeler au secours, et personne ne le savait, même pas moi.

Voilà. Mes doigts sur l'enveloppe. Ma langue sèche qui garde le goût du timbre que je viens de coller. Bouteille à la mer, empoisonnée, devant laquelle je reste, le cœur ballant. Je ne sais plus prier. J'ai cessé de croire à dix ans, devant les yeux ouverts de mon père qui ne me verraient plus et les paupières closes de ma mère agenouillée dans la chapelle ardente. Ma mère revenue de Suisse pour les photos, ma mère admirable de dignité brisée sous les flashes, ma mère pour qui cette mort signifiait l'arrêt des calomnies, ma mère qui se reprochait maintenant d'avoir voulu divorcer si vite pour échapper aux poursuites, et se consolait en pensant qu'elle avait sauvé tout ce qu'elle avait pu dans son coffre à Zurich, ma mère qui nous étreignait, Jacques et moi, devant les gens, pour aller ensuite nous déposer dans un pensionnat, « le temps que je me retourne » ; ma mère qui ne s'était jamais retournée, s'était figée dans sa beauté, cinquante ans pour la vie, de masques en thalasso, d'effet lift en cellules fraîches. Ma mère que j'entretiens dans sa jeunesse éternelle, à cent mille francs par mois, pour essayer de lutter contre la haine qu'elle m'inspire.

Mon Dieu, prenez ma vie que je n'ai menée nulle part. Sauvez Simon que j'ai condamné à n'être qu'un rat stressé tournant dans une cage de laboratoire. Épargnez notre enfant qui croit en Vous. Faites que je sois un homme, avec les simples moyens d'un homme, qui n'essaie plus de jouer à Dieu.

22

Un surveillant a insulté un roux, pendant la promenade, parce qu'il ne voulait pas tourner avec les autres. J'ai voulu prendre la défense de mon camarade, et puis j'ai renoncé. Sur ma fiche de santé, il y a marqué « maniaco-dépressif ». Quand je demande au médecin de la prison pourquoi mes élans, toujours, retombent, il me répond que c'est normal : les symptômes correspondent à son diagnostic ; il est content. Il me redonne des gélules.

J'ai des pensées de prisonnier, la vie se résume à mes six mètres carrés dont je connais chaque détail, au trajet du soleil entre mes cinq barreaux. Je suis tranquille, je suis chez moi. On a presque oublié que j'étais une erreur, une tolérance, un détenu en situation irrégulière. Je me sens intégré, pour la première fois depuis les Alcooliques anonymes : je partage un emploi du temps, j'obéis à un rythme logique et je remplis mon rôle. Depuis quand suis-je là ?

Mon enfant et ma femme viennent parler dans mes rêves. Je revois de ma vie tout ce qui en vaut la peine. Le chagrin et la joie. C'est une roue de loterie qui s'arrête où je veux. Parfois j'ai envie de manger. Alors je me rappelle un repas, je remange avec une précision extrême la dinde aux pruneaux de Noël 71 ou le gâteau de mon mariage ou les alouettes sans tête de ma première communion, ou ce poulet que ma grand-mère, sur la fin, n'avait pas su vider, ou même la purée dans laquelle mon grand-père, à sa dernière seconde, avait laissé tomber sa joue. C'est merveilleux, la mémoire, quand on n'a plus d'avenir ; c'est fou comme tout vous revient, et ce qui était rêvé a existé aussi fort que ce qui avait eu lieu. Je me sens terriblement libre.

23

Il a dû perdre au moins dix kilos. Il marche à côté de ses pas, la tête légèrement ballottante, le regard qui accroche mille détails inutiles pour éviter de me voir. On l'aide à s'asseoir, en face de moi. Ses cheveux blonds défrisés, avec sa pâleur et son regard délavé, composent une lumière de vitrail, un dimanche à la messe, derrière le grillage : un archange impossible que le soleil traverse. Je me dessine un sourire optimiste, pour essayer de le surprendre :

— Tout va bien, Simon. Enfin, tout va comme vous le vouliez. Regardez.

Je lui passe la coupure de journal, entre les mailles du grillage.

— Troisième colonne, septième annonce.

Il cligne des yeux à cause de la lumière, s'humecte les lèvres, déplie la feuille, suspend son geste et me demande :

— Et vous, ça va ?
— Très bien.
— J'avais dit que je ne voulais plus de visites.
— Lisez.

Il redescend sur le morceau de journal. Je me tourne vers la fenêtre aux barreaux croisés, respire l'odeur sèche du parquet, sors une cigarette que je n'allumerai pas.

— « Cause départ, dit Simon, particulier vend remorque Astral... »

— Troisième colonne.

— Pardon. « Enfant masculin... recherche son donneur... Écrire... BP 42... Bourg. »

Je le surveille du coin de l'œil. Il reste un moment immobile, puis replie la feuille sans réaction apparente, me la rend, demande :

— Il a reçu une réponse ?

— Il va la recevoir.

— Oui, mais laquelle ?

Il hoche la tête, lentement. Puis il s'étire avec une grimace douloureuse, pose le coude sur la table, appuie son front sur sa main, ferme les yeux. Il se tait un moment, puis semble me redécouvrir, murmure :

— Il y a une chose que j'aimerais, c'est dire merci aux donneurs. Leur dire que je ne regrette rien.

Je fronce les sourcils.

— Leur dire ?

— Oui. À mes donneurs.

— Comment, « à vos donneurs » ?

Il soupire :

— J'ai toujours été maladroit. Quand le médecin m'a dit qu'on avait reçu un don, j'étais tellement heureux : j'ai laissé tomber le tube. Il s'est cassé. Il a fallu prendre un deuxième donneur.

Je regarde mes mains qui tremblent sur la table.

— Celui que j'ai cassé, c'était un châtain aux yeux gris. Le professeur Le Gallieu m'a dit : « Ça ne fait rien, j'en ai un autre dans le frigo. Un mieux, même. » C'est curieux, il avait l'air content.

Anéanti, je revois le chauffeur de bus, en face de moi dans la salle des dons, cherchant sa rime en préparant son tube. Ce n'est pas possible. Un enfant surdoué. Mon portrait.

— Adrien... c'est le fils de l'autre ?

Simon s'étonne à peine de me voir bouleversé par la nouvelle. Il hausse les épaules :

— Remarquez, le premier, il n'a pas souffert. On ne

lui a rien dit. C'est un homme qui pense que, quelque part, il a fécondé quelqu'un : il est heureux.

Je sens les larmes glisser sur mes joues, tomber sur mes bras. Le Gallieu s'est vengé de mon chantage. Ou il a respecté, simplement, le secret professionnel.

— Mais, François... Faut pas vous mettre dans cet état... Qui sait, on l'a échappé belle...

Il essaie de me rassurer, avec entrain :

— C'était peut-être un con. Celui que j'ai cassé.

Dix ans. Dix ans pour rien, toute ma vie saccagée, arrachée, replantée dans un malentendu, un gâchis qui ne me concernait pas, une utopie incarnée dans un enfant qui n'est pas le mien.

— François... Ça ne va pas ?

24

Foncinet a relevé la tête, les dents serrées, très pâle. Il m'a fixé avec une dureté que je ne lui avais jamais vue. Et puis il a sauté sur ses pieds et il s'est précipité hors du parloir, en bousculant le gardien. J'ai compris, trop tard, comme d'habitude. C'est sans doute mon seul ami sur terre, et je ne sais rien de son histoire ; c'est toujours moi qui ai parlé. J'ai voulu tout deviner, et je n'ai rien su entendre. Je comprends maintenant pourquoi il m'écoutait si bien. Quels problèmes il a dû avoir, avec la paternité, pour réagir comme ça... Il a essayé l'insémination, lui aussi, je suis sûr. Il est resté toute sa vie en liste d'attente. Il n'a jamais eu d'enfant, par manque de donneurs, et ça le révolte que j'en aie cassé un.

Je n'ai jamais eu aussi honte. Voilà que ces murs qui m'isolaient si bien s'écroulent. L'image de Foncinet prend toute la place : sa main caressant la joue du rhinocéros, son air désemparé dans mon rayon, quand il voulait remplacer les enfants par les jouets. Qu'est-ce que je fais, derrière ce grillage ridicule, à essayer d'oublier que j'avais tout, alors que mon seul ami n'a rien et qu'il a besoin de moi. Qu'est-ce que je cherche ? À nouer des liens de camaraderie avec des détenus qui m'en veulent parce que je suis un enfermé volontaire, un salaud d'acquitté qui vient singer leur drame ? Et pendant ce temps Foncinet se débat dans une misère morale dont je suis seul à pouvoir le sortir, parce que c'est la mienne.

Je fonce chez le directeur, lui explique que je dois être libéré tout de suite. Il me répond que la porte est ouverte. En trois minutes, on m'a rendu mes affaires, poussé dans la cour et jeté sur le trottoir. Le fracas des serrures me laisse complètement sonné, seul, vide. Foncinet est parti, bien sûr, pourquoi serait-il resté là, devant la porte ? Il fait froid, il fait gris, je suis sans force, oublié. Une détresse totale me serre le ventre. Je me retourne, tambourine pour qu'on me rouvre, mais peine perdue : ils sont trop contents. Je peux mourir de faim devant la porte ; de ce côté-ci je ne suis plus un sujet d'article sur le malaise des prisons, je ne suis plus un danger pour personne.

Je m'appuie contre le mur, me sens glisser doucement. Un passant m'enjambe. Reviens, Adrienne. Je suis presque arrivé à te retrouver, derrière mes barreaux, on était bien, tu te souviens ? Ne me quitte pas, là, sur ce trottoir. Regarde. Derrière les immeubles et les arbres, on voit tourner la grande roue de Luna-Park, de l'autre côté de la Blêche. C'est bientôt Noël. Viens.

25

L'APPARTEMENT est un studio à l'allure penchée, dans un vieil immeuble qui sent le feu de sarments et la cave inondée. Je n'ai eu qu'à peser de l'épaule sur la porte gondolée pour l'ouvrir. La lumière clignotante d'un néon de façade allonge les fissures du plafond, sous les craquements du voisin qui marche. Du linge pendu au lustre goutte dans une bassine. La pièce est un labyrinthe aux cloisons composées de cahiers à spirale, empilés au cordeau, avec, çà et là, des étiquettes indiquant les années, comme le niveau des crues sur une berge.

Je ne sais ce que je suis venu chercher entre ces murs de papier. Un indice, une preuve, un commencement de raison... J'ai pris un cahier au sommet d'une pile, je me suis assis dans le fauteuil de jardin qui fait face au radiateur électrique, et j'ai lu. C'est beau. C'est inexplicablement beau. Ces vers de mirliton, au fil des pages, composent une étrange musique, une harmonie têtue dont ma lecture prend le rythme. Et ce n'est pas une quelconque indulgence pour le nouveau père de mon fils qui a fait naître l'émotion. Assemblés, chevillés, calligraphiés comme des étiquettes sur des pots de confiture, les alexandrins du chauffeur de bus ont perdu leur ridicule, leur dérisoire, pour ne plus former qu'un chant désespéré, sans fin, buté ; un long cri enfantin qui n'a pas voulu muer. C'est l'Albatros de Baudelaire, réinventé, un Albatros englué dans la marée noire, qui essaie en vain de s'arracher à son élément qu'il ne reconnaît plus. Il se bat, il s'épuise et il meurt. Et un autre se pose. Et un autre renaît.

Qu'ai-je lu, dans ma vie, à part les bandes dessinées et *Les Trois Mousquetaires* où mon père m'apprenait le monde, dans l'Hispano démontée qui reposait sur cales ? Pour moi les livres auront toujours senti l'essence et l'huile, l'enfance perdue ; j'ai préféré la route à la littérature. Les traités d'économie et les mémoires d'entrepreneurs ont occupé mes insomnies. Mon imagination, qu'en ai-je fait ? Des montages industriels, des combinaisons amoureuses. Et ce type ignoré, méprisé par tous, ce demi-attardé qui, dans le secret de sa tanière, au lieu de tromper sa solitude, en a fait des cloisons.

Vingt ans de poèmes. Vingt ans de création pour rien, pour personne. D'arrêts en arrêts, dans son bus, il s'est inventé un monde, gouverné par les rimes, qui réduit d'année en année son espace vital et se répète, sans jamais déboucher sur rien. Il continuera d'écrire jusqu'à ce que son inspiration l'étouffe : un jour les murs d'alexandrins s'ébouleront sur lui et il mourra de son œuvre.

Il s'appelle André Sénéchal. Dès que j'ai donné son signalement, à la gare routière, on m'a aiguillé sur la ligne 12. Je lui ai acheté un ticket, il ne m'a pas jeté un regard. Les yeux droit devant, toujours globuleux, toujours fixes, les lèvres qui remuaient sans bruit, il conduisait en rimant, bien concentré derrière son gros volant. Il avait perdu quelques épis de cheveux, en dix ans, c'était tout. J'étais à des années-lumière ; pourtant j'étais revenu à mon point de départ, et lui n'avait jamais cessé de tourner en rond autour de la ville. Personne n'avait dû traverser son existence : personne ne l'avait abîmé. Il interrompait le fil de ses vers, à chaque arrêt, pour donner fièrement le nom de la station : « Pont-d'Auvert-La Noué ! », « Maréchal-Foch ! », comme un tragédien qui lance avec respect le titre de l'œuvre qu'il déclame. Je suis descendu bien avant le terminus. J'ai trouvé son adresse dans l'annuaire.

Les heures tournent et la cloison près de moi diminue. Je lis dans le désordre, je survole, je plane. Que faire de Sénéchal ? Lui trouver un éditeur, le transformer avant la fin du trimestre en découverte du siècle ? Les journaux s'arracheraient l'histoire de ce faux débile envoûté par Baudelaire, qui reproduit *Les Fleurs du mal* en boutures.

J'imagine ce que ferait Adrien d'un père comme lui. Mon enfant surdoué montrant la lumière à ce rêveur qui tâtonne, enfermé dans ses rimes. Tout ce qu'ils auraient à se dire, tout ce chemin à parcourir, et cette histoire commune... Adrien, tu es né du désir poétique d'un simple, pour qui l'élan sexuel n'était qu'inspiration, et qui a donné la vie par hasard, en ne voulant rien « laisser perdre »... Cette révélation te donnerait des ailes, je le sais. Et tu sortirais l'albatros de sa mer de pétrole.

Je remonte méticuleusement la cloison de cahiers, refais l'alignement, replace les étiquettes. Pourquoi toujours ce besoin de changer le destin des gens ? Sénéchal se suffit à lui-même ; il est heureux dans son vase clos, sa vie est tracée, son fil est solide. J'ai assez fait de dégâts, avec mon envie de paternité.

Voilà, tout est rangé, remis en place. Je pense avoir effacé les traces de mon passage. Sénéchal ne tardera plus. Peut-être est-il la seule personne au monde que je voudrais connaître davantage. Savoir quels gènes, quelle enfance, quels malentendus... Mais j'ai bâti ma vie sur des manques. J'ai l'habitude. Et je repars sur cette rencontre loupée, imaginée, idéale.

26

Le train-fantôme a changé. Il y avait des monstres en peluche, des araignées gluantes et des squelettes : aujourd'hui c'est plus abstrait. Plus technique. Ça ne fait plus vraiment peur. On sait que c'est du laser et des hologrammes. J'en suis à mon douzième tour. Je suis tout plein de sucre glace. Après, j'irai sur le grand huit, les autotamponneuses et les avions. Dans dix jours, c'est Noël. Le temps a fait des nœuds et, sur mon wagonnet, le Nicolas est de retour. Il est assis à ma gauche, Adrien à ma droite, et moi je ne suis plus qu'un trait d'union, entre les deux hommes de ma vie. Celui qui m'a fait sans le vouloir, et celui qui m'a rejeté.

J'ai gagné un autoradio à la baraque de tir, que j'ai revendu au marchand de gaufres pour m'acheter des tickets. Je pourrais passer ma vie à Luna-Park ; en dehors d'ici, qu'est-ce qui s'est passé ? Des malentendus, des coups de bonheur que je ne méritais pas, des chances et des catastrophes trop grandes pour moi. C'est une prison qui me ressemble davantage, ici. Des enfants, des amoureux, des rires, des plaisirs simples. Je tourne autour, d'attraction en attraction, fidèle.

Adrienne aussi est en paix, dans ce train des fantômes. Elle me dit qu'Adrien recevra deux réponses, et qu'il devra choisir entre ses deux donneurs, et qu'il n'y arrivera pas, et qu'il reviendra vers moi, pour que je l'aide. Pour que je lui dise auquel des deux il ressemble. Et moi je ne dirai rien, et je les regarderai, et je ne chercherai même pas à me demander lequel des deux j'ai cassé, parce que la seule chose qui compte, c'est l'acte extraordinaire d'un homme qui a voulu faire un enfant à un autre. Et peut-être qu'ils sont libres, tous les deux, maintenant : veufs, divorcés, leurs enfants personnels casés... Alors on ne se quittera plus ; on vivra tous les trois autour d'Adrien, pour lui rendre un peu sa mère. Moi qui l'ai aimée, eux qui lui ont donné mon fils. Ça sera la plus belle famille du monde, Adrienne, réunie autour de toi.

Je suis sur la grande roue, à présent. Il neige. Je suis bien. Loin de tout quand je monte, à l'abri quand je plonge, vers les odeurs de sucre et la musique foraine. Je prie. Grand Huit, rends-moi mon fils. Montagnes Russes, faites que les donneurs lui répondent. Manèges, dites à ma femme que tout va changer. Oui, je sais, j'en ai pris, des résolutions comme ça, qui ont toujours sombré dans la fatalité. Mais c'était avant mes gélules. Si les euphorisants me laissent si triste, c'est qu'ils agissent en profondeur. Peut-être.

Je suis malade. Trop de gaufres, ou trop de crêpes, ou trop de barbe à papa. Je téléphone à l'ancien meublé de Foncinet, rue des Thermes. On me répond qu'il habite de nouveau là, mais qu'il est sorti, et que je peux laisser un message. Je dis que, s'il veut me revoir, je suis aux autotamponneuses ; je l'attends.

La nuit tombe, un vent froid balaie l'esplanade, les guirlandes de lumière commencent à s'éteindre. Les deux dernières gélules sont écrasées, dans ma poche. Depuis un moment, déjà, plus personne ne me tamponne. J'ai rangé le circuit, poussant à coups de pare-chocs les autos abandonnées vers la caisse. La patronne me remercie. Un employé remonte les allées de boue en annonçant qu'on ferme, avec des coups de clochette. Luna-Park s'est entièrement vidé, le silence est tombé avec les rideaux de fer, les papiers gras sont déjà ramassés, comme s'il n'y avait jamais eu de fête. Et l'homme répète d'un ton mourant que l'heure est passée. Je lui réponds que j'ai rendez-vous. Il me dévisage à peine, continue sa ronde. Un rendez-vous avec mon fils. Un rendez-vous d'amour. Le premier, peut-être, depuis qu'il est entré dans ma vie. Le fantôme du Nicolas, en haut de la grande roue immobile, m'adresse un signe.

27

Le Cintra's Bar, le Habana rue Paul-Déroulède, le rayon jouets, le cimetière... En apprenant que Simon avait quitté sa prison, je l'ai cherché dans tous les endroits où il aurait pu trouver refuge. J'ai attendu, devant des cocktails, en face du magasin fermé qu'on va bientôt raser, et puis maintenant, sur la tombe d'Adrienne, assis parmi les feuilles gelées que j'émiette. Oui, j'esquive. Oui, quelque chose en moi est vraiment mort et je le dissimule. Ce n'est pas cette jambe raide qui n'arrive pas à retrouver ses muscles. Ce n'est pas cette envie d'enfant qui, peut-être, n'a jamais été aussi forte, maintenant qu'elle est désincarnée. Ce qui est mort, c'est le respect. Même aux plus beaux jours de ma carrière de tueur propre, je conservais mon estime. Je me trouvais intéressant — du moins, rare. À défaut de m'admirer, il m'arrivait de me surprendre. J'ai perdu le goût. Il m'a suffi d'un coma pour comprendre que j'avais tiré de ma vie tout ce que j'avais su en attendre, et monter au grenier pour dresser l'inventaire.

Je sais très bien que j'appelle « respect de moi-même » l'admiration que je portais à mon père. Je sais bien que je me suis raconté des histoires. Qu'il n'était qu'un flambeur merveilleux, un magicien à trois sous qui ne pouvait faire illusion que sur un enfant de cinq ans, un histrion que sa désinvolture, pendant la guerre, avait transformé en héros, pour faire de lui, en temps de paix, un escroc. Quel réseau d'amitiés maquisardes avait pu soutenir ses tours de passe, faire de ce jongleur brouillon un figurant du pouvoir, un clown blanc pour caisse noire ? Pourquoi la guerre s'arrête-t-elle, si c'est pour transformer les rebelles en tricheurs, les victoires aériennes en détournements de fonds, la gloire en circonstances atténuantes ? Pourquoi se survit-on ?

Il me fallait un coupable ; ma mère avait tenu le rôle, et c'est à cause de moi qu'elle est devenue ce personnage absent, désert, radieux, vivant d'ultraviolets. Il est trop tard pour que je me réconcilie avec elle. Pourquoi l'encombrer dans son combat contre l'âge, ses bains bouillonnants et ses désirs de sirène, que je n'ai pas à juger, pour des hydrothérapeutes qui font de son immersion une apnée amoureuse ? Mais il est temps que je cesse d'en vouloir à la terre entière, dans la seule intention de disculper mon père. Il a bien vécu, il nous a bien ruinés, il nous a bien salis, il m'a bien fait rêver : je ne regrette rien ; s'il m'a empoisonné la vie, au moins était-ce pour lui donner du goût, mais l'admiration aveugle par laquelle je m'obstinais à le ressusciter, en disparaissant, m'a laissé orphelin de moi-même.

Dans le silence blanc du cimetière, j'attends immobile une venue incertaine, je deviens bonhomme de neige sur un caveau de famille. Je me sens profondément chez moi. Depuis que j'ai connu la mort — illusion, plaisanterie chimique du cerveau privé d'oxygène ou réalité de l'au-delà — je n'aime plus la vie. Je sais bien que la majorité des gens qui reviennent d'un coma dépassé, qui ont connu une « expérience de mort rapprochée », comme disent les Américains, avec sortie du corps, vision du personnel hospitalier qui s'affole autour des appareils de réanimation, entrée dans le tunnel de lumière et comité d'accueil rassemblant les disparus de la famille ; je sais bien qu'ils réagissent différemment. Tous reviennent à la vie euphoriques, conscients du travail qui reste à finir avant les vacances ; ils ne connaissent plus la peur, l'égoïsme à court terme, l'inquiétude gratuite ni le doute sur leur rôle sur terre.

Qu'ai-je ramené, moi, de ce voyage ? Rien. L'image-cauchemar entêtante de mon père, dans son bleu de mécano, avec l'insigne Castrol, qui me dit en souriant, placide : « Tu vois, tu finiras comme moi. Mais tu as le temps. » Oui, je finirai comme toi. Dépossédé, piétiné, seul. Mais moi, je n'aurai ruiné personne, je n'aurai marqué personne ; je n'aurai peut-être pas donné grand-chose, mais, au moins, je n'aurai rien repris. La vente aux enchères, dis, que je suivais de la lucarne du garage, avec les meubles qui partaient, la vaisselle, les tableaux, les huissiers, colonies de fourmis autorisées qui pillaient mon enfance, dispersaient ton souvenir, c'est toi qui l'as vécue ? Tes voitures qui partaient accrochées aux camions-grues, c'est toi qui leur courais derrière en pleurant ? J'ai assez payé pour ce que tu aimais. J'aurais voulu un peu plus de considération pour mon drame, mes passions, mes échecs, qui procèdent tous de toi. Autre chose que ton sourire placide, en bande-annonce. Je souhaite pour ta mémoire que la survie de l'âme soit un leurre, et que l'état de « mort clinique » dont les médecins m'ont qualifié pendant quarante secondes ne soit qu'une erreur de leurs machines. Sinon, à quoi bon mourir. Je suis dégoûté du suicide, d'accord, mais ta victoire est mince, tu l'avoueras, si tel était ton but en m'apparaissant dans mes limbes, avec ton bleu Castrol et ton sourire satisfait, dans une éternité grotesque. Je t'aime toujours, papa. Mais je t'ai imaginé à partir de si peu… Tu aurais pu me dire autre chose. Me donner une chance, une fierté, une surprise, une envie de te retrouver de l'autre côté. Ou me laisser aller au bout de l'amnésie. Si ton paradis est un garage où tu revis à l'infini tes problèmes d'allumage et de pièces détachées, si tu n'es pas allé plus loin, si tu n'as pas su dépasser tes passions courtes, tes passions-écrans qui t'immunisaient contre l'amour des tiens et le sens des responsabilités, alors meurs sans moi : je reste.

Pardon, Adrienne, de vider ainsi mon cœur sur votre tombe. Mais si je n'avais pas eu envie de vous, dans ce couloir d'hôpital, si je n'avais pas cru vous avoir tuée avec mon caprice, qu'aurais-je fait de ma vie, sinon la répétition des errances de mon père ? L'image de l'éprouvette cassée par Simon avec mon projet de descendance m'a ôté une part de remords, mais ne m'a pas donné de regrets. Merci, Adrienne, pour votre beauté entrevue qui a déclenché tant d'élans, tant d'erreurs, mais tout était voulu. Je n'ai été qu'un instrument du destin : je le demeure.

À huit cents mètres de ce cimetière, il y a ma lettre dans une boîte postale, qui attend que votre fils sorte de l'école. Il trouvera le message, et il ira au rendez-vous. La seule pièce manquante à mon dernier puzzle, évidemment, c'est Simon. Là, il faudrait peut-être m'aider. Je creuse en moi pour retrouver le son de votre voix. La grande roue éteinte dépasse de la ligne des cyprès. Ce Luna-Park où il aurait tant voulu donner à Adrien le rêve qu'il avait reçu jadis. Vous pensez qu'il est là-bas ? Je devrais sans doute convenir que ça ne me regarde plus, à présent, mais je ne vois plus bien ce que je pourrais faire sur terre, si j'abandonne au hasard ces deux êtres que j'ai désespérément tenté de réunir. J'irai jusqu'au bout. Comme je l'avais prévu. Comme si j'étais toujours le père.

Je repars dans la ville, à travers les illuminations de Noël, les décorations dans les vitrines, les chaudrons de marrons, l'Armée du salut qui sonne sa cloche. Je regarde les paquets-cadeaux qui me croisent, dans les bras des familles, avec l'impression de dire adieu à quelque chose d'essentiel. La tentation me vient, un instant, d'appeler Élisabeth, mais à quoi bon ? Autant lui laisser croire que je l'ai oubliée, pour qu'elle tire au mieux son épingle de mes jeux qui s'écroulent. C'est drôle, cette unanimité qui s'est levée contre moi pour m'achever au plus vite sur les places financières, comme si ma résignation bouleversait un équilibre qu'il était urgent de rétablir, avec un autre que moi, et Dieu sait qu'on en trouve.

Qui m'est resté fidèle ? Même pas mon frère, rentré d'Amérique sans un sou, foudroyé, insensible, avec la rage amère du pigeon qui a compris. C'est à peine s'il m'a reconnu. Il voulait que je le venge, et il me découvre à terre. Il voulait frotter sa haine amoureuse à mon âme de glace, et il ne trouve plus qu'une flaque d'eau. Il voulait que j'éponge ses dettes, et mes comptes sont gelés. Je ne suis pas inquiet. Il a la rancune tonique, et refera fortune très vite, maintenant que ses scrupules ne sont plus qu'un mauvais souvenir. Après tout, il me l'a dit lui-même : mon image trop forte le bloquait. J'aurai au moins fait le bonheur de quelqu'un.

Tout cela m'indiffère à un point que Simon, seul, pourrait comprendre. Il est un peu navrant de penser qu'au bout de ma carrière fulgurante, j'ai brassé des milliards, saboté des marchés, lancé des guerres et vendu mon âme à perte, pour aujourd'hui me retrouver au même point que ce grand bélier immobile, appuyé à la barrière d'un manège fermé, vers qui je marche, sans regret, sans espoir, sans rien à dire, sans m'empêcher de boiter. Me voilà, Simon. Tel que je suis devenu, comme toi. Et j'ai atteint mon but.

— Je vous en aurai donné, du souci, Foncinet, soupire-t-il sans me regarder, l'œil rivé aux sabots des chevaux de bois.

— Mais non. Allez, venez. La poste va fermer.

Je l'entraîne vers ma voiture de location, à la sortie de Luna-Park. Il m'arrête, me considère longuement sous la lune, demande doucement :

— Foncinet, pourquoi vous faites tout ça pour nous ?

— Pour rien, Simon. Pour rien. Mais c'est peut-être encore mieux.

Je l'ai forcé à se cacher dans une cabine. Mes doigts, plaqués sur ses lèvres pour l'empêcher d'intervenir, tressaillaient sous ses larmes. On a regardé Adrien ouvrir son casier et trouver l'enveloppe. Le sapin des Postes, avec sa neige en coton et ses petits lumignons, clignotait près de lui pendant qu'il dépliait sa lettre, avec un sourire émerveillé que Simon se savait bien incapable de faire naître un jour sur ses lèvres.

— Je vais te le rendre, ton môme, lui ai-je murmuré.

Des dizaines de pensées contraires l'assaillaient dans l'obscurité serrée de la cabine. Mais il n'y croyait plus. Une part de lui-même, comme toujours, tournait déjà, noyée, dans la Blêche.

Adrien a plié sa lettre au fond de son anorak. Et puis il s'est ravisé, l'a remise brusquement dans le casier, avec la jubilation prudente d'un chien qui enterre son os. Le sourire vainqueur, les yeux brillants, les lunettes de travers, il sortit de la poste en courant. À peine la porte s'était-elle refermée que Simon, d'une ruade, s'arrachait à ma prise et jaillissait de la cabine, pour aller fracturer le casier. J'avais écrit la lettre à l'encre bleue, de la main gauche.

> « *Je m'appelle Benjamin. D'après la date et le groupe sanguin, je pense que je suis ton donneur. Je t'attends jeudi à partir de 18 h au Balto-Bar, quai de la Fosse. J'aurai une écharpe et un* Spirou. »

On a lu ensemble, tempe contre tempe, en retenant notre respiration. Il a demandé :

— C'est le bon, vous croyez ?

J'ai répondu avec une moue :

— Balto-Bar, quai de la Fosse.

Il s'est rappelé que c'était le quartier des putes. Il s'est précipité vers la voiture, imaginant un sadique, un violeur, Dieu sait quoi. J'ai eu toutes les peines du monde à le calmer, à lui expliquer mon plan, du moins ce qu'il était capable d'en entendre pour l'instant. On a dépassé Adrien sous la pluie, dans une éclaboussure. Simon, atterré par mon projet, ne l'a même pas vu.

Arrivés au Balto-Bar, on a fait le tour des consommateurs, sans trouver le profil correspondant au Benjamin de la boîte postale. J'ai donc émis l'opinion que c'était un gamin qui avait répondu à l'annonce, pour s'amuser. Simon se cantonnait dans l'hypothèse d'un sadique, et s'était emparé d'un couteau. J'ai emprunté au patron une écharpe. Quand Simon a vu que je m'asseyais à une table, il a lâché son couteau. Il s'est approché, anxieux, désarmé, humble.

— Vous voulez vraiment lui dire que vous êtes son donneur ?

J'ai acquiescé.

— Mais… s'il vous croit ?

J'ai noué l'écharpe :

— Il me croira.

Adrien pousse la porte du bar, enlève son anorak mouillé, essuie ses lunettes et se recoiffe d'un mouvement brusque, avant de risquer un œil dans la salle. J'ai baissé la tête, à l'abri derrière le *Spirou* que je tiens à la verticale, engoncé dans l'écharpe.

Au grincement de la chaise qui me fait face, j'abaisse lentement l'album. Adrien est assis, les doigts croisés, pouces écartés, dents serrées. Il me regarde par petits bouts, cherchant une ressemblance, une sympathie, un signe d'encouragement. Je me racle la gorge avec un bruit désagréable avant de lui sourire en coin.

— Salut, p'tit.

— Bonjour, dit-il, sur la réserve.

— Tu bois quèqu' chose ?

Il se contente d'un regard vers mon verre de scotch, et compte machinalement les tickets dans ma soucoupe. Je sors un Kleenex que je défroisse devant ma bouche, pour y projeter une glaire que j'examine avec respect. Un soulagement certain se lit sur le visage d'Adrien. Il se dit que je suis une erreur, une imposture. Je ne peux pas être son père.

— Vous prétendez être mon donneur, attaque-t-il sur un ton d'ANPE. Pouvez-vous me fournir des preuves ?

Je réfléchis, pour lui laisser le temps d'un sourire narquois, avant de faucher ses espoirs en trois phrases. Je lui donne le nom du professeur Le Galliou, le numéro de ma paillette et la description de sa mère. Atterré, il a laissé ses mains glisser le long de la table. C'est son œil gauche qui fait tomber la première larme. Courage, François. D'un dernier coup de bistouri, j'achève de détruire mon mythe en lui confiant que je m'arrange toujours pour chiper le dossier des femmes que j'insémine, afin de faire chanter par la suite les types que j'ai rendus pères.

— Tu m'as cassé mon coup, p'tit mec. Comment j' vais faire chanter Simon Chavroux, maintenant, puisque t'es au courant ? Hein ? T'as une solution ? Moi il me semble que c'est toi qui vas devoir casquer. Non ?

Il a serré les poings, son petit corps maigre s'est voûté, ramassé, durci, boule de haine. Ses rêves d'hérédité sombrent dans ses larmes qui s'écrasent sur la table. Pardon, Adrien. C'est la seule chose que je puisse faire pour toi. Je t'immunise à jamais ou je te détruis pour la vie. Mais ce n'est plus mon problème.

— Tu mords le topo, p'tit mec ? Si j' vais trouver ton père et que j' lui dis que j' suis le donneur, avec le genre que j'ai, tu parles qu'après il va te regarder d'un autre œil. Être le fils d'une épave comme moi — pas très flatteur, pour lui. Il me verra dans tes yeux, avec la trouille qu'un jour tu me ressembles...

— Je n'ai pas d'argent, riposte Adrien. Et je vais appeler la police.

Je ricane dans mon verre que je vide d'un trait, m'attendris soudain sur moi, larmoyant :

— Faut pas le prendre comme ça. Moi, tu comprends, mon gagne-pain c'est les quarante-trois pères que j'ai faits. Ils me versent le prix de la vie, et c'est pas cher payé, parce que celui qui rentre tout seul le soir dans sa chambre de bonne... c'est qui ? T'as qu'à piquer cent sacs par mois dans le portefeuille de ton père : riche comme il est, il verra pas c' qui manque.

Adrien hésite, chiffonnant les tickets dans la soucoupe. Je suis en train d'en faire un voleur par amour ; c'était le seul moyen pour qu'il découvre qu'au fond il aime Simon. Ma mission s'achève.

D'un geste vers le coin de salle où il se cache, je fais bondir Chavroux qui m'attrape par l'écharpe et me soulève de ma chaise.

— Papa ! crie Adrien en se rejetant en arrière, épouvanté.

— Qu'est-ce que tu veux à cet enfant ? récite Simon. Tu as pas le courage de t'attaquer à un adulte, c'est ça ?

Je le repousse avec un air mauvais :

— Tu cherches la bagarre, connard ?

Simon me saisit au collet, me presse contre le comptoir. Je cligne des yeux sous son souffle. Il sent dans son dos le regard d'Adrien, brûle de se retourner, n'ose pas aller plus loin. Je grince entre mes dents :

— Frappez-moi.

Un énorme coup de boule me jette contre un tabouret qui se brise. Simon me ramasse et, me tenant d'une main, me cogne de l'autre en murmurant :

— Merci, Foncinet... Vous êtes un type formidable.

Direct au foie, crochet sous le menton, direct au foie.

— J'oublierai jamais, Foncinet. Je sais pas comment vous remercier...

Il me laisse glisser dans mon sang, je vomis à ses pieds. Dans un brouillard rouge et bleu, je le vois se retourner vers Adrien, et lui réciter tout ce que j'ai dû lui mettre dans le crâne, pour qu'il consente à jouer ma comédie : il s'est évadé de prison pour lui demander pardon, le reprendre avec lui, repartir de zéro, et il l'a suivi de loin sans oser l'aborder, tellement il avait peur d'être encore rejeté.

— Qu'est-ce qu'il te voulait, ce type ?
— J' sais pas, répond Adrien.
— C'est qui, d'abord ?
— C'est rien, papa. C'est plus rien.

Il saute dans les bras de Simon, qui le serre contre lui en tournant vers moi le visage de son bonheur, à peine nuancé d'une moue navrée pour moi. Dans le son de la sirène, ils s'éclipsent, tandis que le bar est envahi d'uniformes. Je suis soulevé, menotté, entraîné, talonné par le patron qui m'accuse de détournement de mineur.

Dans le panier à salade qui démarre, je colle le nez au grillage de la porte arrière. Entre deux mailles, je vois Adrien et Simon, marchant sur la chaussée, main dans la main, qui rétrécissent. Mon ancien fils brandit son poing fermé dans ma direction, tandis que son père, de sa main libre, forme un zéro avec le pouce et l'index pour m'exprimer que tout va bien.

Je me retourne. Travestis hostiles, putes méfiantes me regardent, moisson du soir, dans les cahots. Je me laisse tomber parmi eux. Pour tuer le temps, la détresse ou l'angoisse, ils essaient de me trouver une identité, un mobile, un crime. Ils me dévisagent et inventent. C'est une nouvelle vie qui commence.

Le Livre de Poche Biblio
Extrait du catalogue

Sherwood ANDERSON
  Pauvre Blanc
Guillaume APOLLINAIRE
  L'Hérésiarque et Cie
Miguel Angel ASTURIAS
  Le Pape vert
Djuna BARNES
  La Passion
Adolfo BIOY CASARES
  Journal de la guerre au cochon
Karen BLIXEN
  Sept contes gothiques
Mikhail BOULGAKOV
  La Garde blanche
  Le Maître et Marguerite
  J'ai tué
  Les Œufs fatidiques
Ivan BOUNINE
  Les Allées sombres
André BRETON
  Anthologie de l'humour noir
  Arcane 17
Erskine CALDWELL
  Les Braves Gens du Tennessee
Italo CALVINO
  Le Vicomte pourfendu
Elias CANETTI
  Histoire d'une jeunesse (1905-1921) -
  La langue sauvée
  Histoire d'une vie (1921-1931) -
  Le flambeau dans l'oreille
  Histoire d'une vie (1931-1937) -
  Jeux de regard
  Les Voix de Marrakech
  Le Témoin auriculaire
Raymond CARVER
  Les Vitamines du bonheur
  Parlez-moi d'amour
  Tais-toi, je t'en prie
Camillo José CELA
  Le Joli Crime du carabinier
Blaise CENDRARS
  Rhum
Varlam CHALAMOV
  La Nuit
  Quai de l'enfer
Jacques CHARDONNE
  Les Destinées sentimentales
  L'Amour c'est beaucoup plus que
    l'amour

Jerome CHARYN
  Frog
Bruce CHATWIN
  Le Chant des pistes
Hugo CLAUS
  Honte
Carlo COCCIOLI
  Le Ciel et la Terre
  Le Caillou blanc
Jean COCTEAU
  La Difficulté d'être
Cyril CONNOLLY
  Le Tombeau de Palinure
**Joseph CONRAD
et Ford MADOX FORD**
  L'Aventure
René CREVEL
  La Mort difficile
  Mon corps et moi
Alfred DÖBLIN
  Le Tigre bleu
  L'Empoisonnement
Lawrence DURRELL
  Cefalù
  Vénus et la mer
  L'Ile de Prospero
Friedrich DÜRRENMATT
  La Panne
  La Visite de la vieille dame
  La Mission
J.G. FARRELL
  Le Siège de Krishnapur
Paula FOX
  Pauvre Georges !
Jean GIONO
  Mort d'un personnage
  Le Serpent d'étoiles
  Triomphe de la vie
  Les Vraies Richesses
Vassili GROSSMAN
  Tout passe
Lars GUSTAFSSON
  La Mort d'un apiculteur
Knut HAMSUN
  La Faim
  Esclaves de l'amour
  Mystères
  Victoria

Hermann HESSE
  Rosshalde
  L'Enfance d'un magicien
  Le Dernier Été de Klingsor
  Peter Camenzind
  Le poète chinois
  Souvenirs d'un Européen
  Le Voyage d'Orient
Bohumil HRABAL
  Moi qui ai servi le roi d'Angleterre
  Les Palabreurs
  Tendres Barbares
Yasushi INOUÉ
  Le Fusil de chasse
  Le Faussaire
Henry JAMES
  Roderick Hudson
  La Coupe d'or
  Le Tour d'écrou
Ernst JÜNGER
  Orages d'acier
  Jardins et routes
    (Journal I, 1939-1940)
  Premier journal parisien
    (Journal II, 1941-1943)
  Second journal parisien
    (Journal III, 1943-1945)
  La Cabane dans la vigne
    (Journal IV, 1945-1948)
  Héliopolis
  Abeilles de verre
Ismail KADARÉ
  Avril brisé
  Qui a ramené Doruntine ?
  Le Général de l'armée morte
  Invitation à un concert officiel
  La Niche de la honte
  L'Année noire
  Le Palais des rêves
Franz KAFKA
  Journal
Yasunari KAWABATA
  Les Belles Endormies
  Pays de neige
  La Danseuse d'Izu
  Le Lac
  Kyôto
  Le Grondement de la montagne
  Le Maître ou le tournoi de go
  Chronique d'Asakusa
  Les Servantes d'auberge
Abé KÔBÔ
  La Femme des sables
  Le Plan déchiqueté
Andrzeij KUSNIEWICZ
  L'État d'apesanteur

Pär LAGERKVIST
  Barabbas
LAO SHE
  Le Pousse-pousse
  Un fils tombé du ciel
D.H. LAWRENCE
  Le Serpent à plumes
Primo LEVI
  Lilith
  Le Fabricant de miroirs
Sinclair LEWIS
  Babbitt
LUXUN
  Histoire d'AQ : Véridique biographie
Carson McCULLERS
  Le cœur est un chasseur solitaire
  Reflets dans un œil d'or
  La Ballade du café triste
  L'Horloge sans aiguilles
  Frankie Addams
  Le Cœur hypothéqué
Naguib MAHFOUZ
  Impasse des deux palais
  Le Palais du désir
  Le Jardin du passé
Thomas MANN
  Le Docteur Faustus
  Les Buddenbrook
Katherine MANSFIELD
  La Journée de Mr. Reginald Peacock
Henry MILLER
  Un diable au paradis
  Le Colosse de Maroussi
  Max et les phagocytes
Paul MORAND
  La Route des Indes
  Bains de mer
  East India and Company
Vladimir NABOKOV
  Ada ou l'ardeur
Anaïs NIN
  Journal 1 - *1931-1934*
  Journal 2 - *1934-1939*
  Journal 3 - *1939-1944*
  Journal 4 - *1944-1947*
Joyce Carol OATES
  Le Pays des merveilles
Edna O'BRIEN
  Un cœur fanatique
  Une rose dans le cœur
PA KIN
  Famille
Mervyn PEAKE
  Titus d'Enfer

Leo PERUTZ
La Neige de saint Pierre
La Troisième Balle
La Nuit sous le pont de pierre
Turlupin
Le Maître du jugement dernier
Où roules-tu, petite pomme ?
Luigi PIRANDELLO
La Dernière Séquence
Feu Mathias Pascal
Ezra POUND
Les Cantos
Augusto ROA BASTOS
Moi, le Suprême
Joseph ROTH
Le Poids de la grâce
Raymond ROUSSEL
Impressions d'Afrique
Salman RUSHDIE
Les Enfants de minuit
Arthur SCHNITZLER
Vienne au crépuscule
Une jeunesse viennoise
Le Lieutenant Gustel
Thérèse
Les Dernières Cartes
Mademoiselle Else
Leonardo SCIASCIA
Œil de chèvre
La Sortière et le Capitaine
Monsieur le Député
Petites Chroniques
Le Chevalier et la Mort
Isaac Bashevis SINGER
Shosha
Le Domaine
André SINIAVSKI
Bonne nuit !
George STEINER
Le Transport de A. H.
Tarjei VESAAS
Le Germe
Alexandre VIALATTE
La Dame du Job
La Maison du joueur de flûte
Franz WERFEL
Le Passé ressuscité
Une écriture bleu pâle
Thornton WILDER
Le Pont du roi Saint-Louis
Mr. North
Virginia WOOLF
Orlando
Les Vagues
Mrs. Dalloway
La Promenade au phare
La Chambre de Jacob
Années
Entre les actes
Flush
Instants de vie

Composition réalisée par BUSSIÈRE 18200 Saint-Amand-Montrond

IMPRIMÉ EN FRANCE PAR BRODARD ET TAUPIN
Usine de La Flèche (Sarthe).
LIBRAIRIE GÉNÉRALE FRANÇAISE - 6, rue Pierre-Sarrazin - 75006 Paris.
ISBN : 2 - 253 - 06467 - X ♦ 30/9708/6